AMERICAN CRIME CLASSICS

BILL
PRONZINI

Der Mann, der niemals starb

SCHERZ

Einmalige Ausgabe 2000
Einzig berechtigte Übertragung aus dem Amerikanischen
von Hardo Wichmann
Titel des Originals: »Quicksilver«

Umschlaggestaltung: Manfred Waller, Reinbek
Gesamtherstellung: Ebner Ulm

1

Der Raum im Dachgeschoß war ungefähr fünfunddreißig Quadratmeter groß; für ein Büro also mehr als ausreichend. Die Wände waren undefinierbar beige, der Fußboden bestand halb aus Linoleum und halb aus nackten Dielen, die Decke war hoch und hatte ein Oberlicht sowie eine Hängelampe, die aussah wie ein umgekehrter Enterhaken, umgeben von gebündelten Hoden aus Messing. In der Wand gegenüber der Tür gab es zwei weit voneinander entfernte Fenster; links öffnete sich noch eins. Das war alles – keine Möbel, weder Vorraum noch Nische oder Wandschrank, nur diverse Farbflecken aller Formen und Schattierungen auf dem Linoleumbelag.

»Na, was meinst du?« fragte Eberhardt.

Ich wußte noch nicht, was ich meinte; wir waren ja gerade erst hereingekommen. Ohne einen Ton zu sagen, ging ich zu einem Fenster in der gegenüberliegenden Wand. Herrliche Aussicht auf die Rückseite des Federal Building – bei klarem Wetter. Heute, an diesem Tag, Anfang Dezember, goß es in Strömen, der Himmel war um die Mittagszeit so düster wie kurz vor Sonnenuntergang, und das erwähnte Gebäude und die in seiner näheren Umgebung stehenden waren nur vage Schemen, oben von niedrig dahinjagenden Wolken abgeschnitten. Ich trat ans Seitenfenster. Von dort aus hatte man einen noch herrlicheren Blick auf die kahle Backsteinmauer des Nebengebäudes.

»Na?« wiederholte Eberhardt. Er war mir von Fenster zu Fenster gefolgt und schnaufte mir in den Nacken. »Nicht übel, was?«

»Nicht übel«, räumte ich ein.

»Ist zwar nicht Montgomery Street oder Transamerica Pyramid, aber was soll's. Es gibt schlimmere Gegenden. O'Farrell Street ist keine schlechte Adresse. Und die anderen Mieter sind recht respektabel – unter uns ein Hemdenschneider, im Erdgeschoß ein Immobilienmakler. Auf jeden Fall besser als dein altes Büro.«

Ich nickte. Er hatte in allen Punkten recht.

»Sieht bestimmt gut aus, wenn wir es erst einmal hergerichtet haben«, sagte er. »Teppichboden, ein paar Bilder an der Wand, Möbel. Vielleicht lassen wir auch unsere Namen ans Fenster malen. Findest du das gut?«
»Immerhin eine Idee«, sagte ich, obwohl sie mir nicht gefiel; sie erinnerte mich an Spade und Archer und wie ihre Geschäfte gingen, ehe Archer mit der kleinen Schwarzen was anfing. »Was soll denn die ganze Farbe auf dem Boden?«
»Früher war hier eine Kunstschule«, erklärte Eberhardt. »Daher das Oberlicht. Der Betreiber der Schule ließ es auf eigene Kosten einsetzen. Vor zwei Monaten ist er gestorben. Da er die Schule allein leitete, starb sie mit ihm.«
»Woher weißt du das alles?«
»Von Sam Crawford, dem Hausbesitzer, einem Freund von Cap Turner im Rathaus. Von Cap erfuhr ich, daß der Raum zu vermieten ist.«
»Aha.«
»Er will unbedingt wieder einen Mieter haben. Crawford, meine ich. Die Stromrechnung will er übernehmen, hat er gesagt. Wir brauchen bloß Miete und Telefonrechnung zu bezahlen.«
»Und was verlangt er?«
»Hab ich dir das nicht schon gesagt?«
Er wußte genau, daß er keinen Ton gesagt hatte. Kein Wort am Telefon; nur, daß er etwas gefunden habe, das ich mir ansehen sollte. »Nein«, sagte ich, »mir hast du noch nichts verraten. Was kostet das?«
»Acht fünf.«
»*Wieviel?*«
»Stromrechnung inklusive, vergiß das –«
»Achthundertfünfzig im Monat ist zu teuer, Eb.«
»Für einen Raum dieser Größe? Praktisch im Zentrum? Außerdem weißt du doch, daß ich die beiden ersten Monatsmieten übernehmen kann, wenn's sein muß.«
»Du, ich weiß nicht...«
»Ein besseres Angebot kriegen wir nicht«, sagte er. »Und du hast selber zugegeben, daß es nicht übel ist. Hier könntest du doch arbeiten, oder?«

»Ich denke schon.«
»Na also. Ich würde sagen, wir greifen zu, ehe jemand anders uns zuvorkommt. Gehen wir rüber in Crawfords Büro und unterschreiben den Vertrag. Wie wär's, Meister?«
Er guckte angespannt; im Lauf der vergangenen vier Monate, seit die Kugel eines Attentäters beinahe seinem Leben ein Ende gesetzt hätte, hatte ich seinen alten Enthusiasmus nur zweimal zurückkehren sehen. Das erste Mal, am Erntedankfest vor zwei Monaten, als ich mit dem Labern aufgehört und getan hatte, was er schon seit Monaten von mir erwartete: Ich erklärte mich bereit, ihn als vollwertigen Partner in meine Detektei aufzunehmen.
Diese Entscheidung hatte ich gegen besseres Wissen getroffen, gegen den Rat von Kerry Wade und einer Reihe anderer Leute, und mehr als einmal hatte ich erwogen, einen Rückzieher zu machen. Verflucht, an die Möglichkeit dachte ich selbst jetzt noch. Doch ich hatte ihm mein Wort gegeben, was das Beste war, das ich zu bieten hatte, und was ich auch nicht auf die leichte Schulter nahm, besonders nicht bei einem so guten Freund wie Eberhardt.
Dennoch fiel mir der entscheidende Schritt nicht leicht, der Satz: »Na schön, Eb, nehmen wir die Bude, und unterschreiben den Vertrag.« Die Worte schienen mir im Hals steckenzubleiben, denn wenn sie erst einmal heraus waren, mochte ich etwas einbüßen, das seit dreiundzwanzig Jahren ganz und gar mein eigen gewesen war, das ich aufgebaut hatte, das zu meiner Persönlichkeit gehörte. Die Partnerschaft würde das verändern, es zu etwas Gemeinsamen umformen, zu einer peinlichen Intimität, wie eine Ehe ohne Sex. Ich kam mir vor, als stünde ich vorm Traualtar. Ich hatte das Gefühl, meine Freiheit zu verlieren.
Doch nun kam es nicht mehr darauf an, denn ich hatte mich festgelegt. Ich brachte den Satz heraus. Er grinste ein wenig, überwiegend vor Erleichterung, gab mir einen Knuff und war für ein paar Sekunden wieder der alte Eberhardt – der Mann ohne die grauen Strähnen, der Mann, den ich gekannt hatte, bevor seine Frau ihn verließ, ehe er den Fehler beging, der zu der Schießerei und seiner selbstauferlegten Verset-

zung in den Ruhestand aus dem Polizeidienst von San Francisco führte. Der Mann, der sich engagiert hatte, der sich vielleicht auch wieder engagieren würde.
Es war es also trotzdem wert, ihn als Partner aufzunehmen, ein kleines Stück meiner Freiheit aufzugeben. Wenn das dazu führte, daß er wieder der alte wurde, war das Opfer doch nicht zu groß.
Verdammt noch mal, nein.

Sam Crawfords Büro befand sich in einer knalligen Zwei-Zimmer-Suite mit einer dazu passenden knalligen blonden Sekretärin. Crawford selbst aber war alles andere als knallig. Er war dick, trug einen Anzug mit Weste, rauchte teure Zigarren in einer Spitze aus Onyx, und am kleinen Finger der rechten Hand hatte er einen Brillantring, dessen Wert vermutlich ausreichte, um eine hungernde sechsköpfige Familie ein Jahr lang am Leben zu erhalten.
Er setzte den Mietvertrag auf, brabbelte dabei die ganze Zeit und erzählte uns, was wir da für ein Schnäppchen gemacht hätten. Außerdem erzählte er Witze und lachte viel, weil er Geld hatte und deshalb ein glücklicher Mann war; er war der Typ, der bei Beerdigungen lacht und bemerkt: »Armer Sack – hat nie was gehabt, und jetzt kriegt er erst recht nichts.« Er ließ uns auch ungefragt wissen, daß er in der Stadt ein Dutzend weiterer Häuser besaß, darunter zwei in Hunter's Point und fünf in Fillmore. Ein Slum-Hauswirt sei er aber trotzdem nicht, meinte er. Gott bewahre. Er gab seinen Leuten eine Chance, wenn immer er konnte, und ob. So drückte er sich aus: »Meine Leute«, sagte er, als rede er von teurem Vieh.
Hah, dachte ich, schöner Wohltäter. Ich konnte ihn ungefähr so gut leiden wie Kartoffelkäfer oder Nagetiere mit Reißzähnen. In meiner augenblicklichen Verfassung wäre ich allerdings mit kaum jemandem zurechtgekommen. Ich war niedergeschlagen und ein bißchen »motzig« – Kerrys Wort für jene deprimierte, gereizte Stimmung, in die man manchmal gerät, wenn nichts so recht klappen will und jeder einem auf die Nerven geht. Das war meine Reaktion auf die Besiege-

lung der Partnerschaft mit Eberhardt, klar. Ich wußte das selbst, fand aber keinen Ausweg aus dieser Verfassung. Es fiel mir schon schwer genug, mich zu beherrschen und Crawford nicht zu sagen, er könne sich seine zwei Häuser in Hunter's Point mitsamt den fünf in Fillmore in seinen fetten Arsch schieben.

Endlich unterschrieben wir den Mietvertrag. Eberhardt stellte einen Scheck aus, und wir machten, daß wir fortkamen. Am Schluß sagte Crawford noch, wir könnten jederzeit einziehen, er würde uns vom Fünfzehnten an nur eine halbe Monatsmiete berechnen, und blies mir dabei Zigarrenrauch ins Gesicht, daß sich mir der Magen umdrehte. So war ich doppelt froh, wieder nach draußen in die frische Luft zu kommen, obwohl es nun in Strömen goß und der Wind heulte und klagte und die am Straßenrand geparkten Autos zauste.

Als wir meinen Wagen, der eine Straße weiter stand, erreicht hatten, waren wir beide durchweicht. Ich ließ den Motor an, drehte die Heizung auf, und wir blieben eine Zeitlang sitzen in dem Versuch, wieder trocken zu werden. Recht bald sagte Eberhardt: »Crawford ist ein Arsch.«

Ich schaute ihn an. »Das ist dir also aufgefallen.«

»Klar, schon heute früh, als ich ihn zum ersten Mal sah. Wir werden aber nicht viel mit ihm zu tun bekommen. Das ist nicht der Typ Hauswirt, der dauernd vorbeischaut und seine Nase in alles reinsteckt. Und Schwein haben wir trotzdem gehabt, finde ich nach wie vor.«

»Mag sein.«

»Wie wär's, wenn wir nächsten Montag aufmachten?« fragte er. »Die Staatskommission hat meinem Antrag auf eine Linzenz stattgegeben, darauf brauchen wir also nicht zu warten. Und es bleiben uns vier Tage, um unseren Kram reinzuschaffen.«

»Gut, meinetwegen.«

»Ich rufe die Telefongesellschaft an und lasse uns zwei Anschlüsse legen. Zwei reichen doch, oder?«

»Einer mehr, und man denkt, wir eröffnen ein Wettbüro.«

Er lachte. Das verblüffte mich ein wenig. Ich hatte ihn schon

seit einer Ewigkeit nicht mehr lachen hören. »Meinen Schreibtisch kaufe ich selbst«, meinte er. »Gebraucht. Soll ich sonst noch was besorgen?«
»Was du willst.«
»Wo hast du deinen Kram eingelagert?«
Ich sagte es ihm.
»Kann die Firma deine Sachen bis Montag liefern?«
»Warum nicht? Ich rufe sie an.«
»Na, dann wäre ja fast alles klar.«
»Fast alles.«
»Hör zu«, sagte er ernsthaft, »das klappt, warte nur ab. Ich leiste meinen Beitrag und verspreche auch, nicht den großen Zampano zu spielen. Der Boss bist du – sag du mir nur, was ich machen soll.«
Ich sagte überhaupt nichts. Ich kannte Eberhardt schon seit einer Ewigkeit; er war es gewohnt, der Chef zu sein, er war halsstarrig und rechthaberisch, und was bestimmte Themen anging, war er entweder blind oder trug Scheuklappen. Wenn er nun schwor, meine Befehle auszuführen, meinte er das durchaus ernst – in diesem Augenblick. Was aber später, wenn es bei diesem oder jenem Fall hart auf hart ging? Daran wollte ich gar nicht erst denken, weil ich genau wußte, wie es laufen würde. Wie ich damit fertig wurde, konnte ich erst erfahren, wenn es soweit war.
Er holte eine seiner geschmacklosen Pfeifen aus der Manteltasche und klemmte sie sich zwischen die Zähne. »Ich weiß nicht, wie's dir geht«, sagte er, »aber ich habe einen Bärenhunger. Was meinst du, fahren wir irgendwohin und schieben uns was rein? Vielleicht zum Old Clam House, bestellen gebackene Austern …«
Gebackene Austern, dachte ich, und dabei krampfte sich mein Magen zusammen wie bei Crawfords Zigarren, allerdings aus einem anderen Grund. »Das geht nicht, Eb«, sagte ich, nicht ohne zu zögern.
»Warum denn nicht. Herrje, hältst du immer noch Diät?«
»Leider ja.«
»Bist auch nicht dicker als sonst. Warum willst du überhaupt abnehmen?«

»Aus Gesundheitsgründen. Es ist ungesund, wenn man in meinem Alter so eine Wampe hat.«

»Die hat dir früher nie Kummer gemacht. Da steckt doch bestimmt Kerry dahinter.«

Korrekt – sie nervte mich schon seit Monaten, doch endlich mal sieben bis zehn Kilo abzuspecken –, aber das wollte ich ihm nicht auf die Nase binden. Weder ihm noch sonst jemandem hatte ich von ihren fruchtlosen Versuchen erzählt, mich zu regelmäßigem Joggen zu bewegen, und über die Diät hätte ich auch besser den Mund gehalten. Er war groß und schlank, flach und eckig und hatte nie auf sein Gewicht achten müssen. Eb verstand einfach nicht, was Leute wie ich auszuhalten haben.

»Nee«, sagte ich, »das war nicht Kerrys Idee, sondern meine. Ich habe es satt, immer erst die Wampe anheben zu müssen, wenn ich nachsehen will, was ich darunter hängen habe.«

Eberhardt lachte wieder. Diesmal war es ein Witz auf meine Kosten, aber das störte mich nicht. Wenigstens hatte er ihn vom Thema abgebracht. Überflüssig, diese Diätgeschichte breitzutreten; es kam mich ohnehin schon hart genug an.

Ich fuhr ihn zurück in die O'Farrell Street, setzte ihn bei seinem Wagen ab und machte mich dann auf zu meiner Wohnung in Pacific Heights. Sonst gab es nichts zu tun, da ich im Augenblick keinen Auftrag hatte, was schade war – ich wünschte mir sehnlichst nur noch einen Fall ganz für mich allein, eine letzte Solo-Ermittlung. Nun, vielleicht würde sich heute oder morgen etwas ergeben, etwas Simples, das ich vor Montag erledigen konnte, ohne Eberhardt zu beteiligen.

Da ich den Wagen anderthalb Blocks von meinem Haus entfernt abstellen mußte, war ich bis auf die Unterwäsche durchnäßt, als ich die Haustür aufschloß. Aus der Erdgeschoßwohnung, die meinem Freund Litchak, dem pensionierten Brandinspektor gehörte, drangen Küchengerüche. Ein Eintopf vielleicht, oder ein anderes litauisches Gericht mit Unmengen Knoblauch. Mir lief das Wasser im Mund zusammen. Und ich bekam Magenweh. Bisher hatte ich heute nur zwei Eier und eine Orange zu mir genommen, beim Frühstück. Zum Mittagessen waren mir ein grüner Salat und weitere Eier vorgeschrieben worden. Seit zehn Tagen nichts als Eier, zum Frühstück, zum Mittagessen, manchmal sogar abends. Heiliger Strohsack! Was war das für eine Ernährung für einen kräftigen, aktiven Mann? Wenn das so weiterging, würde ich bald anfangen, zu flattern und zu gackern und im Dreck herumzupicken wie ein unterernährtes Hinkel.

Ich stieg aus meinen nassen Klamotten und stellte mich auf die Badezimmerwaage. Das gleiche Resultat wie gestern und vorgestern früh. Im Lauf von zehn Tagen hatte ich genau ein Kilo abgenommen. Ich sagte ein ungezogenes Wort. Und ging dann unter die Dusche, um mich wieder aufzuwärmen. Ein weiterer Nachteil einer Diät: Man fror ständig, weil nicht genug Brennstoff in die Feuerung kam. Mein Magen knurrte dauernd. Ich hatte keine Lust auf die Eier, begann sogar einen Widerwillen gegen sie zu empfinden, war aber so hungrig, daß ich auch den Pappbehälter hätte mitverschlingen können. Spiegeleier durfte ich mir natürlich nicht machen, kam nicht in Frage, weil Butter, Margarine oder Speiseöl zu viele Kalorien enthalten; ich mußte sie weich gekocht essen. So stellte ich Wasser auf, machte mir einen Kopfsalat mit Gurkenscheiben, selbstverständlich nicht angemacht, weil Salatsoße zu viele Kalorien hat; nur ein bißchen Essig, Salz und Pfeffer. Ich verspeiste den Salat und wartete, bis das Wasser kochte. Karnickelfraß!

Nachdem ich die Eier ins Wasser getan hatte, ging ich zurück ins Schlafzimmer, um nach dem Anrufbeantworter zu sehen. Es waren zwei Gespräche eingegangen. Beim ersten fuhr ich ein bißchen zusammen: Jeanne Emerson verkündete, sie sei zurück, und wollte wissen, wann wir uns treffen könnten, um unseren Artikel zu schreiben. Thema des Artikels sollte ich selbst sein, meine Karriere und alle Widrigkeiten, mit denen ich im Lauf der letzten Monate zu kämpfen gehabt hatte. Jeanne war Fotojournalistin und der Ansicht, ich würde »den Durchschnittsbürger, der bei der Arbeit in einem repressiven System um die

Erhaltung seiner Ideale kämpft«, repräsentieren. Ich persönlich hielt das für Mist, aber sie schien es ganz schön ernst zu nehmen.
Auch mit mir war es ihr ziemlich ernst. Im Oktober noch hatte sie dauernd angerufen und gemeint, wir sollten uns doch häufiger sehen, was mir peinlich war. Wäre sie vor mehr als acht Monaten auf der Bildfläche erschienen, hätte ich ganz und gar nichts dagegen gehabt, denn es handelte sich um eine sehr gutaussehende Chinesin; Tatsache aber war, daß ich alle Hände voll zu tun hatte mit einer anderen, ebenfalls sehr gutaussehenden Dame, Kerry Wade, die vor genau acht Monaten in mein Leben getreten war. Ich wollte nun keine Dummheit machen, die meine Beziehung zu Kerry gefährden konnte, und war daher ausgesprochen erleichtert gewesen, als Jeanne einen lukrativen Illustriertenauftrag ergatterte und für sechs Wochen ins wilde Mexiko verschwand.
Nun aber war meine Gnadenfrist verstrichen, Jeanne wieder im Lande, und ich wußte immer noch nicht, wie ich mit der Situation fertig werden sollte. Mach bei dem Artikel mit und laufe Gefahr, der Versuchung zu erliegen. Lehne den Artikel ab, stoße Jeanne vor den Kopf, und verzichte auf kostenlose Werbung. Phantastische Alternative. Ich brauchte mehr Zeit, darüber nachzudenken, und beschloß, sie nicht sofort zurückzurufen.
Was bist du doch für ein hartgesottener, mutiger Privatdetektiv, dachte ich. Man braucht mich bloß mit einer Frau oder zweien in Kontakt zu bringen, und schon werde ich weich wie ein Pappkarton im Regen.
Das zweite Gespräch auf dem Band kam zufälligerweise ebenfalls von einer Asiatin – einer Japanerin, die sich als Haruko Gage vorstellte und sagte, sie wolle die Dienste eines Privatdetektivs in Anspruch nehmen. Das gab mir einigen Auftrieb; vielleicht war das der Job, nach dem ich gehechelt hatte. Ich schrieb mir ihre Nummer auf und ging zurück in die Küche, um meine Eier zu retten. Ich legte sie auf einen Teller und schaute sie zehn Sekunden lang an. Dann machte ich den Kühlschrank auf, nahm einen Strunk Sellerie heraus

und ließ ihn dem Salat in meinen knurrenden Magen folgen. Was ich in den letzten Tagen zu mir genommen hatte, konnte man wohl kaum als Nahrung bezeichnen; entweder fraß ich Eier oder graste wie ein Gaul.
Kerry, dachte ich, was ich für dich nicht alles tu!
Im Schlafzimmer wählte ich dann Haruko Gages Nummer. Ein Mann kam an den Apparat, und als ich die Dame verlangte, wollte er meinen Namen wissen; er klang schüchtern und argwöhnisch. Ich stellte mich vor. »Ah, gut«, meinte er, der Argwohn war verflogen, und er klang nur noch schüchtern und unglücklich. »Tja, sie mußte mal kurz fort, kommt aber bald wieder. Ich bin ihr Mann. Art Gage?« Er sprach seinen Namen aus wie eine Frage, als habe er Identitätsprobleme.
»Weshalb will Ihre Frau mich sprechen, Mr. Gage?«
»Es geht um diese Geschenke, die sie dauernd erhält.«
»Geschenke?«
»In der Post. Das treibt uns zum Wahnsinn.«
»Was sind das für Geschenke?«
Pause. »Das wird Haruko Ihnen besser selbst sagen. Schließlich war es ihre Idee, einen Privatdetektiv zu engagieren.«
»Meinetwegen. Ich rufe später zurück, und dann –«
»Moment, warum kommen Sie nicht sofort bei uns vorbei? Bis Sie hier sind, ist Haruko wieder zurück.«
»Wo wohnen Sie, Mr. Gage?«
»Buchanan, eine Seitenstraße von Bush.« Er nannte mir die Hausnummer. »Das liegt am Rand von Japantown.«
Und war keine zehn Autominuten von meiner Wohnung entfernt. Ich sah aus dem Fenster, ob es immer noch so stark regnete. Da es nachgelassen hatte, meinte ich: »Ich glaube, ich habe Zeit, mal bei Ihnen hereinzuschauen. Geben Sie mir eine halbe Stunde.«
»Gut, ich sage Haruko, daß Sie kommen.«
Ich legte auf, zog trockene Sachen an und kämmte mich. Dann rief ich die Firma an, bei der meine Büroeinrichtung lagerte, und gab Anweisung, sie morgen nachmittag in der O'Farrell Street abzuliefern. Und schließlich ging ich in die Küche, um die gottverdammten Eier zu essen.

2

Japantown liegt abseits des Geary Boulevard in der Western Addition, nur wenige Minuten vom Zentrum entfernt – ein Miniatur-Ginza, in dem ein Großteil von San Franciscos 11 000 Bürgern japanischer Abstammung wohnt und arbeitet und wo ein Gutteil der Touristen aus Nippon entweder absteigen oder zusammentreffen. Seine Drehscheibe, das Japan Center, ist ein gewaltiger, 1968 erbauter Komplex mit Restaurants, einem großen Hotel, einem Theater, japanischen Bädern, Kunstgalerien, Massen von Geschäften und einem überdachten Einkaufszentrum, das angeblich einem Bergdorf in der Heimat gleicht, mit seinem sich dahinschlängelnden Bach, Pflaumen- und Kirschbäumen und Springbrunnen. In den guten Dutzend Blocks, aus denen sich Japantown zusammensetzt, findet man Kleinbetriebe, Hotels, eine Bowling-Bahn, zwei japanische Tageszeitungen, Wohnblocks und nicht wenige verschnörkelte viktorianische Häuser, größtenteils renoviert.
Die Umgebung des Nihonmachi indes ist alles andere als angenehm. Es gibt eine Menge Sozialwohnungen für Einkommensschwache und die damit einhergehenden Aggressionen und Frustrationen; außerdem ist das Viertel ein beliebtes Ziel jugendlicher Schläger.
Wegen des schlechten Wetters war an diesem Nachmittag in Japantown nicht viel los. Selbst in der Gegend von Bush und Buchanan war der Parkraum auf der Straße gewöhnlich knapp, aber ich fand sechs Häuser von der Adresse entfernt, die Art Gage mir genannt hatte, einen Platz. Dieser Block von Buchanan war ruhig, baumbestanden und von guterhaltenen viktorianischen, modisch grell gestrichenen Häusern flankiert. Das Haus der Gages gehörte zu einer identisch restaurierten Gruppe, die wie geklont wirkte: hellblaue Mauern und Veranden, dunkelblau abgesetzt, Akzente in Rot und Gold.
Ich hastete auf die schmale Veranda, schüttelte die Regentropfen vom Hut und drückte auf den Klingelknopf. Die Tür ging recht bald auf, und ich stand einem schlanken, fast

zerbrechlichen Mann von ungefähr dreißig gegenüber. Er wäre auf durchschnittliche Weise attraktiv gewesen, hätte er kein schwaches Kinn, wäßrige blaue Augen und die käseweiße Haut eines Stubenhockers gehabt. Er trug Levi's, Mokassins und ein blaues Polohemd von Pendleton.
»Sind Sie der Detektiv?« sagte er.
»Ja.«
»Bitte kommen Sie herein. Haruko wartet im Wohnzimmer.«
Er nahm mir Mantel und Hut ab und führte mich dann durch einen kurzen Korridor und einen gewölbten Eingang ins Jahr 1920. Sessel mit gefransten Samtkissen, kleine runde Tische mit Deckchen aus Goldlamé, Rokokolampen, ein gekachelter Queen-Anne-Kamin mit Spiegeln darüber. Es standen viel zu viele Möbel herum; Geschirrschränke, eine hohe Kommode, ein Sekretär und eine Couch mit Tatzenfüßen aus Mahagoni. Es hatte den Anschein, als sei der Raum zum Herzeigen, nicht um darin zu leben eingerichtet worden; er glich einem Privatmuseum. Am schlimmsten aber war, daß kein Stück echt antik war. Ich erkannte auf den ersten Blick, daß es sich um ein wirres Gemisch aus Reproduktionen, Kopien und Kram vom Flohmarkt handelte.
Die Frau auf der Couch mit den Tatzenfüßen paßte nicht in diese pseudoviktorianische Atmosphäre. Sie war Mitte Zwanzig, kaum größer als eins fünfzig, neigte zur Fülle und hatte auf klassisch japanische Art attraktive Züge und seidiges schwarzes Haar, das ihr bis zur Taille fallen mußte, wenn sie aufstand. Die Zierlichkeit, die man sonst bei kleinen Asiatinnen findet, fehlte ihr völlig. An ihrer Stelle spürte ich Durchsetzungsvermögen, eine messerscharfe, geradezu westliche Entschiedenheit. Wenn der äußere Schein nicht täuschte, konnte kein Zweifel bestehen, wer bei den Gages das Sagen hatte.
Sie erhob sich, als ihr Mann und ich ins Zimmer kamen. Gage stellte mich vor, und sie reichte mir ihre Hand und schenkte mir ein schwaches, feierliches Lächeln. »Vielen Dank, daß Sie gekommen sind«, sagte sie. »Tut mir leid, daß ich nicht hier war, als Sie anriefen; ich mußte bei einem Kunden einen Entwurf abliefern.«

»Einen Entwurf?«
»Wir sind Art-Designer«, erklärte Gage. »Und Kreativberater mehrerer Großfirmen –«
Sie warf ihm einen Blick zu und sagte »Art«, worauf er den Mund hielt. Dann meinte sie, zu mir gewandt: »Art umgibt unsere Arbeit gerne mit einem Glorienschein. Die Wahrheit ist – wir entwerfen Tapeten.«
»Ah, so«, sagte ich etwas lahm.
Sie lachte. »Einer dieser seltsamen Berufe, von deren Existenz die meisten Leute keine Ahnung haben. Man guckt sich Tapeten an, auch solche mit ganz komplizierten Mustern, und nimmt sie als selbstverständlich hin; niemand kommt auf die Idee, daß irgendwer sie entworfen haben muß.«
»Leicht ist die Arbeit auch nicht«, warf Gage in defensivem Tonfall ein. »Dazu braucht man eine Menge Talent.«
»Davon bin ich überzeugt, Mr. Gage.«
»Außerdem wird es sehr gut bezahlt –«
»Art«, sagte sie.
Er hielt den Schnabel, zog eine Packung Zigaretten aus der Hemdtasche und steckte sich umständlich eine an, ohne dabei seine Frau oder mich eines Blickes zu würdigen.
»Mögen Sie eine Tasse Tee?« fragte sie mich. »Ich hätte Lust auf eine.«
»Hmm... ich zöge Kaffee vor, falls Sie welchen haben.«
»Aber selbstverständlich. Art, würdest du bitte das Wasser aufstellen? Und meinen Tee machst du mit Zitronengras, klar?«
Er warf ihr jenen Blick zu, mit dem eine Ehefrau den Haustyrannen bedenkt, sagte aber nichts, sondern verließ mit der Zigarette im Mund augenblicklich den Raum.
Haruko nahm wieder auf der Couch Platz. Ich setzte mich auf einen der imitierten viktorianischen Stühle, auf dem es sich ungefähr so bequem saß wie auf den Spitzen eines Lattenzauns. Jenseits der mit Veloursamt drapierten Erkerfenster trommelte steif der Regen. Draußen in der Küche klapperte und knallte Art mit Töpfen und Schranktüren – aggressive Geräusche in der Stille.

»Nun, weshalb möchten Sie mich sprechen, Mrs. Gage?« fragte ich. »Ihr Mann erwähnte Geschenke, ging jedoch nicht näher darauf ein.«
»Da bin ich aber froh. Dieses Thema regt ihn sehr auf.«
»Um welche Geschenke handelt es sich?«
»Um teure Schmuckstücke. Als letztes kam ein weißer Jadering.«
»Und wer schickt sie Ihnen?«
»Das weiß ich nicht.«
Ich hob eine Augenbraue.
»Das ist ja das Problem«, fuhr sie fort. »Aus diesem Grund möchte ich Sie engagieren – finden Sie heraus, wer dahintersteckt.«
«Moment, lassen Sie mich das einmal klarstellen. Treffen diese Geschenke per Post ein?«
»Ja, als Briefe.«
»Ohne Absender?«
»Ja.«
»Eingeschrieben oder versichert?«
»Nein.«
»Wo abgestempelt?«
»Hier in der Stadt – alle miteinander.«
»Irgendwelche Begleitschreiben?«
»Nur der ersten Sendung lag ein Zettel bei, auf dem eine Zeile stand.«
»Und wie lautete die?«
»›Mit aller Liebe in meinem Herzen!‹«
»War das alles?«
»Ja.«
»Haben Sie den Brief noch?«
Sie nickte. »Ich habe ihn aufgehoben, zusammen mit der Verpackung der beiden letzten Sendungen. Art wird alles holen, und den Schmuck auch.«
»Wann ging das erste Päckchen ein?«
»Vor knapp zwei Monaten.«
»Und wie viele trafen insgesamt ein?«
»Drei. Eines am vergangenen Samstag, das andere gestern.«
»Und alle enthielten, wie Sie sagten, teure Schmuckstücke?«

»Ja. Vier verschiedene Stücke, insgesamt über achttausend Dollar wert. Ich ließ sie schätzen.«
»Das ist eine Menge Geld für anonyme Geschenke.«
»Genau«, versetzte sie.
»Und Sie haben wirklich keine Ahnung, wer der Absender sein könnte?«
»Nicht die geringste. Das macht Art verrückt, weil er glaubt, ich wäre fremdgegangen oder täte das noch.« Sie schaute mich unverwandt an. »Da irrt er sich. Wenn das der Fall wäre, würde ich ihm die Geschenke doch wohl verschweigen, oder?«
»Gewiß.«
»Art benimmt sich manchmal wie ein kleiner Junge«, sagte sie, und ihr Tonfall verriet, daß das ihrer Meinung nach auf so ziemlich alle Männer zutraf. Ich kam zu dem Schluß, daß es kein Vergnügen sein konnte, mit ihr verheiratet zu sein. Doch ich war ohnehin nicht ihr Typ, Art Gage aber schon; ich hatte das Gefühl, daß sie nicht aus reinem Zufall an ihn geraten war.
»Warum wollen Sie einen Privatdetektiv in Anspruch nehmen?« fragte ich. »Weil Ihr Mann eifersüchtig ist?«
»Eigentlich nicht. Anfangs fand ich die Geschenke amüsant; welche Frau freut sich nicht über einen geheimen Bewunderer? Aber inzwischen mache ich mir Sorgen. Wer immer er auch ist, er kann nicht ganz bei Trost sein. Wer weiß, was ihm sonst noch einfällt.«
Ich grunzte zustimmend; sie hatte recht.
»Ich möchte wissen, wer er ist«, sagte sie, »und ich will, daß er aufhört, mir Sachen zu schicken. Und ich möchte von ihm auch ansonsten nicht belästigt werden.«
»Wurden Sie denn auf andere Art von ihm belästigt? Durch anonyme Telefonanrufe, Autos, die Sie verfolgten, oder sonst irgendwie?«
»Nein. Nur mit Geschenken. Die kann er meinetwegen zurückhaben, wenn er dann Ruhe gibt.«
»Soll das heißen, daß Sie sie am liebsten behalten würden?«
»Aber sicher. Warum auch nicht?«
Ich guckte sie nur an.

»Na ja«, meinte sie, »immerhin hat er mir solche Sorgen bereitet, und dazu kommen nun die Kosten für einen Detektiv. Lassen Sie sich von diesem Haus hier nicht täuschen; Arts Vater ist Grundstücksmakler, er hat es uns billig besorgt und uns einen Teil der Anzahlung zur Hochzeit geschenkt. Sehr wohlhabend sind wir nämlich nicht. An unseren Tapetenentwürfen verdienen wir nicht schlecht, aber für Luxusgegenstände bleibt nichts übrig. Und ich habe schöne Sachen gerne. Welcher Frau geht das nicht so?«
Nette Rationalisierungen. Ich dachte aber nicht daran, mich mit ihr auf eine Diskussion einzulassen; was sie mit dem Schmuck anfing, war ihre Sache.
»Ihr Anbeter ist vermutlich ein Bekannter«, sagte ich. »Gewöhnlich ist das der Fall. Sind Sie mit vielen Männern befreundet?«
»Nein. Es sind zum größten Teil Bekanntschaften, die Art und ich gemeinsam gemacht haben. Und es ist niemand darunter, der achttausend Dollar für Schmuck ausgeben kann. Außerdem sind sie alle völlig normale Menschen.«
Klar, dachte ich. Man weiß halt nur nicht, was im Kopf eines anderen vorgeht. Alle möglichen »völlig normalen« Leute haben alle denkbaren verrückten Sachen angestellt, vom Massenmord bis hin zur Erregung öffentlichen Ärgernisses vor alten Damen, Zootieren und Parkstatuen.
»Wie lange sind Sie verheiratet, Mrs. Gage?« fragte ich.
»Gut zwei Jahre.«
»Ist das Ihre erste Ehe?«
»Ja.«
»Gab es davor irgendwelche ernsthafte Beziehungen?«
»Tja ... ich ging mit vielen Männern aus.«
»Wurde Ihnen jemals ein Heiratsantrag gemacht?«
»Ja, einmal.«
»Dieser Herr muß es also recht ernst gemeint haben.«
»Ich glaube schon.«
»Wie nahm er Ihre Ablehnung auf?«
»Er war selbstverständlich enttäuscht.« Sie zog die Stirn kraus; man konnte sehen, daß sie ihr Gedächtnis strapazierte. »Genau gesagt, war er sehr enttäuscht. Aber ich kann mir

nicht vorstellen, daß es Kinji ist. Er ist erst seit sechs Jahren in Amerika. Für ihn gelten noch die Wertvorstellungen der Heimat.«

»Was meinen Sie damit?«

»Seine Aussichten, was Frauen betrifft. Er ist sehr steifleinen.«

»Und sein Name ist Kinji, sagten Sie?«

»Kinji Shimata. Er hat eine Galerie im Japan Center.«

»Eine erfolgreiche Galerie?«

»Aber sicher. Leisten könnte er sich den Schmuck schon, aber ich kann mir immer noch nicht vorstellen ...«

Ein schrilles Pfeifen unterbrach sie; in der Küche ging der Teekessel los. Das Getöse dauerte vier oder fünf Sekunden lang, ehe Art etwas dagegen unternahm. Ich nutzte die Zeit, um mein Notizbuch herauszuholen und mir Kinji Shimatas Namen aufzuschreiben.

»Hatten noch andere Männer ernsthafte Absichten?« fragte ich Haruko.

»Nun, Nelson Mixer wollte, daß ich zu ihm zöge. Aber da steckten rein sexuelle Motive dahinter, glaube ich. Mit einem ernsthaften Heiratsantrag läßt sich das nicht vergleichen.«

»Mag sein«, sagte ich, war aber insgeheim anderer Ansicht. »Dieser Mixer ist weiß, wie ich annehme.«

»Ja. Er lehrt am City College amerikanische und kalifornische Geschichte. Ich lernte ihn kennen, als ich vor drei Jahren dort einige Kurse belegte.«

»Hatten Sie nach Ihrer Eheschließung Kontakt mit ihm?«

»Nein. Nelson habe ich nie wiedergesehen, nachdem ich mich geweigert hatte, bei ihm einzuziehen. Ich war seither auch nicht mehr im City College. Zudem verkehren wir nicht in denselben Kreisen.«

»Mixer verschwand also ganz leise aus Ihrem Leben – er nahm Ihnen nichts übel?«

»Nein. So ein Typ ist Nelson nicht.«

»Und Kinji Shimata? Verzog der sich still und leise?«

»Ja. Hin und wieder treffe ich ihn, weil das Japan Center so nahe liegt. Aber er ist immer sehr höflich und reserviert.«

Art Gage erschien mit einem Lacktablett, auf dem zwei

Tassen und kleine Schalen mit Zucker und Milch standen. Er stellte es zwischen mir und seiner Frau auf den Tisch. Dann setzte er sich wortlos neben sie.
Sie wartete ab, bis er es sich bequem gemacht hatte, ehe sie sagte: »Art, würdest du bitte den Schmuck und die anderen Sachen von oben holen? Der Schmuck ist im Schlafzimmer, der Rest liegt in der Kiste im Atelier.«
Er warf ihr einen gereizten Blick zu; sie funkelte ebenso gereizt zurück. Er hatte keine Chance. Sein Wille war ungefähr so stark wie der Rülpser einer alten Dame, ihrer aber so hart wie Gußstahl; selbst in bester Verfassung hielt er ihr kaum länger als fünf Sekunden stand. Er seufzte, sagte: »Mist«, stand auf und verließ wieder den Raum.
»Gab es andere Männer, mit denen Sie eine losere Beziehung hatten?« fragte ich Haruko. »Die aber mehr für Sie übrig haben könnten, als Sie damals vermuteten?«
»Da fällt mir nur Edgar Ogada ein.« Sie zögerte, griff dann nach ihrer Teetasse und sagte: »Und Ken Yamasaki vielleicht. Was dem im Kopf herumging, bekam ich nie heraus.«
»Nehmen wir uns erst einmal diesen Ken Yamasaki vor. Wer ist das?«
»Nur ein Mann, mit dem ich eine Zeitlang ausging. Er arbeitet abends in Tamuras Sauna. Das ist ein japanisches Bad in der Pine Street.«
»Finanziell geht es ihm also nicht sehr gut.«
»Weil er in einem Bad arbeitet? Hm, da bin ich nicht so sicher. Zumindest seine Familie muß Geld haben, denn er war nie knapp dran.«
Ich kritzelte in mein Notizbuch. »Was meinten Sie, als Sie sagten, Sie hätten nie herausbekommen, was ihm im Kopf herumging?«
»Damit wollte ich sagen, daß Ken sehr still und nach innen gekehrt ist. Er liest viel – Albert Camus zum Beispiel, wenn Sie sich vorstellen können, daß ein Amerikaner japanischer Abstammung so einen Autor liest.«
Ich konnte mir gar nichts vorstellen, weil ich keine Ahnung hatte, wer Albär Camü war. Irgendein Franzose? War mir auch Wurst. Wahrscheinlich hätten mir seine Bücher eh

nicht gefallen. Ich habe etwas für Trivialliteratur übrig, was mich zweifellos zum Kulturbanausen und Kretin abstempelt, aber auch das ist mir egal. Was mich betrifft, haben die Banausen und Kretins die Snobs längst abgehängt.

»Wie lange gingen Sie mit Yamasaki aus?« fragte ich.

»Ein paar Monate lang.«

»Und wann war das?«

»Vor ungefähr zweieinhalb Jahren.«

»Haben Sie ihn seither oft gesehen?«

»Nein. Ich habe ihn zweimal zufällig getroffen, zuletzt bei einem Festspiel. Bei dieser Gelegenheit sah ich übrigens auch Edgar das letztemal. Er war mit seinem Vater dort.«

»Sie meinen Edgar Ogada?«

»Ja. Er ist der einzige Exfreund, mit dem ich mich hin und wieder treffe.«

»Erzählen Sie mir von ihm.«

»Nun, man kann Edgar wohl als Freigeist bezeichnen. Er hat nur sein Vergnügen im Sinn: Parties, Autorennen, Segeln. Als wir uns kennenlernten, mochte ich ihn sehr – das hat sich nicht geändert – aber eine ernsthafte Beziehung hätte ich nie eingehen können. Da er keinen Ehrgeiz hat, wird er nie irgendwo Erfolg haben.«

Aha, dachte ich. Das bedeutet, daß er nicht so manipulierbar ist wie Art.

»Ich glaube, daß er mich auf seine Weise immer noch liebt«, sagte sie. »Deshalb erwähnte ich ihn. Aber mit der Rolle des heimlichen Anbeters gäbe er sich nicht zufrieden. Das ist nicht sein Stil. Und anonyme Geschenke würde er mir auch nicht schicken.«

»Könnte er sie sich denn leisten?«

»Kann ich nicht genau sagen. Vielleicht.«

»Was ist er von Beruf?«

»Er arbeitet bei seinem Vater in der Gärtnerei Ogada in Süd-San-Francisco.«

Ich ließ mir Edgar Ogadas Adresse geben und schrieb sie auf. Dann probierte ich meinen Kaffee; er war dünn und lauwarm. Typisch Art. Ich setzte gerade die Tasse ab, als Gage zurück ins Zimmer getrampelt kam. In einer Hand hatte er

eine kleine Pappschachtel, in der anderen vier kleine Schmuckstücke. Er legte alles neben das Lacktablett auf den Tisch und ließ sich neben Haruko aufs Sofa fallen. Wir würdigten ihn beide keines Blickes.
Die Pappschachtel enthielt unter anderem ein mehrfach gefaltetes Blatt liniertes Papier. Die eine Zeile darauf – »Mit aller Liebe in meinem Herzen« – war mit Füllfederhalter und in einer krakeligen, fast kindlichen Handschrift geschrieben. Ich sah zu Haruko auf. »Diese Schrift kommt Ihnen überhaupt nicht bekannt vor?«
»Nein.«
»Kennen Sie jemanden, der immer noch einen Füllfederhalter benutzt?«
»Mir fällt im Augenblick niemand ein.«
Ich griff nach einer der Verpackungen. Auf ihr stand Harukos Name und Anschrift, in der gleichen krakeligen Schrift und in Druckbuchstaben. Ansonsten sagte mir die Verpackung nichts. Normales braunes Packpapier, wie man es überall bekommt. Die Briefmarken sauber in einer Reihe aufgeklebt. Kein Absender.
Die Schmucketuis waren unmarkiert; der Name des Juweliers fehlte. Die vier Stücke darin – der weiße Jadering, ein herzförmiges Goldmedaillon mit eingelegter Perle, ein Anhänger mit Brillanten und ein Paar Saphir-Ohrringe – trugen keine Aufschriften oder Zeichen, die auf ihren Ursprung hinwiesen. Der Jadering war klobig und eher für einen Mann geeignet; er hatte winzige Kratzer, so, als wäre er nicht ganz neu. Auch an dem Medaillon fand ich einen Kratzer, doch die Ohrringe und der Anhänger schienen ungetragen zu sein.
»Hm, das sagt mir nicht viel«, meinte ich. »Gut, Mrs. Gage, ich werde für Sie ermitteln, kann Ihnen aber nur versprechen, daß ich mich ehrlich anstrengen werde. In einem Fall wie diesem, in dem man es mit anonymer Post zu tun hat... tja, da hängt es eben davon ab, wer dahintersteckt. Wenn es einer der von Ihnen erwähnten Männer ist, besteht eine recht gute Chance, daß ich ihm entweder auf die Schliche komme oder ihn durch mein bloßes Auftauchen so ein-

schüchtere, daß er aufhört, Sie zu belästigen. Wenn es aber jemand ist, den Sie nur flüchtig kennen, werde ich nicht viel ausrichten können.«
Haruko nickte. »Ich verstehe. Ähnliche Gedanken habe ich mir schon gemacht, ehe ich beschloß, Sie zu Rat zu ziehen.«
Gage meldete sich. »Also Liebling, ich weiß nicht so recht –«
»Art.«
»Also ich bin nicht davon überzeugt, daß das eine gute Idee ist«, beharrte er und schaute mich an. »Wieviel berechnen Sie?«
»Zweihundert Dollar pro Tag plus Spesen.«
»Himmel noch mal! Haruko, das können wir uns nicht leisten –«
»Art!« sagte sie scharf. »Sei still. Wir können uns das sehr wohl leisten. Durch den Wert der Schmuckstücke sind die Unkosten mehr als gedeckt. Das muß einfach erledigt werden.«
Gage mißfiel das, aber er hielt den Mund und blieb schmollend sitzen.
»Gut, ich engagiere Sie für drei Tage«, sagte Haruko zu mir. »Reicht das, um Fragen zu stellen und zu sehen, ob Sie auf irgend etwas stoßen?«
»Ich denke schon.«
»Falls Sie etwas herausfinden und mehr Zeit brauchen, können wir uns später darüber unterhalten. Fangen Sie sofort an?«
»Ja. Ich will heute noch tun, was ich kann, und am Sonntag den Rest der Zeit nacharbeiten.«
»Wie hoch ist Ihr Vorschuß?«
»Hundert Dollar würden genügen.«
Sie befahl Gage nicht, das Familienscheckbuch zu holen, sondern stand tatsächlich selbst von der Couch auf und ging an den Sekretär. Sie hatte hübsche Hüften, wenn man sie gerne mollig sieht. Gage tat das eindeutig; er beobachtete ihre Bewegungen mit hitzigem Blick. Während sie den Scheck schrieb, holte ich meinen Standardvertrag heraus und füllte ihn aus. Dann ließ ich ihn von Haruko unterschreiben, reichte ihr die Kopie und erhielt den Scheck.

Gage lüftete seinen Hintern von der Couch, und die beiden begleiteten mich zur Tür. Als ich den Mantel anzog und den Hut aufsetzte und Haruko versprach, mich spätestens morgen bei ihr zu melden, legte Gage ihr versuchsweise den Arm um die Schultern. Sie schüttelte ihn nicht ab, sondern schmiegte sich an ihn wie ein Kätzchen – immerhin hatte sie sich durchgesetzt – und schlang nun ihren Arm um seine Taille. Er guckte nicht mehr so verdrießlich und grinste mich über ihren Kopf hinweg dumm an.
Ist Liebe nicht wunderbar? dachte ich.
Und sah zu, daß ich so rasch wie möglich rauskam.

3

Shimatas Galerie lag im Westflügel des Japan Center, eingeklemmt zwischen einer Buchhandlung und einem Laden, in dem japanische Puppen und Marionetten verkauft wurden. Sehr geräumig war sie nicht, und die meisten Waren standen auf tischgroßen Plexiglaswürfeln. Als ich eintrat, waren außer mir nur ein würdevoll aussehender Japaner von ungefähr fünfunddreißig und eine verschrumpelte Scharteke mit Zwergpudel unterm Arm anwesend. Sie führten eine Unterhaltung über eine No-Maske aus dem siebzehnten Jahrhundert. Offenbar wollte die Dame sie ihrem Gatten zu Weihnachten schenken und machte sich Sorgen, sie könnte nicht mehr rechtzeitig aus Japan eintreffen.
Ich schlenderte herum, sah mir die Kunstwerke an und wartete, bis die beiden ihre Transaktion abgeschlossen hatten. Handgemalte Wandschirme, Holzschnitte, Schnitzereien, gerollte Gemälde, ein riesiges Samurai-Schwert in einer verzierten Scheide. Und eine Menge zierliches Porzellan, in Rot, Weiß, Blau und Gold abgesetzt: Vasen, Kästchen, Kerzenhalter, Teekannen, Krüge, Tassen und Untertassen. Viele Stücke schienen antik zu sein, alle machten einen kostspieligen Eindruck. Der Beweis war das Fehlen der Preisschilder.

Auf dem Weg vom Haus der Gages – ich war zu Fuß gegangen, weil es nur zwei Straßen entfernt war und der Regen für eine Weile aufgehört hatte – hatte ich darüber nachgedacht, wie ich diesen Job am besten angehen sollte. Zu einem Schluß war ich bisher noch nicht gelangt. Es handelte sich um einen jener Ausnahmefälle, die einem hin und wieder unterkommen: Es war kein Verbrechen begangen worden, auch keine Übertretung. Juristisch gesehen hatte sich der Mann, der Haruko Gage die Geschenke schickte, noch nicht einmal einer Belästigung schuldig gemacht. Der einzige Kurs, den ich sehen konnte, war der direkte – den Leuten ganz unverblümt sagen, wer ich bin und was ich tue, dann beobachten, wie jeder einzelne Befragte darauf reagiert, und mich von meinem Instinkt zum Ziel führen lassen.
Das Ganze sah nach recht langweiliger Routinearbeit aus, alles andere als aufregend, nichts, was Logik oder Finten verlangte. Plattfüßiger Kram – herumlatschen, Fragen stellen. Aber das war mir recht. Man bekam halt nicht immer Fälle, die einen fordern; und die exotischen, in denen katzenhafte Blondinen und Kerle mit Knarren vorkommen, überlasse ich gerne den Privatdetektiven in Krimis. Ich wollte lediglich etwas haben, das mich für die nächsten paar Tage von Jeanne Emerson, meiner Diät, Eberhardt und dem gemeinsamen neuen Büro ablenkte.
Der würdevoll aussehende Japaner brauchte fünf Minuten, um die Dame davon zu überzeugen, daß sie ihre No-Maske »garantiert« bis zum Zwanzigsten des Monats in Händen halten würde. Sie schaute mich beim Hinausgehen nicht an, aber der Zwergpudel musterte mich bösartig. Ich stierte zurück und dachte: Zur Hölle mit dir, blöder Köter.
Der Japaner kam zu mir herüber an den Würfel, neben dem ich stand. Er hatte etwas Reserviertes an sich, war aber nicht hochnäsig. Er trug einen dreiteiligen schwarzen Anzug mit einer kastanienbraun und silbern gestreiften Krawatte. Sein Mund war so schmal und gerade, als wäre er mit einem fleischfarbenen Filzstift und mit Hilfe eines

Lineals aufgetragen worden, und auf der Nase hatte er eine getönte Mr.-Moto-Brille, die ihm besser stand als jemals Peter Lorre.

»*Konnichiwa*«, sagte er höflich. »Guten Tag.«

»Guten Tag. Sind Sie Mr. Shimata? Mr. Kinji Shimata?«

Er verbeugte sich. »Kann ich Ihnen behilflich sein, Sir?«

Ich nannte meinen Namen und meinen Beruf. Sein Ausdruck blieb unverändert, auch als ich hinzufügte: »Ich stelle im Auftrag von Mrs. Haruko Gage Ermittlungen an.«

»Ja, bitte?« sagte er.

»Selbstverständlich kennen Sie Mrs. Gage.«

»Gewiß, wir sind miteinander bekannt. Weshalb sollte sie einen Privatdetektiv brauchen?«

»Weil jemand sie belästigt hat.«

»Belästigt?«

»Indem er ihr mit der Post anonyme Geschenke schickte, teure Präsente, eines von einem Liebesgruß begleitet.«

Fünf Sekunden Schweigen. Dann sagte er: »Hält sie mich für den Verantwortlichen?« Seine Stimme klang nun ein wenig steifer, aber das war alles. Hinter den Brillengläsern drückten seine Augen ungefähr so viel Gefühl aus wie die eines Karpfens.

»Nein«, erwiderte ich, »sie hat keine Ahnung, wer dahintersteckt. Ich bin dabei, das herauszubekommen.« Ich legte eine Pause ein. »Es ist wahrscheinlich ein Mann, den sie kennt.«

»Ich verstehe.«

»Und jemand, der Geld hat – nicht zu wenig.«

»Wieso?«

»Bei den Geschenken handelt es sich um kostspielige Schmuckstücke.«

»Schmuck führe ich nicht«, sagte Shimata. »Und ich verschenke auch keinen.«

»Haben Sie eine Ahnung, wer ihr solche Geschenke machen könnte?«

»Nicht die geringste.«

»Es liegt wohl auf der Hand, daß der Mann in sie verliebt ist«, bemerkte ich. »Waren Sie nicht auch einmal in sie verliebt,

Mr. Shimata?«
»Ah, sie hat Ihnen wohl verraten, daß ich ihr einen Heiratsantrag gemacht habe.«
»Jawohl.«
»Ein Fehler«, sagte er, »ein schwerer Fehler. Sie erwies mir nicht die Ehre, meinen Antrag anzunehmen. Dafür bin ich ihr nun dankbar.«
»Wieso?«
»Sie war nicht die richtige Frau für mich.«
»So? Warum denn nicht?«
»Weil sie hohe Ansprüche stellt, materialistisch ist. Es überrascht mich, daß sie weiteren teuren Schmuck ablehnt.«
»Sie hat Angst, der Anbeter könnte eines Tages irgendwelche Forderungen geltend machen.«
»Ah, das verstehe ich.«
Bei ihm kam ich keinen Schritt voran. Seine Stimme verriet nichts, er guckte wie ein Karpfen. Wenn in ihm tatsächlich eine heiße und unerwiderte Leidenschaft für Haruko Gage loderte, hatte er sie tief vergraben und unter Kontrolle, zumindest was sein Äußeres anging.
»Nun, dann möchte ich Sie nicht länger aufhalten«, sagte ich. »Vielen Dank für das Gespräch, Mr. Shimata.«
»Keine Ursache.« Er verbeugte sich leicht. »*Sayonara.*«
»*Sayonara.*«
Das war also Kinji Shimata. Einer abgehakt, noch drei anzubohren.

In der Buchanan Mall suchte ich mir im Telefonbuch einer Fernsprechzelle Nummer und Adresse von Tamuras Sauna heraus. Das Bad war nur sechs Straßen entfernt und lag gerade jenseits der inoffiziellen Grenze von Japantown. Ich trug alles in mein Notizbuch ein, steckte dann eine Münze in den Schlitz und rief an.
Es meldete sich eine Frau, die mir mit starkem japanischem Akzent sagte, Ken Yamasaki käme erst um sechs zur Arbeit. Da sie sich weigerte, mir seine Adresse zu nennen, legte ich auf und schaute im Telefonbuch nach, allerdings

ohne Erfolg, denn es waren sieben Yamasakis eingetragen, aber kein Ken oder Kenneth.
Ich schlug zurück zum Buchstaben M. Nelson Mixer war eingetragen – er wohnte draußen in der 46th Avenue – doch als ich seine Nummer wählte, meldete sich niemand. Laut meiner Armbanduhr war es Viertel vor vier; es bestand noch die Chance, daß ich ihn im City College erreichte.
Die Fahrt hinaus zum College auf der Phelan Avenue dauerte zwanzig Minuten. Der auf hügeligem Gelände liegende Komplex war ansehnlich und enthielt unter anderem das Kuppelgebäude der naturwissenschaftlichen Fakultät, eine Sporthalle und Football- sowie Leichtathletik-Stadien. Vor der Camus-Buchhandlung wimmelten unter Regenschirmen Studenten herum. Ich erkundigte mich nach der Kanzlei. Man sagte mir, sie befinde sich in der Colan Hall, und zeigte mir den Weg, auf dem ich ziemlich naß wurde.
In der Kanzlei angelangt, kam ich vom Regen in die Traufe, denn die Dame dort erklärte, Professor Mixer hielte heute keine Vorlesungen, weil er krank sei.
»Das tut mir aber leid.«
»Ja, Sir. Er hat Grippe. Es ist hier aus diesem Grund viel Personal ausgefallen – muß am Wetter liegen.«
»Ganz bestimmt. Meinen Sie, daß er morgen wieder auf dem Posten ist?«
»Das kann ich wirklich nicht sagen, Sir.«
Auf dem Rückweg zum Wagen wurde ich noch ein bißchen nasser. Was nun? Ich konnte die lange Fahrt zu Mixers Haus am anderen Ende der Stadt antreten, entschied mich aber dagegen. Vorhin war dort niemand ans Telefon gegangen, was bedeutete, daß er entweder nicht zu Hause war oder zu krank, um aus dem Bett zu steigen. In beiden Fällen würde ich nur meine Zeit vergeuden.
Nelson Mixer, dachte ich, als ich den Motor anließ. Was war das für ein Name? Das klang nicht nach einem Menschen, sondern eher nach einem Tonicwässerchen.

Als ich die Gärtnerei Ogada in Süd-San-Francisco gefunden hatte, war es schon fast fünf und stockdunkel. Im Scheinwerferlicht tauchte das verwitterte Schild am Rand einer schlammigen Privatstraße auf, die vom El Camino Real abzweigte – »Verkauf nur an Großhandel« stand darauf –, und dann die Gebäude und dahinter freie Felder. Ich sah zwei lange Reihen Gewächshäuser aus Fiberglas, ein halbes Dutzend pro Reihe, die Reihen rechtwinklig versetzt. Im Schnittpunkt des L dazwischen stand ein kleinerer Holzbau, vielleicht ein Geräteschuppen. Links, wo die Straße endete, erhob sich ein bescheidenes, von Zypressenhecken umgebenes weißes Holzhaus.

Weder in den Gewächshäusern noch im Wohnhaus brannte Licht, doch die Fenster des Geräteschuppens leuchteten schwach gelblich durch den Regenschleier. Ich blieb auf einem asphaltierten Platz unter dem überhängenden Dach des Schuppens stehen, neben einem alten Pickup mit eingedrückter Stoßstange und zersplittertem Scheinwerfer, stieg aus, rannte zur Tür und hieb mit der Faust dagegen.

Nach ungefähr zehn Sekunden ging die Tür auf und gab den Blick auf einen kleinen Japaner undefinierbaren Alters frei. Sein schwarzes Haar war mit weißen Strähnen durchsetzt, doch Gesicht und Hände waren weitgehend faltenlos. Er sah erschöpft aus, als habe er lange gearbeitet und nicht viel geschlafen. In einer Hand hatte er einen Pflanzenheber; an der anderen klebten Erde und Mulch.

»Ja?« sagte er.

»Ich möchte Mr. Ogada sprechen ...«

»Ich bin Mr. Ogada.«

»Nein, Sir, ich meine Edgar Ogada. Ist das Ihr Sohn?«

»Ja, das stimmt. Edgar ist aber nicht da.«

»Wann erwarten Sie ihn zurück?«

Er hob die Schultern. »Heute abend noch. Morgen muß er diese ganzen Pflanzen zustellen.« Er machte die Tür etwas weiter auf und wies mit dem Pflanzenheber auf eine Unmenge von Weihnachtssternen, die auf mehreren Bänken und am Boden aufgereiht standen.

»Sie wissen aber nicht genau, wann er zurückkommt.«

»Leider nicht.«

»Oder wo ich ihn antreffen könnte?«

»Nein. Edgar kommt und geht, wie es ihm beliebt. Sind Sie ein Freund von ihm?«
»Ich kenne ihn gar nicht, habe aber etwas Persönliches mit ihm zu besprechen.«
»Kommen Sie morgen nachmittag wieder«, meinte Mr. Ogada. »Nach ein Uhr. Bis dahin müssen die Weihnachtssterne abgeliefert sein.«
»Vielen Dank. Das werde ich tun.«
Er machte die Tür hinter mir zu, und ich rannte zum Wagen. Mein Honorar hatte ich mir bisher noch nicht richtig verdient. Es war mir noch nicht einmal gelungen, Yamasaki, Mixer und Edgar Ogada ausfindig zu machen. Dazu noch der Regen, die Hungerkrämpfe in meinem Magen, die wieder einsetzten, von Eberhardt und dem neuen Büro ganz zu schweigen: ein Mordstag war es nicht gerade gewesen.
Es blieb aber noch genug Zeit, ihn zu retten. Zum Beispiel konnte ich später noch mit Ken Yamasaki reden. Und, wichtiger noch, ich sollte den Abend mit Kerry verbringen, vielleicht sogar die ganze Nacht.
Was braucht der Mensch mehr?

4

Kerry las ein Krimi-Magazin, als ich in ihre Wohnung in Diamond Heights kam. Sie hielt das Heft in der Hand, als sie mich einließ – eine Nummer des *Midnight Detective* aus den frühen vierzigern, Teil eines ganzen Schwungs, den ich ihr auf ihre Bitte hin geliehen hatte. Ich erkannte es sofort an dem kitschigen Titelbild: zwei Weiße im Begriff, einen Mandarin in Fetzen zu sprengen; jeder hatte eine Stange Dynamit in der Hand, und der Asiate hielt in einer Krallenpranke ein Kriegsbeil und in der anderen eine Automatic. Seitlich lag ein halbnacktes Mädchen am Boden, das gefesselt war und verängstigt aussah. Typischer Schundtitel, ergab so gut wie keinen Sinn.
Sie machte die Tür zu, gab mir einen flüchtigen Kuß und

steckte die Nase zurück in ihr Heftchen. »Ist das alles?« fragte ich.
»Für den Augenblick ja.«
»Muß eine hochinteressante Story sein, die du da liest.«
»Stimmt. Sie ist von Russ Dancer.«
»Der gute alte Russ.«
»Hmm. Bin gleich fertig, sind nur noch zwei Seiten.« Sie wandte sich zum Wohnzimmer.
»Ich gehe mir ein Bier holen«, bemerkte ich beiläufig.
»Kommt nicht in Frage. Im Kühlschrank steht Diätsprudel. Tab und Fresca.«
Auch das noch, dachte ich. Man ist vierundfünfzig Jahre alt, kommt nach einem schweren Arbeitstag heim, und was kriegt man vorgesetzt? Ein Dreckzeug mit Saccharin, das eine Menge Versuchstiere auf dem Gewissen hat. Ekelhaft.
Anstatt in die Küche zu gehen, folgte ich Kerry ins Wohnzimmer und sah zu, wie sie sich mit ihrem *Midnight Detective* auf ihrem modernistischen Sofa zusammenrollte. Ich schaute sie gerne an, zu jeder Zeit, überall, ganz gleich, was sie auch tat. Sie war groß, gertenschlank, aber nicht dürr, hatte tolle Beine und einen Po, bei dessen Anblick selbst einem Mönch das Wasser im Mund zusammenlaufen mußte. Ihr schulterlanges Haar war kastanienbraun, ihre Chamäleonaugen von einem dunklen Grün, dessen Farbton sich je nach ihrer Gemütsverfassung änderte; um die Augen hatte sie Lachfältchen, ihr Mund war breit und weich. Dazu war sie fünfzehn Jahre jünger als ich, eine Tatsache, die ihr Vater, ehemaliger Heftchenautor, den ich Iwan den Schrecklichen nannte, unerträglich fand. Bei der Vorstellung, daß der alte Iwan sich ärgerte, mußte ich lächeln. Iwan mochte ich ungefähr so gerne wie meine Diät.
Und was Kerry anging – die *liebte* ich einfach, und es war mir auch ganz egal, wenn alle Welt es wußte.
Bald war sie mit ihrer Geschichte fertig und legte das Heft hin. »Der pure Quatsch«, meinte sie. »Aber ich habe jedes Wort genossen.«
Ich konnte mich nicht mehr entsinnen, welche Dancer-Story in dieser Ausgabe stand. »Mit Rex Hannigan?« fragte ich.

»Nein. Keine Detektivgeschichte, es geht um Liliputaner und Gruften und ein vier Fuß hohes Gespenst ohne Kopf, das in Wirklichkeit gar keins ist.«
»Ach ja, dieses Ding. Wie heißt es noch mal?«
»Mein Sarg ist einen Kopf zu kurz!«
»Ah ja. Damals ließ man sich bei den Titeln noch was einfallen.«
»Willst sagen, die Titel waren blöd. Der Stil ist aber gut. Dancer war damals ein Könner.«
»Allerdings«, gab ich zurück und ließ es dabei bewenden. Aus Dancer war seit dem Dahinsterben der Heftchen in den fünfzigern Verfasser schäbiger Taschenbücher und ausgewachsener Alkoholiker. Schuld daran war unter anderem Kerrys Mutter Cybil; Dancer war in den vierzigern in sie verliebt gewesen und hatte die Affäre nie verwunden. Herausbekommen hatte ich das bei einem Kongreß für Trivialliteratur-Fans, auf dem sich die Wades und Dancer und ein Haufen anderer Autoren nach dreißig Jahren zum ersten Mal wiederbegegnet waren und bei dem ich Kerry kennengelernt hatte. Das Treffen hatte unter anderem zu einem Mord und einem Plagiat geführt – aber das ist eine andere Geschichte.
»Ich dachte, du wolltest etwas trinken«, sagte Kerry. »Wenn du keinen Diätsprudel magst, mach ich dir einen Kaffee.«
»Im Augenblick nicht, danke.« Mein Magen war vor Hunger ohnehin schon nervös genug und brauchte kein Koffein.
»Fragst du mich nicht, was ich für einen Tag hatte?«
»Was hattest du für einen Tag?«
»Einen lausigen.«
»Warum?«
»Angefangen hat er mit Eberhardt. Der hat ein Büro für uns aufgetan.«
»Auwei. Wo denn?«
»In der O'Farrell Street.« Ich erstattete Bericht. Sie mußte lachen, als ich die Messinghoden an der Hängelampe erwähnte, doch als ich geendet hatte, sah sie ernst aus.
»Klingt gar nicht so übel«, meinte sie. »Bist du aber ganz sicher...?«
»Nein, bin ich nicht. Kauen wir das nicht noch mal durch.«

»Meinetwegen. Wann wird die Firma eröffnet?«
»Am Montag. Eb ging heute Büromöbel kaufen. Meine Sachen werden morgen nachmittag geliefert.«
»Hoffentlich klappt das alles. Mehr kann ich nicht sagen.«
»Inniger als ich kannst du gar nicht hoffen«, versetzte ich. »In der Zwischenzeit habe ich einen Drei-Tage-Job angenommen – meine letzte Solo-Ermittlung.« Der Klang der letzten drei Wörter gefiel mir gar nicht.
»Etwas Interessantes?« fragte Kerry.
»Nichts Besonderes«, erwiderte ich und erzählte ihr von Haruko Gage und ihrem stillen Verehrer.
»Weißt du, ich finde das interessant«, sagte Kerry.
»Und wieso?«
»Es spricht meine romantische Natur an, dieses kleine Geheimnis. So ein geheimer Verehrer ist ein bißchen beängstigend, aber auch ganz schön aufregend.«
»Mrs. Gage schien da anderer Ansicht zu sein.«
»Unsinn, sie ließ sich nur nichts anmerken. Warum hat sie so lange gewartet, ehe sie sich an einen Privatdetektiv wandte?«
»Weil sie eine Materialistin ist und etwas für teuren Schmuck übrig hat.«
»Das ist aber bestimmt nicht der einzige Grund. Wetten?«
»Vielleicht nicht. Sag mal, hättest du Lust, heute abend mit mir in ein Bad zu gehen?«
»Wie bitte?«
»In ein öffentliches Bad. Zusammen mit anderen Leuten.«
»Soll das ein Witz sein?«
»Nein. Ich wollte nur einmal kurz bei einem Exfreund von Mrs. Gage vorbeischauen, der abends in einer japanischen Sauna in der Pine Street arbeitet.«
Sie zog eine Grimasse. Dann wurde ihr Gesicht nachdenklich. »Ein japanisches Bad? Ich war noch nie in einem und habe mich schon immer gefragt, wie das ist.«
»Geht mir genauso. Heute abend haben wir also beide Gelegenheit, das herauszufinden.«
»Na schön. Aber in der Öffentlichkeit baden will ich nicht. Dazu bin ich zu schamhaft.«

»Kannst ja später mit mir ein privates Bad nehmen.«
»Ich glaube kaum, daß wir beide in die Wanne passen.«
»Du hast ja auch eine Dusche.«
»Hm. Mal sehen.«
Und ob, dachte ich.
»Aber jetzt habe ich erst mal Hunger«, meinte sie. »Und ich könnte mir vorstellen, daß auch du Lust auf etwas zu essen hast.«
»Ich bin total ausgehungert.«
»Dann gehen wir wohl am besten aus. Ich habe nämlich nicht viel im Haus. Was möchtest du?«
»Habe ich denn die Wahl?«
»Innerhalb vernünftiger Grenzen.«
»Ich möchte ein drei Zoll dickes Steak à la New York«, erklärte ich. »Mit gedünsteten Champignons und einer riesigen Pellkartoffel aus dem Backofen, gefüllt mit Sauerrahm, Speck und Schnittlauch. Dazu französisches Brot aus Sauerteig und zwei große Bierchen.«
»Kann ich mir denken. Wie steht es eigentlich mit deiner Diät?«
»Bestens«, antwortete ich.
»Wieviel hast du bisher abgenommen?«
»Ein Kilo.«
»Ist das alles? Müßte mehr sein. Du hast doch nicht etwa geschummelt, oder?«
»Nein, ich habe keinen Schmu gemacht, sondern mich auf deine irrwitzigen Anweisungen hin ernährt wie ein Wiederkäuer. Und Eier gefressen, kistenweise. Gack, gack.«
»Vorzüglich, daß du dich so zusammennimmst. Du solltest aber nicht zu viele Eier essen.«
»Wie bitte?«
»Ihr Cholesteringehalt ist sehr hoch.«
»Sagtest du nicht, ich sollte dreimal täglich Ei zu mir nehmen?«
»Nein, das habe ich nicht gesagt, sondern nur, daß Ei viel Protein enthält und dir ein- oder zweimal täglich guttut. Aber höchstens vier Eier am Tag, über zwei Mahlzeiten verteilt. Und dazu Grapefruit, als Ausgleich für das Chole-

sterin.«
»Grapefruits kann ich nicht ausstehen.«
»Willst du damit sagen, daß du noch keine gegessen hast?«
»Hast mir ja nichts davon gesagt.«
»Selbstverständlich habe ich das gesagt. Hörst du mir eigentlich jemals zu?«
»Wenn jemand von Grapefruits redet, werde ich schwerhörig.«
»Du leidest an selektiver Taubheit«, murrte sie.
»Quatsch«, versetzte ich. »Du kannst sagen, was du willst, ich werde mir heute abend ein Steak genehmigen.«
»Ein Steak habe ich dir nie verboten. Nur die gefüllte Kartoffel und das Brot und die zwei Biere kommen nicht in Frage.«
»Was bekomme ich dann als Beilage?«
»Schwarzen Kaffee und grünen Salat mit Zitronensaft.«
»Grüner Salat mit Zitronensaft! Du meine Güte!«
»Das ist gesund. Welches Lokal?«
»Ist mir Wurst«, sagte ich. »Solange wir so rasch wie möglich hinkommen.«

Wir aßen in einem auf Steaks spezialisierten Lokal in einem der großen Hotels im Zentrum. Dort ging man gleich nach dem Eintreten an eine Theke und ließ sich sein Steak vom Küchenchef nach Wunsch zurechtschneiden. Ich bestellte eins à la New York, fünfhundert Gramm schwer, englisch. Normalerweise bevorzuge ich mein Steak halbgar, aber an diesem Abend gelüstete es mich nach rohem Fleisch, je blutiger, je besser. Da fühlte ich mich so richtig primitiv, wie ein Höhlenbewohner, der zum ersten Mal ein Mädchen abschleppt.
Als das Steak serviert wurde, brachte ich es fertig, es wie ein kultivierter Mensch zu verzehren, wenn auch nur mit Mühe. Ich bekam sogar den Großteil des Salates mit Zitronensaft hinunter. Kerry schaute mir staunend zu. Sonderbar, sie wirkte, als sähe sie zum ersten Mal in ihrem Leben einen Halbverhungerten sein Essen hinunterschlingen.
Nachdem der Kellner die Reste weggeräumt hatte, saßen wir

eine Weile beim Kaffee und unterhielten uns. Mein Magen war voll, ich war glücklich. Viel brauche ich nicht zum Glück – eine ordentliche Mahlzeit, eine attraktive Frau, ein Krimiheftchen zum Schmökern und einen Fall, an dem ich arbeiten kann. Vielleicht bin ich in der Tat primitiv.
Zur Abwechslung überließ ich es ihr, die Rechnung zu begleichen. Leisten konnte sie sich das; Kerry war hochbezahlte Werbetexterin in einer der größten Agenturen von San Francisco, ich dagegen ein schlechtbezahlter Privatdetektiv, dessen Einkommen noch weiter sinken würde, wenn er erst einmal mit Eberhardt teilen mußte.
Dann holten wir meinen Wagen und fuhren zu Tamuras Bad in der Pine Street. Je schneller ich meinen kleinen Schwatz mit Ken Yamasaki hinter mich brachte, desto eher konnte ich mit Kerry eine italienische Dusche nehmen. Italienische Duschen sind viel angenehmer als japanische Bäder. Zumindest die Abart, die ich im Sinn hatte.
Das Haus, in dem sich die Bäder befanden, war nichtssagend genug – ein schmaler Ziegelbau, zwei Stockwerke hoch, flankiert von einem Wohnhaus und einem Lebensmittelgeschäft an der Ecke. Ich entdeckte zwei Häuser weiter einen Parkplatz und ging mit Kerry durch einen Nieselregen, der so leicht war, daß er eher einem Dunst ähnelte. Die Leuchtziffern einer Uhr im Schaufenster des Lebensmittelgeschäfts zeigten 21 Uhr 35 an.
An der Tür des Bades meinte Kerry: »Bist du auch ganz sicher, daß Frauen hier zugelassen sind?«
»Siehst du irgendwo ein Schild, auf dem etwas anderes steht?«
»Nein.«
Das einzige Schild in Sichtweite war mit Reißbrettstiften neben der Haustür befestigt. Auf ihm stand: »Tamuras japanisches Bad – täglich von 10 bis 22 Uhr geöffnet.« Ich machte die Tür auf und ließ Kerry vortreten in einen schmalen, düsteren, nur von einer einzigen japanischen Laterne beleuchteten Gang. Am Ende führte eine Treppe nach oben. Es war sehr ruhig hier. Als ich die Tür schloß, vernahm ich nur Schweigen. Über die Treppe erreichten wir ein Vorzim-

mer, das einige Sitzmöbel aus spanischem Rohr, zwei weitere Laternen und einen unbesetzten Empfangstisch enthielt. Auf einer Seite befand sich hinter einem Wandschirm ein Durchgang, der vermutlich zu den Bädern führte.
Wir warteten fünfzehn oder zwanzig Sekunden lang, aber nichts tat sich: Niemand kam ins Vorzimmer, niemand machte irgendwo im Haus ein Geräusch. Endlich rief ich laut: »Hallo! Ist jemand zu Hause?« Zur Antwort bekam ich nur ein Echo und wieder Stille.
»Wo sind sie denn alle?« fragte Kerry.
»Gute Frage. Geschlossen kann das Bad noch nicht sein; es ist nämlich noch nicht zehn, und die Haustür war nicht abgesperrt.«
»Vielleicht sollten wir mal hinter den Wandschirm schauen.«
»Dort müssen die Bäder sein.«
»So? Hast du Angst, ich könnte etwas sehen, das ich bisher noch nie erblickt habe?«
»Sehr unwahrscheinlich.«
Sie streckte mir die Zunge heraus.
Ich ging um den Wandschirm herum, Kerry folgte mir auf den Fersen. Ein weiterer Gang, diesmal besser beleuchtet, links und rechts mehrere Türen, am Ende ein Ausgang. Die ersten paar Türen führten in Umkleidekabinen, die allesamt leer waren. In zweien waren Handtücher achtlos auf den Boden geworfen worden. Dahinter kamen die Bäder – vier große, mit undurchsichtigen Wandschirmen abgeteilte Räume, die je ein bis auf Hüfthöhe versenktes gekacheltes Becken enthielten, das groß genug für sechs Personen war. Die Beckenränder waren von Bambusmatten umgeben. Alle Räume waren leer, doch einige Matten kamen mir feucht vor.
»Das ist also ein japanisches Bad«, bemerkte Kerry. »Ein bißchen enttäuschend. Ich hatte etwas Exotischeres erwartet.«
Ich schwieg. Hier stimmte etwas nicht. Ich spürte es in der Luft wie einen üblen Windhauch. Das Haus sollte bei unverschlossener Tür nicht leer sein. Und wenn man die

Handtücher auf dem Boden und die nassen Matten als Hinweis nahm, mußten sich die Leute, die hiergewesen waren, hastig entfernt haben. Und zwar erst vor kurzer Zeit. Wir standen in einem der Badezimmer. »Warte hier mal einen Augenblick«, sagte ich abrupt.
»Wieso? Was ist los?«
»Warte hier. Ich bin gleich wieder da.«
Ich entfernte mich, ehe sie etwas einwenden konnte, und ging zum Ende des Korridors. Die Tür dort stand halb offen; dahinter konnte ich einen Schreibtisch mit einer brennenden Lampe darauf und einige Aktenschränke sehen. Ein Büro – vielleicht das von Tamura, wenn jemand dieses Namens hier noch der Chef war. Ich stieß die Tür mit den Fingerspitzen auf.
Als erstes fiel mir auf, daß der Sessel am Schreibtisch umgestoßen worden war. Dann sah ich verstreute Glassplitter und kleine rote Flecken an der Wand. Darauf, nachdem ich zwei Schritte in den Raum und zwei nach links getan hatte, sah ich das restliche Blut: auf dem Boden, der unteren Hälfte der Wand und an dem Japaner, der es verspritzt hatte. Er lag zusammengesunken an der Fußleiste. Es konnte kein Zweifel bestehen, daß er tot war. Neben ihm lag die Waffe, mit der er umgebracht worden war, grell befleckt, im Schein der Schreibtischlampe schimmernd.
Er war mit einem Samurai-Schwert erschlagen worden.

5

Mir drehte sich der Magen um, und das Steak, das ich gerade verzehrt hatte, schien mir in einem galligen Klumpen hochkommen zu wollen. Zwei Sekunden lang glaubte ich, mich erbrechen zu müssen. Ich wandte mich von der Leiche ab, schluckte und schluckte, bis meine Kehle wieder frei war. Rohes Fleisch, dachte ich, je blutiger, desto besser...
Ich wollte nichts als raus, war aber zu lange Polizist und an zu vielen Tatorten gewesen. Der Instinkt führte mich ein

paar Schritte näher an den Toten heran bis an die Stelle, wo die Glasscherben, die Blutspritzer und -rinnsale begannen. Er war über sechzig gewesen, kahlköpfig und hager. Er trug ein Hemd mit Krawatte und Hosen mit Fischgrätmuster. Ich hatte ihn noch nie gesehen.

Die Glassplitter stammten von einer gerahmten, rund vierzig mal vierzig großen Fotografie, die entweder von der Wand gefallen oder gerissen worden war. Da das Bild auf der Rückseite gelandet war, konnte ich erkennen, daß es sich um einen unscharfen Schwarzweißabzug handelte, der drei Japaner um die zwanzig zeigte, die an einem Maschendrahtzaun vor einer Gruppe von Gebäuden standen. Sie hatten sich die Arme um die Schultern gelegt und lächelten. Einer, der Mann in der Mitte, hatte ein sonderbares Medaillon um den Hals; das mochte der Tote vor dreißig oder vierzig Jahren gewesen sein, doch die Leiche war so verstümmelt und blutverschmiert, daß ich das nicht mit Sicherheit sagen konnte.

Ansonsten gab es in dem Büro nicht viel zu sehen. Zwei geschlossene Türen; die in der Seitenwand gehörte vermutlich zu einem Wandschrank, die andere an der Rückwand des Hauses mußte zur Feuerleiter führen. Auf dem Boden einige Bögen Papier, mit Zahlenkolonnen bedeckt – Kontenblätter, die vom Schreibtisch gefegt worden waren. Ein heftiger Kampf konnte jedoch nicht stattgefunden haben; der Mörder war mit seinem Schwert hereingekommen und hatte mehr oder weniger ohne Warnung zugeschlagen.

Die Leiche zog meinen Blick an wie ein Magnet. Ich begann zurückzuweichen. Es war viel zu warm hier drin. Der Heizkörper an der Seitenwand war voll aufgedreht und gurgelte leise. Und der Geruch des Todes machte mich benommen. Man bekommt immer wieder eingeredet, Blut sei geruchlos, aber das stimmt nicht: es hat einen brackigsüßlichen Gestank, der nun schwer in der Luft hing, begleitet von der hartnäckigen Duftnote einer Darmentleerung. Wo Blut vergossen worden und jemand durch Gewalteinwirkung zu Tode gekommen ist, trifft man immer diesen Geruch an.

Hinter mir Schritte im Korridor. »He, wo bist du?« rief Kerry. »Was geht hier vor?«
Mein Gott. Ich fuhr herum, blockierte den Eingang und nahm ihr den Blick. »Bleib draußen.«
Sie blieb stehen und starrte mich an. Sie sah mir am Gesicht an, was ich auf dem Boden im Büro entdeckt hatte. In ihren Augen tauchte Angst auf.
»Da liegt ein Toter drin«, sagte ich. »Mit einem Schwert ermordet. Ziemliche Schweinerei.«
»Mein Gott! Wer –«
»Keine Ahnung.«
»Nicht der Mann, den du sprechen wolltest?«
»Nein, das Opfer ist sehr viel älter. Wahrscheinlich der Inhaber.«
Ich holte mein Taschentuch heraus, wickelte es um meine Hand, trat dann in den Korridor und zog die Tür zu, weil ich befürchtete, es könnte ihr einfallen, einmal selbst nachzusehen. Kerry war alles zuzutrauen.
»Brrr«, rief sie und verschränkte die Arme wie jemand, der plötzlich fröstelt. »Deshalb ist kein Mensch im Haus.«
Ich nickte. Und deshalb hat man sich mit solcher Hast entfernt, dachte ich. Ken Yamasaki und wer sich sonst noch im Bad aufhielt, mußte den Lärm gehört, vielleicht sogar den Mörder gesehen haben. Doch anstatt die Polizei zu rufen, hatten sie alle die Flucht ergriffen. Warum *alle*? Warum auch Yamasaki? Er war doch hier angestellt; das würde die Polizei ohne Schwierigkeiten herausfinden und dazu die Tatsache, daß er heute abend hiergewesen war. Für ihn war es sinnlos, mit den anderen wegzurennen.
Es sei denn, *er* war der Täter...
»Komm mit«, sagte ich, ergriff Kerrys Hand und zog sie in den Vorraum. Mit einer Kopfbewegung wies ich auf einen Besuchersessel aus spanischem Rohr. »Setz dich da drüben hin, und rühre ja nichts an.«
Sie gehorchte schweigend. Ich ging an den Schreibtisch, hob mit dem Taschentuch den Hörer ab und wählte die altvertraute Nummer des Polizeipräsidiums.

Die Besatzung des ersten Streifenwagens traf nach zehn Minuten ein, die Knaben von der Mordkommission fünfzehn Minuten später. Angeführt wurden sie von einem Inspektor namens McFate, Leo McFate. Wir kannten uns flüchtig und blieben immer sehr höflich, wenn wir miteinander zu tun bekamen – er hatte in der Verwaltung gearbeitet, ehe man ihn nach Eberhardts Pensionierung zur Mordkommission versetzte –, doch ich spürte, daß McFate mich nicht besonders mochte. Ich konnte mir den Grund recht gut vorstellen, er hatte nichts mit den üblichen Reibungspunkten zwischen Polizei und Privatdetektiven zu tun; Neid oder Mißtrauen schieden aus. Nein, die Abneigung mußte auf der Tatsache beruhen, daß McFate ein Aufsteiger war. Er ging in die Oper, zu Symphoniekonzerten und ins Ballett, wurde gelegentlich in den Klatschspalten erwähnt, gewöhnlich im Zusammenhang mit einer begüterten Dame, und er trug Maßanzüge und handgewebte Krawatten und sah immer aus, als ginge er gerade zu einer Hochzeit oder Beerdigung.

Er konnte mich nicht ausstehen, weil ich ein ungehobelter, schlampiger, schundlesender Bauer war. Was stimmte. Leo McFate konnte zum Teufel gehen.

Viel hatte er nicht zu sagen, als er mit den anderen hereingerauscht kam, abgesehen von einem knappen: »Wo ist der Verstorbene?« Himmel noch mal, der redete nicht wie ein Bulle, sondern wie ein Leisetreter. Oder wie ein aus politischen Gründen ernannter Staatsbeamter in Sacramento, ein Posten, den er Gerüchten zufolge anstrebte. Das passende Aussehen hatte er, das mußte man ihm lassen. Groß, muskulös, imposant – das, was meine Großmutter als »prachtvolles Mannsbild« bezeichnet hätte. Dunkelbraunes Haar, an den Schläfen ergrauend. Flotter Schnauzer mit dazu passenden flotten braunen Augen. Er hatte sogar ein Grübchen im Kinn wie Robert Mitchum.

Ich zeigte ihm, wo der Verstorbene lag. McFate sah sich die Leiche, das blutige Schwert und die anderen Objekte am Boden zwei Minuten lang an. Ich beobachtete ihn dabei vom Korridor aus, da ich keine Neigung verspürte, das

Büro noch einmal zu betreten. Der Schreibtisch versperrte mir den Blick auf den Toten. Dann wechselte McFate ein paar Worte mit dem Assistenten des Coroners und mit einem Mitglied des Teams vom Labor. Anschließend drehte er sich um, ging hinaus und kam zu mir.

»Wann fanden Sie ihn?« fragte er.

»Ungefähr um zwanzig vor zehn. Drei oder vier Minuten später verständigte ich die Polizei.«

»War das Haus so verlassen wie jetzt, als Sie eintrafen?«

»Ja.« Ich sagte ihm, wie ich das einschätzte, und er nickte.

»Wie kamen Sie herein?«

»Die Haustür war nicht abgeschlossen, wir sind einfach hineinmarschiert.«

»Wir?«

»Ich und die Dame da draußen, Miss Kerry Wade.«

»Soll ich davon ausgehen, daß Sie hierherkamen, um das Bad zu benutzen?« Die Worte waren an sich harmlos genug, aber er brachte es fertig, ihnen einen überheblichen Klang zu verleihen, als fände er es amüsant, daß ein Prolet wie ich sich ein japanisches Bad leistete.

»Nein, zum Baden kamen wir nicht«, gab ich zurück. »Ich wollte einen Angestellten geschäftlich sprechen.«

»Welchen Angestellten? Tamura?«

»Hieß der Tote Tamura?«

»Ja, Simon Tamura.«

»Wieso wissen Sie das schon?«

»Weil bei uns eine Akte über ihn vorliegt. Er war ein Yakuza.«

»Wirklich?« sagte ich verblüfft.

»Und ob.«

»Es handelt sich also um einen Bandenmord. Kein Wunder, daß sich alles so eilig verzog, die Angestellten eingeschlossen.«

»Hmmm«, meinte McFate. »Welchen Angestellten wollten Sie denn sprechen?«

»Ken Yamasaki.«

McFate wiederholte den Namen. Er machte sich während unserer Unterhaltung keine Notizen, denn er hatte ein vorzügliches Gedächtnis und war stolz auf die Tatsache, daß er Verhöre, die dreißig Minuten gedauert hatten, wortwörtlich wiedergeben konnte. Das hatte früher einmal in einer Klatschspalte gestanden – zu einer Zeit, als ich noch Zeitung las. »Was hatten Sie eigentlich mit Yamasaki zu tun?« fragte er.

»Nichts, was die Yakuza betrifft«, sagte ich. »Oder Tamuras Tod.«

»Überlassen Sie dieses Urteil bitte mir.«

Ich begann, ihn noch weniger zu mögen als er mich. Aber die Welt ist halt voller Arschlöcher, und man muß tolerant sein, wenn man seinen Frieden haben will. So berichtete ich ihm in freundlichem, neutralem, tolerantem Tonfall, daß Ken Yamasaki ein Exfreund von Haruko Gage sei, die mich engagiert habe, um den Namen eines stillen Verehrers herauszufinden, der ihr Geschenke schickte.

McFate muß das lächerlich vorgekommen sein; selbst für mich klang es reichlich seltsam, als ich es erklärte. Er warf mir einen halb gönnerhaften, halb mitleidigen Blick zu. »Die Geschäfte müssen aber schlechtgehen«, meinte er, »wenn Sie sich mit solchen Fällen abgeben.«

»Heutzutage nimmt man, was man kriegt«, gab ich ruhig zurück.

»Wie ich höre, steigt Eberhardt bei Ihnen ein«, sagte er. »Und zwar bald, nicht wahr?«

»Nächste Woche.«

»Er hätte im Dienst bleiben sollen, da ginge es ihm besser.« McFate lächelte, um den Worten den Stachel zu nehmen, und fügte dann hinzu: »Hoffentlich stoßen Sie sich nicht an der Bemerkung.«

Ich ließ sie hingehen. Arschlöcher lassen dauernd üble Winde fahren; das durfte man nicht vergessen, wenn man mit ihnen zu tun hatte.

»Wissen Sie, wo Yamasaki wohnt?« fragte er.

»Nein, er steht nicht im Telefonbuch.«

»Kannten Sie Simon Tamura, als er noch lebte?«

»Nein. Seinen Namen habe ich heute zum ersten Mal gehört.«

»Und Sie hatten in letzter Zeit keinen Fall, der die Yakuza betraf?«
»Ich hatte nie einen Fall, mit dem die Yakuza etwas zu tun hatten.«
»Na schön«, meinte McFate. »Setzen Sie sich vorerst einmal zu Ihrer Freundin. Kann sein, daß ich Ihnen später noch ein paar Fragen stellen möchte.«
»Sicher. Vorausgesetzt, wir kommen vor Mitternacht hier heraus.«
Ich ging zurück ins Vorzimmer und ließ mich in einen Rohrsessel neben Kerrys fallen. »Was ist los?« sagte sie. »Warum guckst du so finster?«
»Weil ich gerade von McFate erfahren habe, daß der Tote ein Yakuza war.«
»Was ist ein Yakuza?«
»Die Yakuza sind eine japanische Gangsterbande. Ähnlich wie die Mafia.«
»Du meine Güte.«
»Immer mit der Ruhe. Ist nicht so unheilvoll, wie es klingt.«
»Wirklich nicht?«
»Nein. Ich weiß zwar nicht viel über sie, aber in Japan und auch sonst in Ostasien sind sie sehr mächtig, und sie beginnen, auch hier Fuß zu fassen. Prostitution, Erpressung und ähnliches. Sie nehmen aber nur andere Japaner aus – größtenteils Geschäftsleute und Touristen.«
»Ach ja ... dann wurde der Mann ... weißt du schon, wie er hieß?«
»Simon Tamura. Der Inhaber, nehme ich an.«
»Dann wurde er also von anderen Yakuza ermordet? War das so eine Unterwelt-Exekution?«
»Sieht so aus«, sagte ich. »Die Yakuza sollen sich für Nachfahren der Samurai-Krieger halten. Und Tamura wurde mit einem Samurai-Schwert ermordet. Ein Ritualmord vielleicht, um einen Verstoß gegen ein Gesetz der Yakuza zu ahnden.«
»Na, zum Glück hast du diesmal zur Abwechslung nichts damit zu tun. Schon schlimm genug, daß du die Leiche finden mußtest. Und daß ich dabei war.«

»Da kann ich dir nicht widersprechen.«
»Ein Mordfall nach dem anderen, seit ich dich kennengelernt habe«, sagte sie. »Eines Tages...«
»Eines Tages wird was?«
»Du weißt schon, was ich sagen wollte.«
»Ja. Aber ich habe schon eine gute Weile überlebt und gedenke auch noch eine Zeitlang am Leben zu bleiben.«
»Hoffentlich. Verdammt, manchmal jagst du mir eine Heidenangst ein.«
»Manchmal, Liebes«, meinte ich, »krieg ich vor mir selbst eine Heidenangst.«
Wir verfielen in Schweigen, aber das war in Ordnung, denn nach einer Weile ergriff Kerry meine Hand. Ihre Finger waren trocken und kalt – im Gegensatz zum Raum, in dem die gleiche Bullenhitze herrschte wie in Tamuras Büro. Ich begann zu schwitzen, stand nach einer Weile auf und drehte am Ventil des Heizkörpers herum, bis er kühler wurde.
Polizisten gingen ein und aus, und dann stiefelten zwei weißgekleidete Assistenzärzte mit einem Leichensack herein. Fast augenblicklich nach ihrem Verschwinden in Richtung Büro erschien McFate wieder und hielt auf Kerry und mich zu. Wir standen beide auf.
»Tamura gehörte eindeutig zu den Yakuza«, erklärte McFate ohne Umschweife. »Er hat ihre Tätowierung auf der Brust – einen Samurai im Kampf mit einem Drachen. Und sein Schreibtisch ist voller Belastungsmaterial. Er war eine der Stützen des *mizu shobai* hier in der Stadt.«
Ich hatte keine Ahnung, was letzteres bedeutete, dachte aber nicht daran, ihm den Gefallen zu tun, das zuzugeben. Verraten würde er es uns bestimmt auch so.
»*Mizu shobai* bedeutet ›Wasser-Geschäft‹!« Na bitte, da war die Erklärung, und zwar in seinem typischen herablassenden Tonfall. »Ausbeutung von japanischen Bars, Restaurants und Nachtclubs rund um die Bucht von San Francisco – eine Variante der alten Protektions-Masche. Höchst lukrativ.«
»Was bedeutet, daß er wahrscheinlich Rivalen hatte.«

»Sehr wahrscheinlich. Das werden wir schon herausfinden.« Er machte eine Pause. »Haben Sie immer noch vor, mit Ken Yamasaki zu reden?«
»Das hängt davon ab, ob er etwas mit dem Mord an Tamura zu tun hat.«
»Dann unterlassen Sie besser jeden Kontaktversuch, bis Sie ganz sicher sind.«
»Werde ich tun.«
»Gut. Sie wollen sich doch nicht etwa um die Machenschaften der Yakuza kümmern, oder?«
»Nein. Warum auch?«
»Das sollten Sie bleiben lassen, falls Sie mir vorhin die Wahrheit gesagt haben.«
»Was ich gesagt habe, stimmt. Die Polizei lüge ich nie an, McFate.«
»Hin und wieder kommen Sie aber vom geraden Weg ab.«
»Was wollen Sie damit sagen?«
»Daß Sie schon einmal Ihre Lizenz losgeworden sind«, sagte McFate, »und daß es eine Schande wäre, wenn das noch einmal passieren würde. Ich möchte Ihnen also raten, Ihre derzeitigen Aktivitäten auf das Aufspüren von stillen Anbetern zu beschränken. Überlassen Sie die Yakuza uns.«
Mir wurde es langsam heiß; er rieb Salz in alte Wunden. Aber wenn ich das jetzt aufbauschte, bekam ich nichts als Ärger. Ich zwang mich zu sagen: »Meinetwegen brauchen Sie sich keine Sorgen zu machen. Können wir jetzt gehen?«
»Sicher, aber ich hätte gerne Miss Wade noch ein paar Fragen gestellt. Nur, um Ihre Aussage zu bestätigen.«
Kerry sah mich an. Ich meinte: »Frische Luft tut mir gut. Ich warte im Wagen.«
Sie nickte, McFate bedachte sie mit einem charmanten Lächeln, und ich verschwand, ehe ich etwas Dummes sagen oder tun konnte. Draußen drückten sich zwei Reporter herum, die mich aber nicht zu kennen schienen. Ich stierte sie nach Bullenart finster an und wurde nicht belästigt. Ich ging bis zur nächsten Querstraße und ließ Wind und Nieselregen meinen Zorn kühlen. Zurück beim Wagen, setzte ich mich ans Steuer, ließ die Seitenscheibe einen Spaltbreit offen

und betrachtete die Uhr im Schaufenster des Lebensmittelgeschäfts.

Kerry kam erst fünf Minuten später. »Puh, bin ich froh, daß ich da raus bin!« schnaufte sie, als sie auf den Beifahrersitz glitt.

»Wieso, war McFate unangenehm?«

»Im Grunde nicht. Er starrte mich aber so an, daß ich mir sagte, jeden Augenblick versucht er jetzt, dich anzumachen. Was fehlt ihm eigentlich?«

»Er ist ein Arschloch«, sagte ich und ließ es dabei bewenden.

Die gemeinsame Dusche nahmen wir nicht. Wir taten an diesem Abend überhaupt nichts zusammen, primitiv oder nicht primitiv. Die Kombination aus dem Mord und McFate hatte meine amourösen Gefühle und Absichten verfliegen lassen, und auch Kerry zeigte kein großes Interesse. So verabschiedeten wir uns vor ihrem Haus im Auto, und ich fuhr heim und kroch allein ins Bett.

War schon ein toller Tag. Hatte drei Sterne verdient.

6

Ich stand um halb neun auf, rasierte mich und ging um neun in die Küche, um mein Frühstück zuzubereiten. Bei dem Gedanken an Eier in jeder Erscheinungsform, insbesondere in Begleitung von Grapefruits, begann mein Magen unangenehm zu knurren und zu gluckern. So suchte ich den Kühlschrank nach etwas anderem ab, das nicht dick machte, entdeckte aber nur Selleriestrünke und Karotten und Joghurt, den Kerry mir gekauft hatte. Ananasjoghurt, stand auf dem Etikett. Fein, aber nicht auf leeren Magen. Ich stellte ihn zurück in den Kühlschrank, ließ Sellerie und Möhren folgen, und nahm mir eine Dose V-8-Saft. Etwas Festes konnte ich später zu mir nehmen.

Als ich Kaffee eingoß, klingelte das Telefon. Ich ging ins Schlafzimmer, nahm ab und hörte Eberhardts Stimme. »Na,

hast du heute früh schon ein paar Leichen gefunden? Oder ist der Tag noch zu jung?«
»Finde ich gar nicht komisch«, versetzte ich. »Hast wohl gehört, was gestern abend passiert ist.«
»Ja, ich und noch ein paar Millionen Menschen. Du solltest regelmäßig Zeitung lesen; dein Name steht in letzter Zeit häufig genug drin.«
»Einer der Gründe, aus denen ich mir keine halte. Stand es diesmal auf der ersten Seite?«
»Klar. ›Mann mit Samurai-Schwert zerhackt‹ – das macht doch einen guten Aufreißer. Besonders, wenn es sich um ein großes Tier in der hiesigen Yakuza-Organisation handelt.«
»Wie oft ist mein Name denn mißbraucht worden?«
»Nur einmal. Viel Druckerschwärze ist nicht verschwendet worden. Es heißt nur, du hättest mit Kerry die Leiche gefunden.«
»Wird Kerry auch erwähnt? Verfluchter McFate. Ich hatte angenommen, daß er wenigstens sie heraushalten würde.«
»Leo sieht seinen Namen zu gerne in den Zeitungen«, sagte Eberhardt. »Und meint wohl, das ginge allen anderen auch so.«
»Hör zu, Eb, mit dem Mord an Simon Tamura habe ich nichts zu tun. Und mit den Yakuza auch nicht. Ich ging nur in dieses Bad, um mit einem Angestellten zu sprechen – nicht mit Tamura –, und zwar über einen ganz harmlosen Privatfall.«
»Hab' ich dich denn danach gefragt?«
»Nein, aber ich will, daß du Bescheid weißt.«
»Mit so einer Antwort hatte ich gerechnet. Ich kann mir nicht vorstellen, daß du dich mit einem Verein wie den Yakuza anlegst, ohne mir etwas davon zu sagen. Außerdem bist du nicht so dumm, Kerry mit in ein Haus zu nehmen, das Gangstern als Fassade dient.«
»Herzlichen Dank.«
»Nicht der Rede wert. Hast du heute zu tun?«
»So einiges. Warum?«
»Ich habe gestern einen Schreibtisch, einen Stuhl und noch ein paar andere Sachen gekauft«, sagte er. »Die werden heute

nachmittag geliefert. Ich dachte, vielleicht kommst du vorbei und hilfst mir beim Rücken.«
»Wann soll das Gerümpel denn ankommen?«
»Irgendwann nach zwei.«
»Na, das sollte hinhauen. Meine Sachen müßten um diese Zeit vom Lager geliefert werden. Bis dahin schaffe ich es bestimmt.«
»Gut«, sagte er. »Ich freu' mich schon, Kumpel.«
Da stehst du aber ganz allein, dachte ich.
Ich wählte Kerrys Nummer, um festzustellen, ob auch sie den Zeitungsartikel gesehen hatte, aber es meldete sich niemand. Sie war also schon unterwegs zu Bates & Carpenter, der Werbeagentur, bei der sie arbeitete.
So holte ich das Telefonbuch aus dem Nachttisch, suchte mir die Nummer der Kanzlei des City College heraus und tastete sie ein. Eine Frau hob ab und sagte, Nelson Mixer sei immer noch krank. Ich wählte Mixers Privatnummer, und nachdem es fünfmal geläutet hatte, meldete sich eine Männerstimme. Er klang ein bißchen verstimmt, als hätte ich ihn bei etwas gestört. Vielleicht hatte er gerade geschlafen oder Medizin genommen; seine Stimme klang rauh. Ich fragte ihn, ob er Nelson Mixer sei, und als er das bejahte, begann ich: »Ich wollte mich nur erkundigen, ob Sie an Wandverkleidungen aus Aluminium zum Vorzugspreis interessiert sind –« Er legte auf. Ich grinste. Nun wußte ich, wo er heute vormittag zu finden war.
Ich trank meinen Kaffee in der Küche und versuchte, das zornige Knurren meines leeren Magens zu überhören. Dann verbrachte ich zehn Minuten mit den Übungen, die mir meine Heilgymnastin aufgegeben hatte, um den verletzten motorischen Nerv in meinem linken Arm und der Schulter zu stärken. Von jenem Schützen, der Eberhardt im August siebzehn Tage lang ins Koma geschickt hatte, hatte ich nämlich auch eine Kugel abbekommen. Eine Zeitlang war der Arm sehr steif gewesen, und ich hatte auch jetzt noch hin und wieder Schwierigkeiten, ihn zu gebrauchen, besonders nach körperlicher Anstrengung. Inzwischen war es aber dank der verstrichenen Zeit und der Heilgymnastik nicht

mehr so schlimm. An den meisten Tagen spürte ich weder Schmerz noch Steifheit und wurde an die Verletzung nur erinnert, wenn ich versuchte, mit dem linken Arm etwas anzuheben. Wie die Heilgymnastin sagte, hatte ich noch eine drei- oder vierprozentige Behinderung. Das Ziel war ein Prozent; näher an den Normalzustand würde der alte Flitsch nicht herankommen.
Laut Armbanduhr war es halb zehn, als ich in meinen Mantel schlüpfte, den Hut aufsetzte und die Wohnung verließ. Hoffentlich hatte Nelson Mixer etwas Nützliches zu berichten. Da Ken Yamasaki zur Zeit unerreichbar war, stand nur noch Edgar Ogada auf meiner Liste. Und mir lag viel daran, Haruko Gages stillen Verehrer zu identifizieren; nicht, weil es ein wichtiger Fall war, sondern weil ich wollte, daß meine letzte Solo-Ermittlung zu einem Erfolg wurde.

Nelson Mixers Heim entpuppte sich als kleines Haus in der 46th Avenue, nicht weit vom Sutro Heights Park und dem Pazifik. Es war eines jener stuckverzierten Reihenhäuser, die ein Bauunternehmer namens Dolger in den dreißigern hochgezogen hatte; alle mit dem Nachbarhaus verbunden wie die Glieder einer riesigen Kette, mit einem winzigen Vorgarten und der Garage unter den Wohnzimmerfenstern. Ließ man die Garage offenstehen, sah sie aus wie ein gähnendes Maul unter zwei vorstehenden rechteckigen Glotzaugen.
Mixers Heim unterschied sich in zweierlei Hinsicht von den Nachbarhäusern. Erstens war es pißgelb angestrichen und grellgrün abgesetzt. Zweitens stand ein Weihnachtsbaum an prominenter Stelle vor einem Wohnzimmerfenster; überladen mit rosa Watteflocken, Silberlametta und glitzerndem blauen Schmuck. Hätte die Stadt eine Verordnung gegen optische Umweltverschmutzung erlassen – so etwas sollte es geben –, konnte sie Mixer mit einem saftigen Bußgeld belegen.
Am Randstein vor dem Haus parkte nichts; ich stellte meinen Wagen dort ab und stieg aus in den leichten, stetigen Nieselregen, der seit gestern abend fiel. Im Dezember hat San Francisco normalerweise anständiges Wetter, aber nicht

in diesem Jahr. Seit drei Wochen regnete es nun ab und an, und ich hatte langsam die Nase voll, kam mir vor wie eine zu häufig gegossene Zimmerpflanze. Wenn das so weiterging, würde bald Wurzelfäule einsetzen.

Ich rannte die gelbe, stuckverzierte Freitreppe hoch und blieb im Regen vor einer einbruchsicheren Tür aus Schmiedeeisen stehen, drückte auf den Klingelknopf und wartete, daß jemand reagierte. Eine gute Minute lang mußte ich warten, bis das geschah. Dann klickte es im Schloß, die Tür öffnete sich langsam nach innen, und ein Gesicht tauchte im Spalt auf. Es war ein blasses, spitzes Fuchsgesicht, gekrönt von einem wilden roten Haarschopf, der sich im Ton mit den gelben Wänden biß. Dieses Gesicht starrte mich an, wie ich da draußen vor der Tür im Regen stand, blinzelte zweimal und wagte sich dann, getragen von einem langen, dürren Hals, weiter heraus.

»Ja?« sagte das Gesicht argwöhnisch. »Was wollen Sie?«

»Sind Sie Nelson Mixer?«

»Ja. Wer sind Sie?«

Ich nannte ihm meinen Namen und Beruf. Seine Augen wurden groß und traten ein wenig aus den Höhlen, als hätte ich ihm gerade verraten, ich sei der wiedergeborene Benito Mussolini; die weiße Haut wurde noch weißer. Er riß die Tür ganz auf, was eher ein Reflex war, und ich konnte mir den Rest von ihm betrachten. Er war ungefähr einssiebzig groß und brachte stramme sechzig Kilo auf die Waage. Das Ganze war in einen königsblauen, mit goldenen Drachen verzierten Morgenmantel gehüllt. Er mochte fünfunddreißig oder fünfundvierzig sein. Die Art, wie er mich anglotzte, ließ auch darauf schließen, daß er nicht ganz richtig im Kopf war.

»Privatdetektiv?« sagte er. »Du meine Güte! Was wollen Sie? Wer hat Sie geschickt?«

»Niemand, Mr. Mixer. Ich –«

»Claras Vater? Ist er es?«

»Ich kenne leider keine –«

»Sie können ihm ausrichten, ich hätte sie nie angerührt. Haben Sie mich verstanden? Nichts als ein Haufen Lügen. Ich bin ihr Tutor, mehr nicht.«

»Ihr was?«
»Ihr Tutor. Sie wissen doch, was das bedeutet. Ich gebe ihr Nachhilfeunterricht.«
»Sicher weiß ich das –«
»Und zwischen Clara und mir ist nie etwas vorgefallen. Kein körperlicher Kontakt, nichts. Ich finde sie noch nicht mal attraktiv; hatte noch nie was für Frauen mit dickem Hintern übrig. Reiben Sie ihm das ruhig rein, dem alten Knacker.«
»Also bitte, Mr. Mixer...«
»Nellie!« rief eine Frau aus dem Haus. »Nellie, was machst du da draußen?«
»Himmel«, sagte Mixer. Er warf einen Blick über die Schulter, sah dann wieder mich an, guckte schuldbewußt.
»*Nellie?*«
Er drehte sich halb um. »Hör auf zu kreischen!« schrie er. »Bin gleich wieder da, Darlene.«
»Die Luftfeuchtigkeit hier draußen ist ziemlich hoch«, merkte ich an, als er seine Aufmerksamkeit wieder mir zuwandte. »Drücken Sie mal auf den Türöffner, und lassen sie mich rein?«
»Ha!« versetzte er. »Meinetwegen können Sie ersaufen.«
»Sie haben ein Herz für Ihre Mitmenschen. Wer ist Darlene?«
»Wie bitte?«
»Darlene, Ihre Freundin da drin.«
»Das ist keine Freundin«, erwiderte er hastig, »sondern eine meiner Studentinnen.«
»Ich rief vor einer Weile im College an und bekam gesagt, Sie seien zu krank, um heute Vorlesung zu halten.«
»Stimmt, ich bin zu krank zum Ausgehen. Ich habe Darlene gerade, äh, Unterricht erteilt.«
»Im Morgenmantel?«
Er schaute an sich hinunter, als hätte er vergessen, was er trug. Kleine rote Flecke erschienen auf seinen Wangen, die im Ton zu seinem Haar paßten. »Ich, äh... will sagen... Kaffee, ich habe Kaffee über meine Kleider geschüttet, als wir gerade...« Jäh hörte er auf zu stammeln, zog die Schultern zurück, fletschte die Zähne und sagte: »Ich brauche Ihnen keine Rechenschaft abzulegen. Verschwinden Sie.

Richten Sie Claras Vater aus, ich würde rechtliche Schritte gegen ihn einleiten, wenn er nicht aufhört, mich zu belästigen.«

»Ich arbeite nicht für Claras Vater«, sagte ich rasch, denn er war im Begriff, die Tür zu schließen. »Ich kenne überhaupt keine Clara, sondern bin wegen Haruko Gage hier.«

Die Tür blieb halb geöffnet. »Wegen wem?«

»Haruko Gage. Sie erhielt –«

»Wer, zum Teufel, ist Haruko Gage?«

»Haben Sie sie vergessen?«

»Nellie!« tönte es wieder aus dem Haus.

»Ich kann mich an niemanden dieses Namens entsinnen«, sagte Mixer. »Wer ist sie?«

»Eine ehemalige Studentin von Ihnen. Vor drei Jahren wollten Sie, daß sie bei Ihnen einzog.«

»Was wollte ich?«

»Haben Sie das etwa auch vergessen?«

»Nellie!«

»Haruko Gage? Heiliger Strohsack, doch nicht etwa Haruko Fujita, die kleine Japanerin, die Kunst studierte?«

»Vermutlich. Fujita muß ihr Mädchenname sein. Inzwischen heißt sie Gage. Oder fordern Sie grundsätzlich junge Japanerinnen auf, bei Ihnen einzuziehen?«

Daraufhin wurde ich erneut fuchsig angeknurrt. »Ich kann nicht zulassen, daß Sie so mit mir reden.«

»Sie können mich auch nicht einfach so im Regen stehen lassen, tun's aber trotzdem. Haruko Gage erhielt mit der Post anonyme Geschenke – teuren Schmuck, ein Stück von einer Liebesbotschaft begleitet. Davon wissen Sie wohl nichts.«

»Nel-lie!«

»Verdammt noch mal, Darlene, halt den Mund!« rief Mixer.

»Beeil dich gefälligst!« gab die Frauenstimme zurück, die sehr jung klang. »Ich frier mich zu Tode, wenn ich weiter so herumsitze. Außerdem kriege ich deine blöde Filmkamera nicht in Gang.«

Wieder tauchten in Mixers Gesicht die roten Flecken auf, begleitet von einem schuldbewußten Ausdruck. Er stieß

etwas hervor, das wie »Gah« klang, riß den Kopf zurück und knallte die Tür zu.
Ich piekste mit dem Zeigefinger nach dem Klingelknopf und hielt ihn eingedrückt. Nach dreißig oder vierzig Sekunden erschien Mixer wieder und fauchte: »Verschwinden Sie, oder ich rufe die Polizei!« Dann wurde die Tür wieder zugeschlagen.
Ich gab auf, ging die Treppe hinunter, stieg in den Wagen und trocknete mich mit dem Taschentuch ab. Nun wußte ich, wie es Alice im Wunderland zumute gewesen sein mußte; es war, als hätte ich gerade ein Wortgefecht mit dem verrückten Hutmacher geführt. Oder, treffender, mit dem verrückten Lustmolch.
Sollte ich Mixer von der Liste streichen? Angesichts von Clara und Darlene und wer weiß wie vielen anderen, die scharf auf seine Nachhilfestunden waren, schien es mir unwahrscheinlich, daß er Haruko Gage anonyme Liebesgrüße schrieb und einen Haufen Geld für teuren Schmuck hinauswarf. Andererseits war er ein Spinner, und was denen alles einfällt, weiß man nie. Ich mußte Mixer noch mindestens einmal begegnen, unter anderen und konventionelleren Umständen, ehe ich ihn abschreiben konnte.
Was mich an ihm am meisten störte, war seine Fähigkeit, auf Haruko und Clara und Darlene und vermutlich eine ganze Legion tauäugiger, scharfer Studentinnen attraktiver zu wirken. Was sahen die alle bloß in diesem dürren, farbenblinden, häßlichen Typen? Warum *erwogen* die Frauen überhaupt, sich für die Nelson Mixers dieser Welt auszuziehen?
Bei quälenden kleinen Fragen wie dieser fragt man sich oft, ob es im Leben gerecht zugeht.

Jemand verfolgte mich.
Ich entdeckte den Wagen sechs Straßen von Mixers Haus entfernt, als er meinem Beispiel folgte und nach Osten in den Geary Boulevard abbog. Es war ein weißer Ford mit einer CB-Antenne. Zwei Insassen. Sie hielten einen guten Abstand, fuhren in einer anderen Spur, und durch die

regennasse Rückscheibe ließ sich nichts klar erkennen. Auch das Kennzeichen konnte ich nicht entziffern.
Hm, ich wurde wohl alt. Früher hätte ich sie schon fünf Minuten nach der Abfahrt von Pacific Heights ausgemacht, denn sie waren mir schon von meiner Wohnung gefolgt. Ich entsann mich nun, den Ford auf der Laguna Avenue gesehen zu haben. Die beiden hatten in der 46th Avenue gewartet, bis ich mit Mixer fertig war, und lagen jetzt wieder hinter mir.
Verdammt, mit einem Schatten hatte ich heute ganz bestimmt nicht gerechnet. Ich fand die Vorstellung ärgerlich und ein wenig besorgniserregend. Wer waren sie? Was hofften sie zu erfahren, indem sie durch die Stadt hinter mir her kutschierten?
Ich wechselte auf die linke Spur und bog links in die 30th Avenue ab, passierte die Presidio-Schule, wandte mich nach rechts in die Clement Street, folgte ihr bis zur 25th Avenue, wo ich wieder links abbog. Der weiße Ford blieb hinter mir, aber in einer Distanz, die es mir nicht erlaubte, Insassen oder Kennzeichen genauer anzusehen. Dieser Wagen war zweifellos da, um mir Gesellschaft zu leisten.
Ich fuhr gemütlich die 25th Avenue entlang und zwischen den Steinsäulen hindurch, die die Zufahrt nach Seacliff markieren, eines von San Franciscos schickeren Wohnvierteln. Links in den Scenic Way, wieder links in die Seacliff Avenue, vorbei an vielen eleganten Villen über der Steilküste mit Panoramablick aufs Golden Gate. Dann gabelte sich die Straße. Der Hauptstrang mündete in El Camino del Mar ein und führte nach Land's End; die Seacliff Avenue wandte sich scharf nach rechts und endete nach anderthalb Blocks in einer Sackgasse. Der Ford lag zwei Blocks hinter mir, als ich mich in diese Richtung wandte.
Links von mir standen Häuser, zur Rechten war ein Parkplatz, zum Schutz vorm Sturm mit einem massiven Zaun umgeben. Hinter dem Zaun fiel ein steiler Hang zur China Beach ab – einer kleinen Meeresenge, an der im vergangenen Jahrhundert chinesische Fischer gelagert hatten und wo sich heute die Leute aus den umliegenden Vierteln gerne sonn-

ten. Da es regnete und sich die Brandung schwer und schäumend an den Felsen vor der Küste brach, war niemand hier. Die Flut hatte den Sandstrand fast ganz überschwemmt. Und der Parkplatz war leer.
Ich fuhr hinein, beschrieb einen Kreis und glitt wieder hinaus auf die Straße und in die Richtung, aus der ich gekommen war. Der Zeitpunkt war gerade richtig: Der Ford war bereits abgebogen und fuhr im Schrittempo; nun konnten sie sich nirgendwo verstecken. Beim Vorbeifahren prägte ich mir die Nummer ein und sah mir ihre Gesichter auffällig und genau an, damit sie auch merkten, daß ich ihnen auf die Schliche gekommen war. Zwei Männer, kräftige, harte Burschen. Der Fahrer trug einen Schnauzbart und guckte verdutzt, der Beifahrer hatte eine Nase, die aussah wie ein Klumpen braune Knetmasse.
Beide waren Japaner.
Ich bog am Camino del Mar rechts ab, fuhr den Berg hoch zum Palast der Ehrenlegion und durch den Golfplatz Lincoln Park – eine Schleife, die mich zurück zur Geary Avenue brachte. Von dem weißen Ford keine Spur. Entweder hatten sie es aus eigenem Entschluß aufgegeben oder über CB jemanden verständigt, der sie angewiesen hatte, mich in Ruhe zu lassen. Damit war die Sache aber noch nicht erledigt. Ich hatte das unangenehme Gefühl, die beiden bald wiederzusehen, und womöglich nicht nur als Verfolger.
Ein Wort ging mir im Kopf herum. Es jagte mir Angst ein, machte mich nervös und ratlos, weil ich nicht wußte, weshalb es mir plötzlich eingefallen war.
Das Wort lautete Yakuza.

7

An der Ecke Geary Avenue und 25th Avenue hielt ich bei einer Tankstelle an und telefonierte mit Harry Fletcher, meinem Kontaktmann bei San Franciscos Kraftfahrzeugzulassungsstelle. Ich gab ihm das Kennzeichen des weißen Ford durch und bat ihn, es durch den Computer laufen zu lassen und festzustellen, wem der Wagen gehörte. Er versprach, das so rasch wie möglich zu tun, und bat mich, in einer halben Stunde zurückzurufen.

Beim Auflegen schaute ich auf meine Armbanduhr: zwei nach elf. Zu früh noch, um nach Süd-San-Francisco zu fahren und mit Edgar Ogada zu reden; sein Vater hatte gesagt, er käme erst nach der Mittagszeit zurück. Zu früh für ein Mittagessen, aber zum Teufel mit dem Protokoll. Mein Magen jammerte nach etwas, das seine Säfte ersetzen konnten. Streß ist seltsam; manchmal nimmt er einem den Appetit, manchmal bekommt man einen Bärenhunger. Diesmal gab die verfluchte Diät den Ausschlag; ich hatte einen Bärenhunger, Yakuza hin oder her.

Da es in der Clement Avenue in der Nähe eine Reihe guter Restaurants gibt, fuhr ich dorthin und fand ein Café, in dem ich schon einmal gegessen hatte. Auf der Speisekarte standen verlockende Dinge – Steak-Sandwich, Sandwich à la Reuben, Cheeseburger mit Speck –, doch ich hielt mich zurück und bestellte Hüttenkäse mit Obst und Knäckebrot. Ich hätte mir auch das Diätgericht genehmigen können, zu dem ein Hamburger aus magerem Rind gehörte, aber das erinnerte mich an blutiges Fleisch und Simon Tamuras Leiche auf dem Fußboden seines Büros. Von blutigem Fleisch hatte ich vorerst genug. Vergangene Nacht hatte ich schon schlecht genug geträumt.

Hüttenkäse und Obst waren nicht übel, linderten wenigstens die Hungerkrämpfe. Beim Essen versuchte ich, eine Antwort auf die Frage zu finden, weshalb die Yakuza mich verfolgten. Weil ich Tamuras Leiche gefunden hatte? Denkbar. Dies, zusammen mit der Tatsache, daß ich Privatdetektiv war, mochte sie bewogen haben, sich zu fragen, was ich in dem Bad gewollt hatte. Dieser Teil der Geschichte hatte in den Zeitungen gestanden. Ich aber hatte in dem Mord einen Racheakt gesehen, und McFate auch. Warum schnüffelten die Yakuza mir aber nach, wenn das stimmte? Und wenn nicht: Warum nahm man mich nicht einfach irgendwo in die

Zange und fragte mich, ob ich etwas wußte? Weshalb verfolgte man mich statt dessen?
Alles sehr rätselhaft und beunruhigend. Und es wurde noch unangenehmer, als ich vom Münzfernsprecher des Cafés aus Harry Fletcher in der Zulassungsstelle anrief.
Der weiße Ford war auf Kenneth Yamasaki zugelassen, wohnhaft 2610 California Street, San Francisco.

In Ogadas Gärtnerei herrschte allerhand Betrieb, als ich kurz nach zwölf dort eintraf. Ein halbes Dutzend Lieferwagen und zwei Pickups, manche mit den Namen bekannter Blumengeschäfte auf den Flanken, standen auf der Asphaltfläche vor den Gewächshäusern; Männer verschiedener Hautfarben luden Topfpflanzen, Tontöpfe und sackweise Erde, Torf und Kunstdünger ein und aus. Alle schienen es sehr eilig zu haben, entweder weil die Mittagspause herannahte oder wegen des Wetters. Im Augenblick regnete es nicht, doch finster dräuende Wolken am Horizont kündigten neue Güsse an.
Ich parkte so, daß ich niemandem im Weg stand, schlenderte zu einem Arbeiter und fragte ihn, ob Edgar Ogada da sei. Er wies auf ein Gewächshaus und meinte, ich solle dort einmal nachsehen.
Es war kalt in dem hohen Gebäude, und die dicke Luft roch nach feuchter Erde und Grünem. Gefüllt war es mit Farnen und anderen Zimmerpflanzen – Reihe an Reihe, in Beeten oder in Töpfen auf langen Bänken oder an einem Drahtnetz hängend, das in zweieinhalb Metern Höhe gespannt war. Zu sehen war nur Ogada senior, der sich im Hintergrund mit dem Ventil einer Berieselungsanlage beschäftigte.
Er schaute mich verständnislos an, als ich auf ihn zuging und sagte: »Guten Tag, Mr. Ogada.« Er sah noch erschöpfter aus als gestern. Seine Augen blickten stumpf, als wäre er die ganze Nacht über wach gewesen. »Ich war gestern nachmittag hier und wollte Ihren Sohn sprechen.«
»*Hai*«, sagte er und nickte. »Ja, jetzt erinnere ich mich.«
»Wo ist Edgar jetzt?«

Erneut ein Nicken. »Im Gewächshaus nebenan. Ah, da kommt er ja.«
Ich wandte mich halb um und folgte seiner Blickrichtung. Durch eine Tür in der durchscheinenden Fiberglaswand des Gewächshauses war gerade ein junger Mann gekommen. Als er sich uns näherte, sah ich, daß er um die dreißig war, recht groß, drahtig, auf lässige Weise gutaussehend. Borstiger Schnauzbart, Haare bis über die Schultern, spöttische Augen. Er trug Turnschuhe, verwaschene Jeans und ein Sweatshirt mit abgeschnittenen Ärmeln, auf dem in grellroten Buchstaben NO NUKES stand.
»He, Pop, was ist aus den Moosarrangements mit den Kometen drüber geworden?« fragte er. »Die kann ich nirgends finden.« »Pop« hatte er gesagt, wie der Kronsohn zu Charlie Chan. Mich sah er kein einziges Mal an.
»Die sind weg«, sagte sein Vater.
»Soll das heißen, daß du sie verkauft hast?«
»Ja.«
»Habe ich dir nicht gestern gesagt, daß die für Gebrüder Crawley reserviert waren? Was ist denn mit dir los? Wirst du vielleicht senil?«
Mr. Ogada schwieg. So bemerkte ich: »Jeder vergißt mal was, besonders, wenn er schwer arbeiten muß.«
Edgar, der junge Mann, schaute mich zum ersten Mal an. Nicht feindselig, noch nicht einmal gereizt, sondern nur fragend: Wer bist du denn?
»Ich hätte Sie gerne für ein paar Minuten gesprochen, wenn Sie nichts dagegen haben«, sagte ich. »In einer persönlichen Angelegenheit.«
»An diesem Ventil müssen die Dichtungen ausgewechselt werden«, sagte Mr. Ogada. »Machst du das, Edgar? Ich muß Rechnungen schreiben.«
»Wenn ich die Zeit dazu finde.«
»*Hai*«, sagte Mr. Ogada, machte eine leichte Verbeugung zu mir hin und wandte sich zu der Tür, die nach draußen führte.
»Was ist das für eine persönliche Angelegenheit?« fragte Edgar.

»Es geht um Haruko Gage, eine frühere Freundin von Ihnen.«
Ein leichtes Stirnrunzeln war seine einzige Reaktion. »Warum? Und wer sind Sie überhaupt?«
»Ein Privatdetektiv.« Ich nannte meinen Namen und zeigte ihm die Fotokopie meiner Lizenz. »Mrs. Gage hat mich gebeten, mich um ein kleines Problem zu kümmern, das ihr Kummer macht.«
»Soll das heißen, daß sie schwanger ist?«
»Nein, es ist etwas ganz anderes.«
Ich erklärte ihm die Natur des Problems, aber auch jetzt blieb seine Reaktion schwach. Er war überrascht und ein wenig verwundert, das war alles.
»Das kapier ich nicht«, meinte er. »Wer so was macht, spinnt doch.«
»Davor hat Haruko Angst.«
»Warum kommen Sie zu mir? Ich weiß nichts davon.« Er legte eine Pause ein und runzelte erneut die Stirn. »Moment, sie glaubt doch wohl nicht ernsthaft, daß ich dahinterstecke?«
»Nein, sie gab mir die Namen ehemaliger Freunde, die ernsthafte Absichten gehabt hatten – darunter Ihren.«
»Na, da scheide ich wohl aus. Ernsthafte Absichten habe ich bisher noch nie gehabt. Dafür gibt es zu viele Mädchen. Zu viele *sakana* im *umi*.«
»Aha.«
»Wir hatten viel Spaß miteinander, Haruko und ich.« Edgar grinste. »Ich brachte sie einmal hierher mit, und wir waren, na ja, Sie wissen schon, drüben im Haus dabei, als Pop uns beinahe erwischte. Hätte einen schönen Stunk gegeben. Pop ist nämlich altmodisch und der Ansicht, daß vor der Hochzeit nicht gebumst werden darf.«
»Findet Ihre Mutter das auch?«
Das Grinsen verschwand. »Meine Mutter ist tot«, sagte er in verändertem, weicherem Tonfall. »Sie starb letzten Sommer. Das war sehr hart für Pop; deshalb rackert er sich so ab.«
Seinem Ton nach zu urteilen, mußte es auch für Edgar ein

schwerer Schlag gewesen sein. Ich fragte: »Was empfinden Sie für Haruko, seit sie verheiratet ist?«
»Was ich schon immer für sie empfunden habe. Wir sind immer noch gute Freunde, schlafen aber nicht mehr miteinander.«
»Und das bedauern Sie nicht?«
»Ein bißchen schon. Ich finge ganz gerne wieder mit ihr an, wenn sie diesen nassen Furz Art kippen würde. Wir haben nämlich gut zueinander gepaßt. Juckt mich aber nicht. Was zum Bumsen findet sich immer.«
»Für ihren Mann haben Sie offensichtlich nicht viel übrig.«
»Der ist doch ein Wichser. Keine Ahnung, warum sie den geheiratet hat. Weil er sich rumkommandieren läßt? Oder weil er tagsüber Clark Kent und im Bett Superman ist?« Er zuckte die Achseln. »Wer weiß schon, was für Motive Frauen haben? Ich hab da nie durchgeblickt.«
Da bist du in bester Gesellschaft, dachte ich. »Kennen Sie Ken Yamasaki?«
»Klar. Nicht besonders gut allerdings. Er hält sich für einen Intellektuellen – ich bin keiner.«
»Glauben Sie, daß er Harukos stiller Verehrer sein könnte?«
»Das würde mich kaum überraschen.«
»Und Kinji Shimata?«
»Shimata … nie gehört.«
»Nelson Mixer?«
»Heißt jemand so?«
»Ja. Er lehrt am City College Geschichte.«
»Studiert hab ich nicht«, meinte er und zuckte wieder die Achseln.
Ich bedankte mich für seine Geduld, und er sagte: »Schon gut. Hoffentlich finden Sie den Irren.«
Ich verließ das Gewächshaus. Die meisten Fahrzeuge und Arbeiter waren verschwunden, Ogada senior ebenfalls. Die schwarzgeäderten Wolken waren nun über uns, huschten vor dem scharfen Westwind her wie verseuchte Ballen Wolle. Ehe ich den halben Weg zu meinem Wagen zurückgelegt hatte, fing es wieder an zu regnen, schwere, windgepeitschte Tropfen.

Mit Ausnahme von Ken Yamasaki hatte ich alle Namen auf Haruko Gages Liste überprüft und bisher so gut wie nichts erfahren. Yamasakis Adresse hatte ich zwar, mußte einen Besuch aber erst mit McFate abklären. Da mir vor fünf Monaten für eine Zeitlang die Lizenz entzogen worden war, obwohl ich im Grunde nicht viel angestellt hatte, konnte ich es mir nicht leisten, daß die Bullen sauer auf mich wurden. Und McFate konnte ich erst nach vier im Präsidium aufsuchen. Daß er vergangene Nacht zum Tatort gekommen war, bedeutete, daß er diese Woche Spätschicht schob, von vier bis Mitternacht.

Die einzig verbleibende Möglichkeit war ein weiteres Gespräch mit Haruko. Ich konnte herausfinden, ob sie wußte, daß Ken Yamazaki anscheinend etwas mit den Yakuza zu tun hatte, und ihr weitere Fragen über ihre Vergangenheit stellen, vielleicht noch andere Namen in Erfahrung bringen, die zu überprüfen sich lohnte.

Ich kam über die Ausfahrt 19th Avenue vom Highway 280 zurück nach San Francisco, fuhr geradewegs nach Japantown und brachte es fertig, an der gleichen Stelle wie gestern in der Nähe des viktorianischen Prachtbaus der Gages einen Parkplatz zu finden. Als ich auf die Klingel drückte, kam Haruko selbst an die Tür. Heute hatte sie einen engen weißen Pulli und knappe Designer-Jeans an und sich das glänzende schwarze Haar mit einem lackierten Kamm hochgesteckt. Artie mußte sich die Lefzen geleckt haben, als er sie in diesem Aufzug sah. Selbst ich mußte zugeben, daß sie ziemlich lecker aussah.

»Ah, gut, daß Sie kommen«, sagte sie, als sie mich erblickte. »Haben Sie meine Nachricht bekommen?«

»Welche Nachricht?«

»Die in Ihrem Anrufbeantworter.«

»Nein, ich war seit heute früh nicht zu Hause.«

»Sind Sie hier, weil Sie etwas erfahren haben?«

»Leider nicht. Ich habe mit Shimata, Mixer und Ogada gesprochen, aber bisher erfolglos. Hier bin ich nur, um Ihnen noch ein paar Fragen zu stellen.«

»Verdammt!« stieß sie ärgerlich hervor, aber ihr Zorn galt

nicht mir. »Ich habe heute früh bei Ihnen angerufen, weil schon wieder ein Päckchen eingetroffen ist.«
»So? Mit ähnlichem Inhalt wie bisher?«
»Nicht ganz. Kommen Sie rein, ich will es Ihnen zeigen.«
Sie führte mich in ihren vollgestopften pseudoantiken Salon, in dem wir uns gestern besprochen hatten. Auf dem Couchtisch lag ein kleines weißes Etui, daneben Packpapier und Bindfaden. Von ihrem Pantoffelhelden keine Spur.
Ich griff nach dem Packpapier. Diesmal stand in der vertrauten krakeligen Schrift nur ein Wort darauf: »Chiyoko.«
»Diesmal hat er es nicht aufgegeben, sondern anscheinend selbst gebracht und neben den Briefkasten gelegt. Art fand es um halb zehn, als er Kaffee kaufen ging.«
»Was bedeutet ›Chiyoko‹?«
»Nichts. Das ist mein zweiter Vorname.« Sie schien der Ansicht zu sein, daß dies keiner Erklärung bedurfte. »Wenn Amerikaner japanischer Abstammung überhaupt zweite Vornamen führen, sind es meist amerikanische, aber mein Vater wollte etwas Ausgefallenes und nannte mich Haruko Chiyoko. Klingt sonderbar, wie?«
Für mich klang das ganz und gar nicht sonderbar, aber was verstand ich schon von japanischen Vornamen? Ich sagte: »Halten Sie diesen Namen geheim oder ist er allgemein bekannt?«
Sie zuckte die Achseln. »Jeder, der mich kennt, weiß auch, wie mein zweiter Vorname lautet. Schämen tu ich mich deswegen nicht.«
»Gibt es jemanden, der Sie bei diesem Namen nennt?«
»Nein. Das hat noch niemand getan.« Sie sah zu, wie ich die Verpackung auf den Tisch legte und nach dem Etui griff. Dann bemerkte sie: »Wer immer es sein mag, er wird kühner, nicht wahr?«
»Nicht unbedingt.«
»Es kommt mir aber so vor.« Sie lächelte ironisch. »Und was er mir jetzt schickt, ist noch nicht einmal mehr von Wert.«
»Wie bitte?«
»Sein letztes Geschenk ist nicht so wertvoll wie die anderen.«

»Wieder ein Schmuckstück?«
»Ja, ein Medaillon«, sagte sie beleidigt. »Ein altes, billiges, schon getragenes Ding.« Sie griff nach dem Etui und öffnete es. »Bitte sehr, nur damasziert. Kaum mehr als zwanzig Dollar wert.«
Ich starrte es an. Ein lackierter Gegenstand in Form einer St.-Christophorus-Medaille mit eingelegten Gold- und Silberstreifen. Er mußte einmal auf Hochglanz poliert gewesen sein; nun war er stumpf und an einer Ecke abgestoßen. Durch einen Ring war ein steifer neuer Streifen aus ungegerbtem Leder geführt worden, damit man das Medaillon um den Hals tragen konnte.
Ich starrte es weiter an. Irgendwo hatte ich es nämlich schon einmal gesehen – dieses oder ein sehr ähnliches Stück. Und der Zusammenhang, der sich ergab, wollte mir ganz und gar nicht gefallen.
Es war nämlich das Medaillon, das der junge Simon Tamura auf dem alten Bild getragen hatte, das neben seiner Leiche lag.

8

»Was ist denn?« fragte Haruko. »Warum gucken Sie es so komisch an?«
»Haben Sie jemals so ein Medaillon gesehen?«
»Ich glaube nicht. Wieso?«
»Es ist also weder von der Form noch von der Verzierung her ein alltägliches Stück?«
»Nein, aber es ist nur damasziert.«
»Was bedeutet das?«
Sie erklärte mir das Verfahren: Man treibt feine Linien in Stahlgrund, füllt sie mit Gold oder Silber, ätzt den Stahl mit Säure an, trägt eine Lackschicht auf und poliert sie dann. »Hergestellt wird das in Kyoto«, schloß sie. »Es ist eine uralte Technik.«
»Und trotz der Gold- und Silbereinlagen nicht teuer?«

»Nein. Es sei denn, es handelt sich um ein großes Stück, bei dessen Herstellung viel Edelmetall verwendet wurde. Die meisten damaszierten Stücke können Sie für ein paar Dollar kaufen.«

Ich legte das Etui auf den Tisch. »Und das Muster auf dem Medaillon?« fragte ich sie. »Sagt Ihnen das etwas?«

»Nein.«

»Hat es vielleicht eine historische oder religiöse Bedeutung?«

»Nicht daß ich wüßte. Aber ich bin eine Sansei – nicht in Japan geboren, sondern hier.«

»Kannten Sie Simon Tamura?«

Bei dem plötzlichen Wechsel des Themas mußte sie blinzeln. »Den Inhaber von Tamuras Bad?«

»Ja.«

»Ich lernte ihn kennen, als ich mit Ken Yamasaki ausging, und sah ihn vor ein paar Monaten noch einmal. Warum fragen Sie nach Mr. Tamura?«

»Wissen Sie nicht, daß er gestern nacht ermordet wurde?«

»*Ermordet?* Himmel, nein.«

»Die Morgenzeitung hat es ganz groß gebracht.«

»Wir halten uns keine Morgenzeitung.« Sie zog die Stirn kraus und sah nun etwas nervös aus. »Was ist mit ihm passiert?«

»Jemand erschlug ihn mit einem Samurai-Schwert«, sagte ich. »In seinem Büro im Bad. Ich hatte das Pech, seine Leiche zu finden, als ich dort hineinging, um mit Ihrem Freund Yamasaki zu reden.«

Sie senkte den Blick von meinem Gesicht zu meinen Händen, als halte sie nach Blutflecken Ausschau. Ein Schauer durchlief sie. Es war offensichtlich, daß Gewalttaten, selbst wenn sie nur erwähnt werden, sie aus der Fassung brachten.

»Das verstehe ich nicht«, sagte sie nach einer Weile. »Was hat das mit mir zu tun?«

»Vielleicht gar nichts. Aber neben Tamuras Leiche lag ein gerahmtes Foto auf dem Boden, das von der Wand gerissen worden war. Es stellte drei junge Männer dar und muß vor dreißig oder vierzig Jahren aufgenommen worden sein. Auf dem Bild trug Tamura ein Medaillon, das genauso aussah wie dieses.«

Sie wollte etwas sagen, aber in diesem Augenblick rumpelte es auf der Treppe, und sie klappte den Mund wieder zu. Art Gages Stimme erklang: »Haruko? Wo bist du?« Dann rumpelte es in der Diele. Ich aber behielt Haruko im Auge. Ihr Gesicht war blaß; Angst kauerte wie Schatten hinter dem trüben Licht in ihren Augen.

Gage kam mit einem flatternden, großen Bogen Zeichenpapier in den Raum. Er sah mich, blieb stehen, sagte: »Ah.« Dann fiel ihm Harukos Gesichtsausdruck auf, und seine Reaktion war fast chaplinesk: Er zog eine halb ernste, halb komische Miene, die Schock und Konsternation verriet, eilte dann an ihre Seite und betatschte sie besorgt. Sie schaute ihn nicht an, wich aber auch nicht zurück, sondern begann, an ihrer Unterlippe zu knabbern wie ein Biber an einem Ast.

»Was ist los, Liebling?« fragte Gage. Als sie keine Antwort gab, wandte er den Kopf und funkelte mich an. »Was haben Sie zu ihr gesagt? Warum ist sie so?«

»Ihre Frau und ich führen ein Privatgespräch, Mr. Gage«, sagte ich. »Wie wäre es, wenn Sie uns allein ließen, damit wir es zu einem Ende bringen können?«

Er fuchtelte mit dem Blatt Zeichenpapier. Da es mit einem Muster aus Schwertlilien und stilisierten Sonnenrädern bedeckt war, wirkte die Geste eher komisch als drohend. Auch dies hätte Charlie Chaplin gefallen.

»Hören Sie mal«, sagte er, »ich brauche mir das nicht –«

»Art.« Das sagte sie leise, längst nicht so scharf wie gestern, aber er war so an das Kommando gewöhnt, daß es auch so seine Wirkung hatte: Er hielt augenblicklich den Mund.

»Geh zurück ins Atelier und mach den Entwurf fertig«, sagte sie.

»Aber –«

»Ich sage dir später, worum es geht.«

Er zögerte. »Na ja, wenn du meinst...«

»Geh schon, Artie.«

Und er ging. Er gehörte zu den Menschen, denen es bestimmt ist, durchs Leben zu irren und von unvollendeten

Sätzen abzulassen, war einer von denen, auf die niemand hört, und er tat mir ein wenig leid. Aber nur ein wenig.
Als ich ihn wieder auf der Treppe nach oben gehen hörte, sagte ich zu Haruko: »Trug Tamura bei den Anlässen, zu denen Sie ihn sahen, irgend etwas, das diesem Medaillon ähnlich sah? Lassen Sie sich ruhig Zeit. Denken Sie darüber nach.«
Das tat sie, fünfzehn oder zwanzig Sekunden lang, mit halbgeschlossenen Augen. »Das kann ich nicht genau sagen«, meinte sie schließlich. »Ich glaube ... ich kann mich erinnern, daß er ein Lederband wie dieses um den Hals trug. Was daran hing, sah ich aber nie.«
»Nehmen wir einmal an, es war dieses Medaillon. Haben Sie eine Ahnung, warum jemand es Ihnen schicken sollte?«
»Himmel, nein.«
»Vielleicht Ken Yamasaki. Könnte er einen Grund haben?«
Sie schüttelte den Kopf.
»Wie gut kennen Sie Yamasaki eigentlich?«
»Nicht besonders«, erwiderte sie. »Das sagte ich Ihnen doch gestern schon. Wir gingen im Lauf einiger Wochen ein paarmal miteinander aus, das war alles.«
»Wie sieht er aus?«
Die Frage verwirrte sie, aber sie gab Antwort, ohne eine Gegenfrage zu stellen. »Er ist ein, zwei Jahre älter als ich, schlank, sieht sensibel aus und trägt eine Brille.«
Keiner der beiden Knaben in dem weißen Ford konnte also Yamasaki gewesen sein, obwohl der Wagen auf dessen Namen zugelassen war. Es wurde alles immer merkwürdiger.
»Sie denken doch nicht etwa, daß Ken ...?« sagte Haruko.
»Ich denke gar nichts, Mrs. Gage«, gab ich zurück. »Ich versuche nur, das Ganze in einen sinnvollen Zusammenhang zu bringen. Weshalb haben Sie sich von Yamasaki getrennt?«
»Das weiß ich nicht mehr. Eigentlich aus keinem speziellen Grund. Wir paßten einfach nicht zusammen und lebten uns auseinander.«

»Wußten Sie, daß er und Simon Tamura zu den Yakuza gehören?«
Das Wort Yakuza hatte die Wirkung einer kleinen, scharfen Ohrfeige. Sie legte eine Hand an die Wange, als wolle sie den Schmerz wegreiben. »Ken?« fragte sie. »Ausgeschlossen, Sie müssen sich irren...«
»Ich glaube nicht. Fest steht, daß Tamura ein Yakuza war. Schauen Sie nur einmal in die Zeitung von heute. Yamasaki arbeitete für ihn und verschwand vergangene Nacht nach dem Mord an Tamura aus dem Bad. Heute früh wurde ich von zwei hart aussehenden Burschen in Yamasakis Wagen eine Zeitlang verfolgt. Ich weiß nun nicht, wie sich das in Ihren Augen ausnimmt, aber für mich bedeutet es, daß er mit den Yakuza zu tun hat.«
Sie schüttelte erneut den Kopf, ratlos, als sei sie nicht in der Lage, dies alles auf einmal zu verdauen. Sie wich von mir zurück, stieß gegen den Couchtisch, machte einen wenig eleganten Schritt zur Seite und ließ sich auf die Couch mit den Tatzen fallen. Von draußen kam der dünne, wispernde Rhythmus des Regens.
Nach einer Weile ging ich zu ihr hinüber und setzte mich aufs andere Ende der Couch. »Tut mir leid, ich wollte Sie nicht aufregen, Mrs. Gage. Aber so sieht es halt aus. Und mir gefällt es genausowenig wie Ihnen.«
Sie nickte. »Wissen Sie, es ist nur... Mord und die Yakuza...«
»Ich weiß, ich finde das selbst etwas beängstigend.«
»Ich dachte, Detektive hätten keine Angst.«
»Manche haben auch keine, aber ich gehöre nicht in diese Kategorie. Furchtlose Menschen sind meist nicht besonders intelligent, ecken mit ihrem aufgeblasenen Ego überall an und bringen andere in Schwulitäten.«
Das schien sie aus einem unerfindlichen Grund tröstlich zu finden. Sie nickte und sagte bald darauf: »Falls Ken ein Yakuza war oder ist, hat er mir nie etwas davon gesagt. Und ich habe es auch nie von anderen gehört.«
»Und Tamura?«
»Für ihn gilt das gleiche. Ich hatte keine Ahnung, daß er

dazugehörte.«
»Wann haben Sie Yamasaki zuletzt gesehen?«
»Vor ein paar Monaten. Im vergangenen Spätsommer.«
»Also ehe die Geschenke einzutreffen begannen.«
»Ja.«
»Wie verhielt er sich Ihnen gegenüber?«
»Wie immer. Etwas schüchtern. Er sagte nicht viel.«
»Ließ er durchblicken, daß er noch Interesse an Ihnen hat?«
»Nein. Wir sprachen nur ein paar Minuten miteinander.«
»Erwähnte er Tamura?«
»Nun, Mr. Tamura war dabei.«
»So?«
»Ja. Wir begegneten uns am japanischen Totengedenktag ›Bon Odori‹, dem Laternenfest. Es waren viele Leute da.«
»Sprachen Sie mit Tamura?«
»Wir wechselten nur ein paar Worte.«
»Und seitdem haben Sie von Yamasaki nichts mehr gehört?«
Wieder ein Kopfschütteln. Sie knabberte erneut an ihrer Unterlippe. Im Lauf der letzten Minuten war eine leichte Veränderung mit ihr vorgegangen. Kraft und Entschlossenheit waren nun von ihrer Angst überschattet, und sie sah sehr jung und verletzlich aus. Ich hatte den blödsinnigen Impuls, ihr die Hand zu tätscheln, gab ihm aber nicht nach. Schließlich bin ich Detektiv und keine Vaterfigur.
Also stand ich auf. Weitere Fragen fielen mir nicht ein, und dies war nicht der Zeitpunkt, nach anderen Männern in ihrem Leben zu bohren. »Tja, das wär's dann wohl fürs erste, Mrs. Gage«, sagte ich und machte dann eine Kopfbewegung zu dem Etui auf dem Tisch hin. »Das Medaillon würde ich gerne mitnehmen, wenn Sie nichts dagegen haben.«
»Warum? Was haben Sie vor?«
»Ich werde mit der Polizei reden«, sagte ich. »Wenn das Medaillon Simon Tamura gehörte, wird es als Beweisstück gebraucht. Ich möchte auch herausfinden, ob man Yamasaki schon entdeckt und ob man der Ansicht ist, daß er etwas mit dem Mord an Tamura zu tun hat. Wenn das zutrifft und er Ihr stiller Verehrer ist, brauchen Sie sich keine Sorgen mehr zu machen.«

»Warum schickt er mir erst teuren Schmuck und dann dieses Medaillon? Das ergibt doch keinen Sinn.«
»Mag sein, daß es für ihn eine Bedeutung hat.«
Da sie keine Einwände erhob, nahm ich das Medaillon aus dem Etui, wickelte es in Seidenpapier und steckte es in die Manteltasche. Daß es Fingerabdrücke aufwies, war eher unwahrscheinlich, da Haruko und Art vermutlich damit hantiert hatten, aber ich ging trotzdem vorsichtig mit ihm um.
Ich sagte ihr, sie solle sich keine Sorgen machen – ein leerer Trost, der in der Stille hängenblieb wie ein sterbendes Echo. Sie sagte nichts, sondern blieb mit den Händen im Schoß und einem distanzierten Blick sitzen – ein verängstigtes kleines Mädchen, das in die dunklen Ecken seiner Phantasie lugte. Ich ging hinaus in den Regen.

Eberhardt und seine neuen Möbel standen in dem Büro in der O'Farrell Street, als ich kurz nach drei dort ankam. Der Schreibtisch war nicht übel – Eichenfurnier mit hochglanzpolierter Platte und einer Menge Schubladen, doch der Rest war die Art Schrott, die ahnungslose Kunden von Verkäufern aufgeschwatzt bekommen. Ein altmodischer Drehsessel mit krummer Rückenlehne, der aussah, als käme er aus der Rumpelkammer; zwei senffarbene Aktenschränke aus Spanplatten, die wahrscheinlich je zweihundertfünfzig Kilo wogen; ein Schreibmaschinentisch aus Blech, der so wacklig aussah, daß ich mich nicht getraut hätte, auch nur einen Bleistift daraufzulegen, geschweige denn eine Schreibmaschine. Er hatte sogar einen Trinkwasserspender aus Porzellan erstanden.
Der Schreibtisch stand vor dem Fenster an der Seitenwand, von dem aus man auf die Mauer des Nachbarhauses blickte. Auch der andere Kram befand sich auf dieser Seite, abgesehen von dem Wasserspender; der stand an der Tür und schien darauf zu warten, daß jemand etwas mit ihm anfing. Den Raum vor den beiden Fenstern in der Mitte, unter dem Oberlicht, hatte er mir überlassen – sehr anständig von ihm, fand ich, denn er war gegenüber der Tür, und wer herein-

kam, würde in mir den Chef sehen. Ich war trotzdem deprimiert. Ich hatte mich deprimiert gefühlt, seit ich den Raum betreten hatte.
Eberhardt saß auf seinem Drehsessel, hatte die Füße auf dem Schreibtisch und einen Styroporbecher mit Kaffee in der Hand. Er wackelte mit einem Fuß in meine Richtung und meinte: »Na, was hältst du davon? Sehe ich wie ein echter Schnüffler aus?«
»Du mit deinem Zinken?«
»Ach komm. Was meinst du zur Einrichtung?«
»Astrein. Aber deine Aktenschränke beißen sich mit den Flecken auf dem Linoleum.«
»Stimmt, ich finde das Kackgelb auch nicht schön. Die Dinger waren aber günstig. Ich kann sie ja weiß streichen.«
»Gut.«
»Meinst du, daß meine Sachen zu deinen passen?«
»Und ob. Die Pinkertons werden grün vor Neid.«
Er trank seinen Kaffee aus und stellte den Becher neben sich auf den Boden. Als er sich zur Seite lehnte, sah man die Narbe hinter seinem Ohr, wo vergangenen August eine der Kugeln steckengeblieben war. »Was ist denn mit dir los?« fragte er. »Kriegst du vielleicht deine Tage?«
»Wahnsinnig komisch. Nein, es ist dieser verdammte Fall, an dem ich arbeite. Die Entwicklung gefällt mir überhaupt nicht.«
»Willst du darüber reden?«
»Ja. Wir sind ja jetzt Partner und können ruhig anfangen, uns unsere Probleme anzuvertrauen.« Ich lehnte mich an die Kante seines Schreibtischs. Das Licht der Hängelampe spiegelte sich in einem Bündel Messinghoden, und es sah aus, als würden die verfluchten Dinger mir zuzwinkern. »Außerdem brauche ich deine Hilfe.«
»Wieso?«
»Ich muß so bald wie möglich aufs Präsidium, um mit Leo McFate zu reden. Kommst du mit?«
»Warum denn? Du hast doch nicht etwa schon wieder Ärger?«
»Mit der Polizei nicht.«

»Mit wem dann?«
»Vielleicht mit den Yakuza.«
Er nahm die Füße vom Tisch und setzte sich aufrecht hin. »Himmel, hast du nicht gesagt –«
»Eb, als ich heute früh mit dir sprach, glaubte ich ehrlich, es gäbe keinen Zusammenhang zwischen dem Mord an Tamura und meinem Fall, aber inzwischen sieht es so aus, als bestünde womöglich doch einer. Ich bin allerdings nur indirekt betroffen. Das weiß ich, aber die Yakuza sind vielleicht anderer Ansicht.«
»Was soll ich mit diesem verwuselten Kram anfangen?« fragte er. »Erzähl mir das noch mal – ganz von vorn.«
So fing ich von vorne an und erzählte ihm die ganze Geschichte in allen Einzelheiten. Er unterbrach mich nicht. Er war ein guter Polizist gewesen, und gute Polizisten sind gute Zuhörer. Er bewahrte Stillschweigen, bis ich ihm das Medaillon zeigte. Da breitete er die Hände aus und meinte: »Na, so schlimm sieht es aber nicht aus.«
»Ja?«
»Ja. Klar, der Yakuza-Aspekt ist ein bißchen haarig. Aber was den Rest betrifft... du, ich glaube, du hast Mrs. Gage umsonst aufgeregt.«
»Du glaubst also nicht, daß dieses Medaillon mit dem auf dem Foto in Verbindung zu bringen ist?«
»Möglich wäre es«, räumte er ein, »aber nur, wenn dieser Ken Yamasaki der Mörder und zugleich Mrs. Gages stiller Verehrer ist. Und selbst in diesem Fall sehe ich nicht, aus welchem Motiv er das Medaillon klauen und an Mrs. Gage schicken sollte.«
»Vielleicht ist er ein Psychopath«, sagte ich. »Die haben die eigenartigsten Motive, die nur ihnen logisch vorkommen.«
»Auch möglich. Ich habe aber immer noch den Eindruck, daß du zwei völlig verschiedene Fälle zu einem großen Rätsel aufzubauschen versuchst. Du warst ganz schön geschockt, als du gestern abend Tamura fandest, das hast du selbst zugegeben. Außerdem hast du dir das Foto nicht ganz genau angesehen. Mag sein, daß die beiden Medaillons gar nicht identisch sind.«

»Sind sie aber, Eb. Das wirst du selbst sehen, wenn du dir das Bild anschaust. McFate hat es wahrscheinlich als Beweismittel registrieren und mitnehmen lassen.«
»Ah, jetzt verstehe ich.«
»Was denn?«
»Weshalb du willst, daß ich mit aufs Präsidium komme. Du rechnest damit, daß McFate dir deine Theorie nicht abkauft und dir das Bild nicht zeigen will, wenn du allein bist. Und dir auch nicht verrät, wie seine Ermittlungen laufen. Wenn ich aber mitkomme, stehst du besser da, bekommst Auskünfte und Zugang zum Asservatenraum. Stimmt's?«
»Guter alter Eb«, meinte ich. »Scharf wie ein Rasiermesser.«
Er guckte finster und gab eine obszöne Antwort, aber das war nur gespielt. In Wirklichkeit hatte er seinen Spaß und freute sich bei der Vorstellung, daß wir nun zusammenarbeiteten, daß er wieder in die Siele kam. Endlich war er wieder der alte. Das freute mich.
Warum war ich dann immer noch deprimiert?
»Kommst du jetzt mit oder nicht?« fragte ich ihn.
Er tat so, als müsse er noch darüber nachdenken. Dann erklärte er: »Na, meinetwegen. Sorgen wir mal dafür, daß du nicht in noch größere Schwulitäten kommst. Verlaß dich aber nicht darauf, daß ich noch großen Einfluß habe. Besonders nicht bei McFate. Wir sind nie besonders gut miteinander ausgekommen.«
Jemand hämmerte an die Bürotür. »Das müssen meine Möbel sein«, sagte ich, stand auf und ließ die Männer vom Lagerhaus ein.
Sie brauchten fast eine Stunde, um meine Habseligkeiten heranzuschaffen: gebrauchter Schreibtisch aus Eiche, dazu passender Sessel, drei Besuchersessel aus Chromstahl, zwei Aktenschränke aus Metall, das Poster einer alten *Black-Mask*-Titelseite als Wandschmuck, Schreibmaschine mit Tisch und zwei Kisten mit diversem Ramsch. Eberhardt half mir beim Rücken, bis das Büro einigermaßen präsentabel aussah. Da mein Schreibtisch die meisten

Farbflecke am Boden verdeckte, brauchten wir uns jetzt nur noch mit der scheußlichen Hängelampe und den senffarbenen Aktenschränken zu befassen.
»Nicht übel, was?« meinte Eberhardt, als wir fertig waren. »Sieht doch ganz gemütlich aus.«
»Hm, ja.« Es war tatsächlich nicht übel. Es sah sehr viel stilvoller aus als mein letztes Büro in der Drumm Street, wo ich Jalousien und pastellfarbene Wände und ein loddelgelbes Telefon ertragen mußte – und nur, weil mir die hirnverbrannte Idee gekommen war, ich müßte mir ein moderneres Image zulegen.
»Hast du vielleicht Zweifel?« fragte Eb, und ich merkte, daß er plötzlich ernst geworden war. »An der Partnerschaft, unserer Zusammenarbeit?«
»Wie kommst du darauf?«
»Weil du so vor dich hin grübelst. Du, mir liegt viel daran, daß das klappt.«
»Mir auch.«
»Und zwar nicht nur in meinem Interesse, sondern auch in deinem. Weil ... na ja, du bist eben ein guter Freund, und ich will dich nicht noch einmal im Stich lassen.«
»Eb ...«
»Nein, das meine ich ernst. Und es muß raus. Wenn du nicht gewesen wärst, wüßte ich nicht, wo ich jetzt stünde. Ob ich überhaupt noch lebte. Du ... wenn ich einen Bruder hätte ... ach, verdammt, ich kann so was nicht ausdrücken.« Er streckte die Hand aus.
Ich ergriff sie, wir schauten uns lange an, und ich hatte plötzlich einen kleinen Kloß im Hals. Und war nicht mehr deprimiert. Die Niedergeschlagenheit war von mir abgefallen wie tote Haut. Endlich grinste ich ihn an, er grinste zurück, und ich sagte: »Los, verschwinden wir«, wie die Cops im Fernsehen.
Wir zogen los.

9

Anscheinend war Ken Yamasaki *nicht* derjenige gewesen, der Simon Tamura mit dem Samurai-Schwert erschlagen hatte. Die Polizei hatte auch keinen Hinweis auf den Täter. Dies waren die beiden ersten Dinge, die wir im Präsidium herausfanden. Nicht von McFate; der war nicht da und tauchte erst nach fünf auf. Wir erfuhren sie von Jack Logan, der jahrelang bei der Mordkommission unter Eberhardt gearbeitet hatte, nun zum Lieutenant befördert und mit Ebs altem Dienstzimmer bedacht worden war. Auch ich kannte Logan schon eine Ewigkeit. Wir hatten eine Zeitlang zusammengearbeitet, als ich noch bei der Polizei war, und er hatte sich vor ein paar Monaten, als man mir die Lizenz entzog, für mich eingesetzt. Wir drei saßen in seinem Büro und schwatzten wie bei einem Klassentreffen.

Yamasaki war am Vormittag in seiner Wohnung aufgespürt und eingehend vernommen worden. Er gestand, zur Tatzeit im Badehaus gewesen zu sein, allerdings in Gesellschaft zweier Kunden, die ausfindig gemacht und befragt wurden und seine Aussage bestätigten. Ungefähr um einundzwanzig Uhr fünfzehn an diesem Abend hatten die drei Schreie und Lärm aus Tamuras Büro gehört, waren nachsehen gegangen, hatten flüchtig jemanden erblickt, der die Hintertreppe hinuntereilte – eine Person, die sie, wie sie sagten, weder identifizieren noch beschreiben konnten –, und waren dann in Panik geraten und geflohen, zusammen mit den beiden anderen Personen, die sich zu diesem Zeitpunkt im Haus befunden hatten. Yamasaki gestand auch, gewußt zu haben, daß Tamura ein Yakuza-Boss war, und daß er selbst für die Yakuza Botendienste erledigte. Mehr hatte McFate nicht aus ihm herausbekommen. Er und die anderen wurden mit der üblichen Auflage, sich zur Verfügung zu halten, wieder auf freien Fuß gesetzt.

Logan gab sich ebenso skeptisch wie Eberhardt. Vielleicht war Yamasaki Haruko Gages stiller Verehrer, vielleicht aber auch nicht. Doch nun, da Yamasaki ein Alibi hatte, war das für die Polizei uninteressant. Und nein, soviel er wußte, hatte der Mörder weder der Leiche ein Medaillon abgenommen noch sich sonst einen Gegenstand aus dem Büro angeeignet. Genau wußte man nur, daß die Mordwaffe Tamura gehört und an der Wand gehangen hatte und daß der Täter durch den Hinterausgang geflohen war und eine Spur von Tamuras Blut hinter sich hergezogen hatte. Keine Quelle innerhalb oder außerhalb der Yakuza schien etwas über den Mord zu wissen. Es konnte jedoch sein, daß McFate neue Hinweise erhielt, meinte Logan. Er sollte sich um vier mit einem Informanten aus Japantown treffen – was seine Abwesenheit erklärte.

Was die beiden Japaner in Yamasakis weißen Ford betraf, hatte ich keinen Beweis, daß sie tatsächlich Yakuza waren. Selbst wenn das der Fall war, konnte nichts unternommen werden, denn sie hatten mich weder bedroht noch mir etwas angetan. Es gab nirgends ein Gesetz, das einem verbot, jemand anderen zu verfolgen. Die beiden hatten genau wie ich das Recht, zu fahren, wohin es ihnen beliebte. Solange sie mich nicht belästigten, würde die Polizei nicht eingreifen.

Froh machte mich das alles nicht. Wenn Logan mich schon so abspeiste, würde McFate kaum entgegenkommender sein. Gut, wenn die Polizei dem Hinweis, den das Medaillon darstellte, nicht nachgehen wollte, konnte ich das ja tun, solange ich aufpaßte. Immerhin wurde ich von Mrs. Gage dafür bezahlt.

Ich wollte mir unbedingt das Foto noch einmal ansehen und hätte mit Eberhardts Unterstützung auch bestimmt Logans Erlaubnis bekommen. Doch in diesem Augenblick ließ sich McFate wieder sehen und bereitete dem Büroschwatz ein Ende.

McFate hatte kein eigenes Dienstzimmer, sondern nur einen Schreibtisch in einer Ecke des Bereitschaftsraums unter einem Fenster, das Ausblick auf die Autobahnzufahrt zur Brücke über die Bucht bot. Man hätte aber meinen können, diese Ecke sei das Allerheiligste des Präsidenten, so hielt McFate dort hof. Er wies Eberhardt und mich an, uns Stühle heranzuziehen, und blieb dann vor uns stehen, damit er auf uns herabsehen konnte. Heute hatte er einen changierenden blaugrauen Anzug und eine Krawatte mit perlenbesetzter Nadel an. Sein elegantes Image litt allerdings unter seiner finsteren Miene. Er war offenbar nicht gerade überglücklich, uns zu sehen.

»Sie sehen aber schick aus, Leo«, sagte Eberhardt. »Das Leben muß es gut mit Ihnen meinen.«

»Ich kann nicht klagen. Wie geht's Ihnen, Eb?«

»Klagen kann ich schon, aber Sie würden ja doch nicht zuhören. Hm, haben Sie zugenommen? Ihr Bauch scheint mir dicker, seit wir uns zuletzt sahen.«

»Ich wiege kein Gramm mehr«, gab McFate steif zurück.

»Hm, muß am Schnitt Ihres Anzugs liegen«, meinte Eberhardt und zog eine seiner abscheulichen Pfeifen und das Besteck dazu aus der Tasche. Entweder war McFate ihm noch unsympathischer als mir, oder er hatte generell etwas gegen Leute, die sich für besser als den Rest der Menschheit halten. Was immer der Grund war, er stichelte unentwegt.

»Ich nehme an, daß dies kein Privatbesuch ist«, sagte McFate gereizt. »Bitte lassen Sie mich wissen, in welcher Angelegenheit Sie hier sind. Ich habe viel zu tun.«

»Mir gefällt Ihre Ausdrucksweise, Leo. So richtig schön geschwollen.«

»Nun?«

»Es geht um den Fall Tamura«, sagte Eberhardt, beugte sich vor, schabte mit dem Besteck in seinem Pfeifenkopf herum, lockerte Asche und Tabakreste und kippte sie auf McFates makellos saubere Schreibtischplatte. Als er versuchte, das Häufchen wegzublasen, verteilte er es nur.

McFate funkelte ihn an. »Können Sie nicht aufpassen?«

»Klar, Leo. Aber Sie wissen ja, wie es uns Pensionären geht. Man wird ein bißchen taprig.«

Von Eberhardt hatte McFate nun genug. Er wandte seine Aufmerksamkeit mir zu. »Der Fall Tamura? Haben Sie vergessen, mir etwas zu sagen?«

»Nein«, erwiderte ich. »Seit gestern abend ist aber einiges vorgefallen.«

»Wirklich? Was zum Beispiel?«

Ich berichtete von den beiden Männern, die mir in Ken Yamasakis Wagen gefolgt waren, erzählte von dem Medaillon und meiner Überzeugung, daß Simon Tamura auf dem alten Foto ein ähnliches umgehabt hatte, und legte ihm meine Theorie dar, Tamuras Tod habe etwas mit Haruko Gages stillem Verehrer zu tun. Ich holte das Medaillon aus der Tasche, packte es aus und zeigte es ihm. Als ich fertig war, sah er mir in die Augen und sagte: »Quatsch.«

Ich sagte keinen Ton. Eberhardt fragte: »Wieso, Leo? Ausgeschlossen ist es nicht, das müssen Sie zugeben.«

»Ausschließen läßt sich keine Möglichkeit«, erklärte McFate. »Doch der Fall Simon Tamura steht mit den Yakuza in Zusammenhang. Ein simpler Unterwelt-Mord. Davon bin ich überzeugt.«

»Wirklich? Wieso denn?«

»Aufgrund gewisser Fakten, die ich in Erfahrung gebracht habe.«

»Welcher Fakten?«

»Es ist wohl nicht nötig, daß ich mich darüber verbreite.«

»Aber Leo! Wofür halten Sie uns? Für Yakuza-Spione? Getarnte Reporter vom *Chronicle*?«

»Ich finde das gar nicht komisch«, sagte McFate.

»Sie haben eben keinen Sinn für Humor. Was sind das für Fakten?«

McFate schwieg eine Weile, zog die Brauen zusammen und die Mundwinkel nach unten. Dann sagte er widerwillig: »Tamura hatte Ärger mit der hiesigen Bandenhierarchie, weil er offenbar einen Teil der Einnahmen aus dem *mizu shobai* für sich abzweigte.«

»Sie glauben also, daß die Bosse einen Mordauftrag hinausgehen ließen?«

»Ja, was bei den Yakuza dafür gilt. Mein Informant war erstaunt, daß es so lange dauerte, bis er eliminiert wurde.« Er sah mich wieder an. »Gedungene Mörder halten sich nicht damit auf, ihren Opfern Medaillons abzunehmen, und schicken ganz gewiß Frauen keine Andenken an ihre Arbeit, ob anonym oder nicht. Professionelle Killer sind keine Psychopathen.«

»Wahrscheinlich nicht«, räumte ich ein. »Wie aber erklären Sie sich die Tatsache, daß ich heute verfolgt wurde, wenn es sich nur um einen Bandenmord handelt?«
»Erstens wissen Sie nicht, ob es sich um *kobun* handelte –«
»Wie bitte?« sagte Eberhardt. »Leo, was ist ein *kobun*?«
McFate seufzte, als betrübe es ihn, es nicht nur mit Spitzbuben, sondern auch mit Narren zu tun zu haben. »Gemeine Soldaten. Gedungene Muskelmänner.«
»Aha.«
»Und zweitens«, fuhr McFate zu mir gewandt fort, »können Sie nicht beurteilen, ob man Ihnen aus einem Grund folgt, der etwas mit dem Mordfall Tamura zu tun hat. Es könnte etwas ganz anderes dahinterstecken.« Er machte eine Pause. »Haben Sie mir etwas verschwiegen?«
»Nein«, erwiderte ich.
»Na also.«
»Und das Medaillon? Ich bin sicher, daß es mit dem, das Tamura auf der alten Fotografie trägt, identisch ist.«
»Na und? Was beweist das? Es ist wahrscheinlich ein ganz gewöhnliches Stück.«
»Haruko Gage ist da anderer Ansicht.«
»Sie könnte sich irren.«
»Sie könnte aber auch recht haben. Vergleichen Sie doch wenigstens dieses Medaillon hier mit dem auf dem Bild.«
»Ich wiederhole«, sagte McFate, als spräche er zu einem streitlustigen, nicht sehr hellen Kind, »selbst wenn sie identisch sein sollten: Was ist damit bewiesen?«
»Na schön. Darf *ich* sie dann vergleichen? Damit ich meine Ruhe habe?«
»Das kommt mir sinnlos vor. Außerdem haben Sie schon genug Zeit verschwendet. Ich habe zu tun.«
Eberhardt rührte sich. Er hatte seine Pfeife gestopft und war nun im Begriff, sie anzuzünden. »Leo, seien Sie doch nicht so«, meinte er. »Lassen Sie ihn das Bild betrachten. Sie haben es doch mitgenommen, nicht wahr?«
»Selbstverständlich.«
»Und jetzt liegt es im Laboratorium, oder?«
»Im Asservatenraum. Aber, wie ich sagte –«

»Sie brauchen also noch nicht einmal selbst mitzukommen. Rufen Sie nur unten an, und sagen Sie, wir kämen vorbei. Ist doch kein großer Umstand.«
McFate guckte so finster, als wäre es einer.
»Bitte, Leo, seien Sie doch mal menschlich«, sagte Eberhardt.
»Na gut, Ihnen zu Gefallen«, knurrte McFate und erledigte den Anruf.
Als er aufgelegt hatte, fragte ich ihn: »Sind Sie wirklich davon überzeugt, daß Ken Yamasaki nichts mit dem Mord zu tun hat?«
»Direkt hat er meiner Ansicht nach nichts damit zu tun. Wieso?«
»Weil ich ihn mit Ihrer Erlaubnis gerne gesprochen hätte.«
»Warum?«
»Im Zusammenhang mit dem Fall, an dem ich arbeite, der Suche nach dem stillen Verehrer.«
»Meinetwegen. Aber befragen Sie ihn nur zu diesem Thema. Verstanden?«
»Verstanden.«
Eberhardt hatte seine Pfeife nun mit einem kleinen Streichholz angezündet. Er sah sich auffällig nach einem Aschenbecher um, der nicht existierte, warf dann das Streichholz in Richtung Papierkorb, zielte aber so weit vorbei, daß es mitten auf McFates gepolstertem Sessel landete und schwelend liegenblieb.
McFate gab einen gequälten Laut von sich, als das Streichholz landete, machte einen Satz zum Sessel hin, hob es auf und warf es in den Papierkorb.»Himmel noch mal!« rief er. »Können Sie denn nicht aufpassen?«
»Tut mir leid, Leo«, sagte Eberhardt leidenschaftslos und stand auf. Ich folgte seinem Beispiel. »Wenn ich wieder mal auf einen Schwatz vorbeikomme, lasse ich die Pfeife zu Hause.«
Wir gingen aus dem Bereitschaftsraum zu den Aufzügen.
»Siehste, jetzt weißt du, wie man sich fühlt, wenn man auf der anderen Seite steht«, merkte ich an.
»Ja. Und ich glaube, daß es mir auf deiner Seite gefallen

wird.« Er grinste ein wenig. »Ganz besonders, wenn wir mit Leo zu tun haben.«
»Dem hast du aber wirklich eins übergebraten. Warum nur?«
»Weil er keinen Sinn für Humor hat. Den habe ich immer gerne aufgezogen.«
»Ist das der einzige Grund?«
Er warf mir einen Seitenblick zu. »Was hältst du von ihm?«
»Meiner Meinung nach ist McFate ein Arschloch.«
»Volltreffer.«
Wir fuhren mit dem Aufzug hinunter zum Asservatenraum, in dem Beweisstücke, Waffen und sichergestellte Objekte aller Art aufbewahrt wurden. Der Sergeant vom Dienst war ein Freund von Eberhardt und hatte auch McFates Anruf entgegengenommen, so daß wir ohne Schwierigkeiten durch die Kontrolle kamen. Der Sergeant holte das Foto und schaute zu, wie Eberhardt und ich es studierten.
Die Medaillons schienen identisch zu sein, als ich das Stück, das ich von Haruko Gage bekommen hatte, neben das Bild legte. Das Foto war unscharf, aber so stark vergrößert, daß das Medaillon mit seinem ausgefallenen Muster deutlich zu erkennen war.
Eberhardt grunzte. »Na gut, sie stimmen überein. Ich will ja nicht ins gleiche Horn wie McFate stoßen, aber *was* ist damit bewiesen?«
»Das weiß ich noch nicht.«
Ich sah mir das Bild eine Zeitlang genau an. Drei Männer, Simon Tamura in ihrer Mitte, hatten die Arme umeinandergelegt und grinsten. Hinter ihnen Maschenzaun und unscharfe Gebäude. Nichts davon sagte mir etwas.
Wer waren die beiden anderen Männer? Ich drehte das Bild um, zog es aus seinem zerbrochenen Rahmen und bekam eine Antwort auf meine Frage. Simon Tamura hatte zu den Leuten gehört, die Daten und Anmerkungen auf die Rückseite ihrer Fotos schreiben; ich sah japanische Schriftzeichen in Tusche und einige Worte in Englisch. »Mit Sanjiro Masaoka und Kazuo Hama – 1945.«
Ich schrieb die Namen in mein Notizbuch. Dann drehte ich

das Bild wieder um und schaute es noch eine Weile an, prägte mir die beiden Gesichter links und rechts von Tamura ein. »Gut, das reicht«, sagte ich dann zu Eberhardt und dem Sergeant, und zwei Minuten später waren wir auf dem Weg nach draußen.

»Und was jetzt, Herr Meisterdetektiv?« fragte Eberhardt.

»Für heute ist es genug.« Es war sechs Uhr, dunkel und regnete immer noch. Von der Arbeit hatte ich für heute die Nase voll. »Morgen gehe ich zu Ken Yamasaki. Außerdem lasse ich die beiden Namen auf der Rückseite des Bildes überprüfen. Es mag sich ein Hinweis ergeben, falls Masaoka und Hama noch am Leben sind und hier in der Gegend wohnen.«

»Aha. Gehst du wirklich mit Volldampf ran?«

»Da bin ich nicht so sicher.«

»Hängst aber trotzdem nicht durch.«

»Wenn es so weit kommt, hänge ich den Beruf an den Nagel.«

»Dacht ich mir's doch. Kann ich sonst noch was tun?«

»Nein, Eb. Ich mache jetzt allein weiter. Vielen Dank für deine Hilfe.«

Ich setzte ihn in der O'Farrell Street bei seinem Wagen ab und fuhr weiter nach Pacific Heights. Nirgends eine Spur von dem weißen Ford oder einem anderen von Japanern besetzten Fahrzeug in der Umgebung meines Hauses. Um ganz sicher zu gehen, fuhr ich noch einmal ums Viereck. Hatte man es nach der kleinen Episode an der China Beach etwa aufgegeben? Hoffentlich. Mir lag wenig daran, eine für die Yakuza wichtige oder auch nur interessante Person zu sein.

Nachdem ich die Wohnung betreten hatte, sah ich als erstes im Telefonbuch nach, ob Sanjiro Masaoka oder Kazuo Hama eingetragen waren. Fehlanzeigen – ganz so leicht war es nicht.

Mein Anrufbeantworter spuckte nur eine Nachricht aus – von Jeanne Emerson, die mich erneut bat, sie so bald wie möglich anzurufen. Kam nicht in Frage. Vielleicht rief ich sie morgen an – wenn überhaupt. Möglich, daß sie es aufgab und aus meinem Leben verschwand; unter Umständen für uns alle die beste Lösung. Ganz besonders aber für jemanden wie mich, der ein erbärmlicher Feigling ist, wenn es um Frauengeschichten geht.

Ich rief Kerry an und fragte, ob ich bei ihr vorbeischauen dürfte, um ihr von meinem Arbeitstag zu erzählen und vielleicht das Thema »primitives Paarungsverhalten« erneut anzuschneiden. »Ich weiß, du bist mal wieder spitz«, meinte sie und fügte auf mein zustimmendes Grunzen hinzu: »Na schön, riskier ich's mal. Komm ruhig rüber. Ich will sehen, was ich fürs Abendessen auftreiben kann.«

Aufgetrieben hatte sie, wie ich beim Eintreffen feststellte, einen Thunfischsalat mit hartgekochten Eiern, ein paar Kräcker und zum Nachtisch einen Apfel. Sie sah, wie ich das Ganze musterte, und sagte: »Zieh kein Maul, sondern setz dich und iß.« Ich gehorchte, da ich in meiner derzeitigen Verfassung alles verschlungen hätte, die Spargelpflanze in dem Hängetopf in der Eßecke eingeschlossen.

Beim Kaffee zog ich Bilanz, wie mein Tag verlaufen war. Wir bekakelten das Ganze eine Zeitlang, ohne zu einem bestimmten Schluß zu kommen. Dann machte ich ein Feuer mit einem künstlichen Scheit, und wir setzten uns auf die Couch und sahen zu, wie vor ihrem Panoramafenster der Regen herunterplatschte und die Lichter der Stadt verzerrte. Regen und Kaminfeuer machten mich schläfrig und liebesbedürftig zugleich. Ich zeigte ihr ein paar primitive Tricks aus meinem Vorspiel-Repertoire, worauf sie vorschlug, ich solle ihr den Rest im Schlafzimmer vorführen. Wir standen auf und gingen Hand in Hand nach nebenan.

Nun, diesen ganzen Präliminarien hätte ein atemberaubendes Finale folgen sollen: Leidenschaft, Erregung, Atavismus, Erfüllung und später Zärtlichkeit, Trägheit, sanfte Berührungen. In Wirklichkeit aber tat sich überhaupt nichts.

Ich wartete, daß sie in ihrem aufregenden schwarzen Negligé aus dem Bad kam, und schlief dabei ein.

10

Und auch am Morgen bekam ich keine Liebe ab. Kerry war schon auf und stand unter der Dusche, als ich um halb acht aufwachte; es war zwar Samstag, aber mir fiel ein, daß sie früh eine Besprechung bei Bates & Carpenter hatte. Ich torkelte ins Bad in der Absicht, unter der Dusche etwas in Gang zu bringen, doch als ich dort ankam, war sie schon fertig. Ich grapschte nach den warmen rosa Rundungen; sie zog mir kräftig eins mit dem Handtuch über.

»Sieh da«, meinte sie. »Der große Liebhaber ist also doch noch am Leben.«

»Tut mir leid, daß ich eingeschlafen bin, aber ich hatte einen schweren Tag hinter mir. Warum hast du mich nicht geweckt?«

»Hab ich versucht, und zwar so intensiv, daß du eigentlich überall blaue Flecke haben müßtest.«

Ich griff wieder nach ihr und bekam noch einen Schlag mit dem Handtuch versetzt. »Dazu hab ich jetzt keine Zeit, Don Juan«, sagte sie. »Du hast deine Chance verpaßt.«

Ich gab eine trotzige Antwort.

»Schluß jetzt. Stell dich lieber mal auf die Waage, und laß sehen, wieviel du abgenommen hast!«

Ich folgte murrend. Es war eine Waage mit Rüschen, wie Frauen sie herumstehen haben, und ich kam mir darauf lächerlich, nackt und haarig vor. Einhundertdrei Kilo zeigte das Ding an.

»Anderthalb Kilo weniger«, verkündete ich über die Schulter.

»Ist das alles?«

»Jawohl. Wegen lausiger anderthalb Kilo habe ich zwei Wochen lang gehungert.«

»Nun, das braucht halt seine Zeit«, sagte sie. »Warte nur, irgendwann nimmst du ganz rapide ab. Das ist immer so.«

»Klar«, murrte ich, »sicher«, trat von der Waage und unter die Dusche. Dort dachte ich an drei Scheiben Speck und Pfannkuchen und eine ganze Melone. Dann trocknete ich mich ab und zog mich an und bekam von Kerry zwei

weichgekochte Eier und eine halbe Grapefruit zum Frühstück serviert. Mir war zum Heulen zumute.
Um acht Uhr zwanzig ging sie zur Arbeit. Ich hockte noch vor meinem Kaffee und war frustriert. Große Eile hatte ich nicht, da es sinnlos war, vor neun bei anderen Leuten anzuklopfen. Und Harry Fletcher war in der Zulassungsstelle erst ab halb zehn zu erreichen. Ich griff nach einem der Magazine, das ich Kerry geliehen hatte, und las eine Story von William Campbell Gault, einem der besten Krimi-Autoren der alten Garde, war aber zu rastlos und hungrig, um Spaß daran zu haben. So stand ich auf und trank meinen Kaffee im Stehen aus.
Kerry hat eine große Wohnung – zwei Schlafzimmer, eins davon in ein Büro umgewandelt, Eßecke, Küche, zwei Bäder und ein Allzweckraum. Die Einrichtung ist modern, mit viel verchromtem Stahl und scharfen Kanten und weißlichen Tweedbezügen, mächtigen abstrakten Gemälden in Schwarz, Weiß und Orange, einem antiken Doppelbett aus Messing und meterweise Regale mit Romanen und Sachbüchern, denn Kerry ist wie ich eine Leseratte, hat aber vielseitigere Interessen. Mir gefiel es hier – es war warm und gemütlich und individuell und ein bißchen unkonventionell, eben so wie Kerry selbst. Nur eines störte mich: das gerahmte Bild ihrer Eltern im Schlafzimmer, weil ich immer das Gefühl hatte, daß Iwan der Schreckliche uns beim Bumsen zuschaute und sich vielleicht böse Flüche einfallen ließ, um meine unsterbliche Seele verkümmern zu lassen. Immerhin war er ja Experte für Okkultes.
In Kerrys Abwesenheit fehlte etwas, und ich fühlte mich doppelt zurückgesetzt – aber den sexuellen Frust hatte ich mir selbst zuzuschreiben. Unmöglich, so einfach einzupennen. Als nächstes kamen wohl Gedächtnisverlust und exzentrisches Verhalten und anschließend die Einweisung in ein Heim, wo eine Brigade Schwestern mir den Sabber vom Kinn wischte.
Zeit, an die Arbeit zu gehen, dachte ich. Wer rastet, der rostet. Ich trug die Kaffeetasse in die Küche, spülte sie ab, holte meinen Mantel, schloß die Wohnungstür ab und gi

draußen auf die Stelle zu, an der mein Wagen parkte – und blieb wie angewurzelt stehen.
Auf der anderen Straßenseite stand in fünfzig Metern Entfernung ein vertrauter weißer Ford mit zwei Japanern darin.
Jetzt wurde ich erst richtig wütend. Anfangs glaubte ich, sie wären mir vergangene Nacht von meiner Wohnung hierher gefolgt, obwohl ich Ausschau gehalten und sie nicht entdeckt hatte. Dann fiel mir ein, daß Kerrys Name in dem Artikel über Tamuras Tod erwähnt worden war und daß sie im Telefonbuch stand. Nachdem ich sie gestern überrascht hatte, mußten sie die Taktik gewechselt und sich an Kerry gehängt haben.
Ich steckte die Hände in die Manteltaschen, damit die beiden nicht sehen konnten, daß ich sie vor Zorn ballte. Dann ging ich gemächlich zu ihnen hinüber. Obwohl es stark bewölkt war, regnete es im Augenblick nicht, so daß ich sie durch die Windschutzscheibe deutlich erkennen konnte. Sie saßen nur da und beobachteten mich, ohne auch nur die Köpfe zu rühren.
Als ich vor ihnen den Gehsteig erreicht hatte, sah ich, daß auf der Fahrerseite das Fenster offen war, schritt darauf zu, blieb stehen, ging in die Hocke und schaute hinein.
Heute saß der Typ mit der Nase aus Knet am Steuer; er starrte mich ausdruckslos an. Der andere fuhr sich langsam und rhythmisch über den Schnauzer und schaute starr geradeaus, im Trancezustand wie ein buddhistischer Mönch auf der Suche nach dem Nirwana.
»Na, Jungs, kann ich was für euch tun?« fragte ich.
Keiner reagierte. Knetnase guckte weiterhin glatt durch mich hindurch. Ich hätte ein Laternenpfahl oder ein Feuerlöscher sein oder überhaupt nicht existieren können.
»China Beach, gestern vormittag«, sagte ich. »Sie verfolgten mich, aber ich entdeckte Sie und schrieb mir Ihr Kennzeichen auf. Erinnern Sie sich noch daran?«
Schweigen.
»Es stört mich, wenn mich jemand verfolgt«, erklärte ich. »Und es stört mich noch mehr, wenn meine Freundin

verfolgt wird. Wenn Sie was von mir wollen, lassen Sie den Quatsch und kommen Sie zur Sache.«
Schweigen. Knetnase wandte leicht den Kopf, und ich sah, wie er einen raschen Blick auf das unterm Armaturenbrett eingebaute CB-Gerät warf.
»Nur zu«, sagte ich. »Rufen Sie ruhig Ihren Auftraggeber. Richten Sie ihm aus, ich wartete hier. Sagen Sie ihm, ich möchte mit ihm reden und diese Angelegenheit erledigen.«
Weiter Schweigen. Der andere hörte auf, sich über den Schnauzbart zu streichen, aber mehr tat sich nicht. Die beiden hockten einfach nur da. Ich hatte das Gefühl, daß sie nicht einmal zurückschlagen würden, wenn ich jetzt einem eine langte. Jedenfalls nicht ohne ausdrücklichen Befehl.
Ich konnte nun nichts mehr tun oder sagen. Ich richtete mich auf, kehrte dem Ford den Rücken zu und ging über die Straße auf meinen Wagen zu. Nach dem Einsteigen kurbelte ich das Seitenfenster herunter und stellte den Außenspiegel so ein, daß ich sie im Auge behalten konnte, während ich den Motor startete und warmlaufen ließ. Knetnase sprach ins Mikrophon des CB-Geräts; selbst über die Entfernung konnte ich die Anschlußschnur sehen.
Wetten, daß sie die gleichen Anweisungen wie gestern bekommen haben, dachte ich mir. Zurückhalten, nichts unternehmen – fürs erste.
Doch diese Wette hätte ich verloren. Die Burschen starteten, als ich anfuhr, und sie blieben bis zu meiner Wohnung in Pacific Heights hinter mir.

Die Kraftfahrzeugzulassungsstelle ist samstags halbtags geöffnet. Um neun Uhr vierzig bekam ich Harry Fletcher an die Leitung, buchstabierte ihm die beiden Namen, die auf der Rückseite der Fotografie gestanden hatten, nannte ihm das ungefähre Alter der Männer und bat ihn, mir die Adressen aller in Frage kommenden Kalifornier zu geben. Obwohl ich kein Spezialist für japanische Nachnamen bin, kamen mir beide nicht besonders häufig vor. Auch Fletcher war kein Experte auf diesem Gebiet; er sagte, ich solle ihm sicherheitshalber eine Stunde Zeit geben.

Ich fand, daß ich Besseres zu tun hatte, als diese Stunde in der Wohnung zu verbringen. Ich drehte den Anrufbeantworter an, stellte fest, daß seit gestern abend niemand meine Nummer angewählt hatte, und ging wieder hinaus zu meinem Wagen. Als ich auf halbem Weg zur nächsten Seitenstraße in den Rückspiegel schaute, lag der weiße Ford wieder in meinem Kielwasser.
Ich erwog, sie mit ein paar Manövern abzuschütteln, war aber zu alt für riskante Spiele auf der Straße, und wenn ich ihnen im dichten Verkehr einen Streich spielen wollte, mußte ich den langen Umweg übers Stadtzentrum machen. Zudem würden sie ja doch letztendlich wieder vor meiner Wohnung auftauchen oder, schlimmer noch, Kerry belästigen. Das beste war also, sie hinterherzockeln und sehen zu lassen, daß ich nichts Finsteres oder Aufregendes trieb. Vielleicht verzogen sie sich dann von alleine. Wenn nicht, würde ich später auf irgendeine Art mit ihnen fertig werden müssen.
So fuhr ich schnurstracks die California Street entlang, ohne mich viel um den Ford zu kümmern. Nummer 2610 war ein altes, beiges, stuckverziertes Wohnhaus diesseits des Kinderkrankenhauses und hatte eine breite Veranda und Feuerleitern, die im Zickzack an der Fassade herunterführten und aussahen wie grellrote Narben. Vor dem Gebäude war eine Bushaltestelle, an der ich meinen Wagen unerlaubterweise abstellte. Die beiden *kobun* fuhren weiter, bogen um die Ecke und parkten an einem Hydranten, was noch weniger erlaubt war.
Ich betrat die Veranda von 2610, suchte die Namensschilder an den Briefkästen ab, bis ich »K. Yamasaki, App. 7« fand. Ich drückte auf den Knopf daneben und hielt den Finger fünfzehn Sekunden lang darauf. Es rührte sich nichts, aber eine ältere Japanerin kam drinnen die Treppe herunter, öffnete die Tür und trat heraus.
»Entschuldigung«, sagte ich. »Kennen Sie Ken Yamasaki?«
Sie bedachte mich mit jenem Blick, den die Leute für Fremde, die womöglich Versicherungs- oder Staubsaugervertreter sein konnten, reserviert haben: halb argwöhnisch,

halb ausdruckslos. »Ja?« sagte sie.
»Er scheint nicht zu Hause zu sein. Wissen Sie zufällig, wo er anzutreffen ist?«
»Ja?« sagte sie.
»Und wo wäre das?«
»Ja?«
»Verzeihung ... sprechen Sie Englisch?«
»Ja?«
»Toll. Bedaure, Sie aufgehalten zu haben.« Ich wandte mich zur Treppe, blieb stehen und sagte: »Äh, *sayonara*.«
»Ja«, sagte sie, diesmal ohne Fragezeichen, nickte heftig und folgte mir grinsend. Erst als ich in den Wagen stieg, kam mir der Gedanke, daß sie wahrscheinlich Englisch konnte und mir die ganze Zeit über nur etwas vorgemacht hatte.

Weiter draußen hielt ich am Park Presidio Boulevard in einer Chevron-Tankstelle an, und während der Tankwart den Wagen tränkte, ging ich in eine Telefonzelle und rief wieder die Zulassungsstelle an. Wie ich von Fletcher erfuhr, gab es in Kalifornien zwei Kazuo Hamas, die über sechzig waren, aber nur einer wohnte in Nordkalifornien. Seine Adresse lautete »Hamas Hühnerfarm, Rainsville Road, Petaluma«. Petaluma liegt nur vierzig Meilen nördlich von San Francisco. Der andere Kazuo Hama lebte weit im Süden in Orange County, in einer Stadt, deren Namen ich noch nie gehört hatte. Die Adresse schrieb ich mir aber trotzdem auf.
Im Archiv der Zulassungsstelle hatte sich ein einziger Sanjiro Masaoka gefunden, wohnhaft 72 West Point Avenue, Princeton. Princeton, ein kleines Fischernest an der Half Moon Bay, lag der Stadt noch näher als Petaluma und war über den Highway 1 zu erreichen.
Ich bedankte mich bei Fletcher, versprach ihm zwei Flaschen Johnnie Walker Red Label – Geld nahm er nicht an, weil er das unethisch fand – und ging dann meine Benzinrechnung bezahlen. Nach dem Verlassen der Tankstelle bog ich in den Geary Boulevard ein und fuhr hinaus zum Great Highway, der nach Süden zum Highway 1 führt. Besseres hatte ich nicht zu tun, der Regen blieb immer noch aus, und in

Princeton gab es gute Fischlokale. Ein angenehmer Ausflug also, wenn da nicht meine unerwünschten Begleiter gewesen wären.
Der weiße Ford folgte mir nämlich den ganzen Weg lang.

11

Die Straße nach Princeton zweigte vom Highway 1 ab und umging den kleinen Flughafen Half Moon Bay. Die Ortsmitte war kaum erwähnenswert und bestand aus einer alten Herberge, einem Lebensmittelgeschäft, zwei Restaurants und einigen Kunstgewerbeläden für die Touristen. Direkt voraus befand sich die Anlegestelle der Gemeinde, dahinter das weißgefleckte Wasser des Pillar-Point-Hafens, wo eine Gruppe von Fischerbooten dümpelte und geometrisch angelegte Molen aus Bruchsteinen die Rinnen markierten.
Weiter westlich gab es eine Fischkonservenfabrik, eine Bootswerft und drei oder vier quadratische Blocks mit Wohnhäusern. Vor der Herberge bog ich in diese Richtung ab. Jede einzelne der holprigen Straßen war nach einer Akademie benannt; die West Point Avenue war eine der längsten und leicht genug zu finden. Aus Respekt vor den Schlaglöchern kroch ich auf ihr entlang und vorbei an einem Sammelsurium von Häusern, darunter behagliche alte Holzbauten und halbverfallene Schuppen; entlang an kräftig grünen Freiflächen, die Feldern glichen, und versumpften Höfen voller Boote aller Größen, die teils an Davits hingen und teils kaum mehr als verrottende Rümpfe waren.
Haus Nummer 72 stand in der Nähe der Einbuchtung des Hafens – ein kleines, zweistöckiges, geschindeltes Gebäude, rostbraun angestrichen wie ein Güterwagen, vorne von einer Reihe Zypressen beschattet und mit einem moosbewachsenen Holzzaun eingefriedet. Im Garten jenseits des Zaunes sah ich aufgeschichtetes Brennholz, alte Baumstümpfe und das rostende Skelett eines Busses, der nun anscheinend als Schuppen oder Werkstatt diente. Den Blu-

menaufklebern nach zu urteilen, die seine Flanken zierten, hatte der Bus einmal einer Hippie-Kommune gehört und stand nun da wie das Überbleibsel einer uralten und etwas eigenartigen Zivilisation.
Ich hielt vorm Haus und zwischen zwei Regenpfützen mit den Ausmaßen kleiner Teiche an. Die Luft roch würzig nach Salzwasser, vermischt mit Ozon; es mußte ziemlich bald wieder zu regnen anfangen. Als ich auf das Tor zuging, sah ich, daß an allen Fenstern in beiden Geschossen die Markisen heruntergezogen waren. Das Haus wirkte verrammelt und verlassen.
Das Gartentor war verriegelt. Ich langte hinüber, öffnete es und ging einen kurzen, schlammigen Weg entlang. Die Stufen zur Veranda quietschten und knackten, als ich sie betrat. Abgesehen vom Kreischen der Möwen war dies das einzige Geräusch in der lastenden Stille.
An der Haustür befand sich eine altmodische Klingel, an der man drehen mußte. Da niemand auf das Signal reagierte, versuchte ich es noch einmal, wieder erfolglos, und kam zu dem Schluß, daß sich Sanjiro Masaoka heute vormittag anderswo aufhielt und daß mir vielleicht ein Nachbar verraten konnte, wo er anzutreffen war. Ich drehte mich um, tat einen Schritt und blieb sofort reglos stehen.
Vor der Treppe zur Veranda saß ein Hund und starrte mich aus blaßgelben Augen an.
Es war ein riesiger Dobermann, der teuflisch gefährlich aussah, obwohl er einfach nur dasaß. Mir sträubten sich die Nackenhaare. Normalerweise komme ich gut mit Hunden aus, solange man sie an der Leine hält und nicht die Gehsteige und Rasenflächen vollkacken läßt, doch ein Dobermann fällt in eine andere Kategorie. Dobermänner lösen eine primitive Angst in mir aus; ich kann sie nicht ausstehen und mache einen weiten Bogen um sie.
Keiner von uns rührte sich. Scheinbar eine Ewigkeit lang guckten wir uns bloß an. Wo war dieses Viech nur hergekommen? Da ich das Gartentor hinter mir zugemacht hatte, konnte er nicht von der Straße hereinmarschiert sein, was bedeutete, daß er die ganze Zeit über auf dem Grundstück

gewesen war, vermutlich irgendwo hinterm Haus. Was hinwiederum bedeutete, daß er hierhergehörte, Sanjiro Masaokas Hund war und demnach wußte, daß ich hier nichts verloren hatte.
Ich suckelte etwas Speichel zusammen, schluckte ihn, um meine Kehle zu schmieren, und sagte: »Ruhig, Hundchen, ruhig. So ist's brav«, nur um zu sehen, was nun passierte.
Der Dobermann stellte die Ohren auf. Dann begann er leise zu knurren. Ansonsten machte er keine Bewegung; sein Schwanzstummel blieb so steif, als sei er mit seinem Hinterteil verschweißt.
Ah, vorzüglich, dachte ich. Hunde, die knurren und nicht bellen oder mit dem Schwanz wedeln, gelten als gefährlich. Warum hatte Masaoka keine Warnung vor dem Hunde ans Tor gehängt, damit Leute wie ich nicht einfach hineinmarschierten und vielleicht angekaut wurden?
Ich löste meinen Blick von dem Dobermann und schaute zur Straße. Der weiße Ford hatte fünfzig Meter hinter meinem Wagen vor einem verwitterten Nachbarhaus mit zugebauter Veranda angehalten, und die beiden Japaner schauten zu mir herüber. Einen Augenblick lang hatte ich das Bedürfnis, sie herzurufen. Doch selbst wenn sie die Neigung verspürt hätten, mir zur Hilfe zu kommen, was zu bezweifeln war, konnte ein lautes Geräusch wie ein Ruf den Dobermann zum Angriff provozieren. Bei so nervösen Hunden wußte man nie, was als Auslöser wirkte, selbst wenn sie abgerichtet waren.
Nach einigen Sekunden hörte er zu knurren auf, behielt mich aber im Auge. Ich sah mich nach einem Fluchtweg oder Hilfe um, aber ersterer existierte nicht, und letztere schien nicht zu kommen. Meine Nacken- und Rückenmuskulatur und mein schlimmer Arm begannen, sich zu verkrampfen. Ich schaute dem Hund wieder in die Augen und versuchte, ihn so lange anzustarren, bis er aufgab. Leider funktionierte das nicht; er hatte offenbar die größere Willenskraft.
Gute fünf Minuten verstrichen. Der Dobermann starrte, die Japaner starrten, ich wurde immer verkrampfter und langsam eher gereizt als ängstlich. Zum Teufel, dachte ich

schließlich und tat einen langsamen, bedächtigen Schritt auf die Stufen zu.
Der Dobermann erhob sich, spreizte die Vorderpfoten und begann wieder zu knurren.
Ich blieb wie angewurzelt stehen. Die gelben Augen blickten nun zornig und, wie ich glaubte, blutdürstig. Ich vergaß meinen Ärger und meine Tapferkeit und bekam wieder Angst. Himmel, wie lange würde ich hier stehen müssen, ehe jemand kam und mich rettete oder der Köter endlich beschloß, mich anzufallen?
Wie sich herausstellte, sollte ich noch drei unbehagliche Minuten verbringen. Dann ging die Tür der Veranda des verwitterten Nachbarhauses auf, und eine Frau kam heraus und schritt die Stufen hinunter. Unten blieb sie stehen, stemmte die Hände in die Seiten und musterte den weißen Ford. Bald darauf begab sie sich zielstrebig zu ihrem Gartentor und sagte zu den beiden *kobun* etwas, das ich nicht mitbekam. Es mußte aber eine Drohung gewesen sein – vielleicht mit der Polizei, wegen Herumlungerns vor ihrem Haus –, denn bald sprang der Motor des Ford an, und der Wagen fuhr los und an mir und Masaokas Haus vorbei. Nicht weit allerdings, denn er bog in die nächste Querstraße ein und hielt wieder am Straßenrand.
Auch die Frau hatte den Ford mit Blicken verfolgt und dabei auch mich entdeckt. Sie musterte mich, so wie sie den Ford gemustert hatte, ging dann durch ihr Tor, den Gehsteig entlang und blieb vor Masaokas Tor stehen. Sie war um die sechzig, hager, gebräunt und grauhaarig und trug einen alten Pullover mit Wildlederflicken an den Ellbogen. Ein zäher alter Vogel. Kam mir gerade recht.
»He da«, sagte sie. Zu mir, nicht zum Dobermann. »Was tun Sie da drin?«
Was hat es denn für einen Anschein? dachte ich. Ich stehe hier bloß rum und warte, bis mir der Hund von Baskerville an die Gurgel geht. Doch ich sagte leise, um den Hund nicht aufzuregen: »Ich wollte Mr. Masaoka in einer geschäftlichen Angelegenheit sprechen. Aber außer meinem vierbeinigen Freund scheint niemand zu Hause zu sein.«

»Ach so«, sagte sie in einem eigenartigen Ton. »Sein Name ist Tomadachi«, fügte sie hinzu. »Das heißt auf japanisch ›Freund‹!«
»Klar«, versetzte ich. »So sieht er auch aus.«
»Sind Sie einfach zu ihm hineingegangen?«
»Nein, ich sah ihn nicht. Und auch keine Warnung vor dem Hunde.«
»Früher hing einmal ein Schild am Tor, aber das haben irgendwelche Kinder abmontiert.«
»Verzeihung, könnten Sie mich vielleicht hier herausholen? Der Hund starrt mich so unangenehm an.«
»Tja, ab und zu beißt er schon«, sagte sie. »Tomadachi! Weg da! Laß den Mann in Ruhe!«
Der Dobermann wandte den Kopf und warf ihr einen kurzen Blick zu, gehorchte aber nicht, sondern musterte mich wieder, knurrte weiter und trat von einer Vorderpfote auf die andere. Ich legte mir schon eine Verteidigungsstrategie zurecht, aber es geschah nichts.
»Verdammt«, meinte die Frau, »auf mich hat er noch nie gehört. Und ich kam auch nie an ihn heran, als Sanjiro noch da war. Vielleicht hilft ein Trick. Warten Sie hier, ich bin gleich wieder da.«
Wo könnte ich schon hin, Verehrteste? dachte ich.
Sie trabte zurück zu ihrem Haus, verschwand darin, tauchte wieder auf und eilte zu Masaokas Tor. Als sie näher kam, konnte ich sehen, was sie in der Hand hatte: zwei abgenutzte alte Tennisbälle.
»Tomadachi spielt für sein Leben gern Ball«, erklärte sie mir. »Das ist seine Lieblingsbeschäftigung.«
»Hoffentlich tut er das lieber, als Fremde anzufallen.«
»Ich will versuchen, ihn zum Apportieren zu bewegen«, sagte sie. »Dann mache ich das Tor auf, und Sie rennen los.«
»Wie ein Weltklassesprinter«, sagte ich.
»Ball!« rief sie dem Dobermann laut zu. »Ball, Tomadachi! Komm, wir spielen Ball!«
Das weckte sein Interesse. Er spitzte wieder die Ohren, wandte den Kopf und ließ die Zunge heraushängen. Die Frau hielt ihm einen Tennisball hin und schnatterte weiter,

bis er sich halb umgedreht und seine halbe Aufmerksamkeit auf sie gerichtet hatte. An diesem Punkt hob sie den Arm, rief »Apport!« und ließ in Richtung der Baumstümpfe einen Wurf los, auf den Willie Mays hätte stolz sein können.
Der Dobermann machte eine Wendung, sie griff nach dem Tor, ich machte mich spurtbereit... doch der Hund rannte knapp zwei Meter, blieb stehen, kam zurück und knurrte mich weiter an.
»Mist!« rief die Frau. Ganz meine Meinung.
So mußten wir die ganze Prozedur wiederholen, diesmal aber noch ausgedehnter, praktisch ein Vorspiel, um den Hund auf ein Ballspielchen so richtig scharfzumachen. Sie reizte ihn mit Worten auf, jonglierte mit dem Ball, tat drei- oder viermal so, als würfe sie. Als sie dann erneut den Arm hob, sprang er vor Erwartung ein paar Schritte los und war eindeutig bereit. Ich ebenso.
Die Frau warf mir einen Blick zu, ich nickte, sie hob den Arm, rief »Apport!« und schleuderte den Ball in die Richtung des alten Hippiebusses. Der Dobermann und ich starteten zur gleichen Zeit. Ich segelte über die vier Verandastufen, ohne sie zu berühren, geriet bei der Landung ins Taumeln, sah, daß das Tor offen war, sah, daß der Hund auf die Bremse gestiegen und im Begriff war, mit gefletschten Zähnen auf mich loszugehen, fand das Gleichgewicht wieder und stürmte schlitternd den matschigen Weg entlang. Gerade, als der Hund zum Sprung ansetzte, erreichte ich die Öffnung und galoppierte hindurch. Die Frau schlug das Tor zu. Der Dobermann mußte dagegengeprallt sein, denn ich hörte ihn jaulen. Es wurde allerdings nicht nur seine Würde verletzt: Ich war so schnell gerannt, daß ich nicht rechtzeitig bremsen konnte, mit der Flanke meines Wagens kollidierte, eine verrückte Pirouette drehte, stolperte und mitten in einer großen Pfütze landete.
Was ich anschließend von mir gab, hätte den Lack vom Auto ätzen können. Die Frau zuckte nicht mit der Wimper, sondern kam ans Pfützenufer und verbiß sich das Lachen. »Alles klar?« fragte sie.
»Klar, prächtig.« Ich kam auf die Beine, platschte zum Wagen

und lehnte gegen den vorderen Kotflügel. Der Dobermann starrte durch den Lattenzaun und machte aggressive Geräusche. Ich glotzte ebenso bösartig zurück. Verfluchter Köter.
»Kommen Sie mit zu mir«, sagte die Frau. »Ich gebe Ihnen ein Handtuch.«
»Nett von Ihnen. Und vielen Dank für die Rettungsaktion.«
»Ich bin immer gern gutnachbarlich«, meinte sie und mußte sich immer noch das Lachen verkneifen.
In ihrem Haus gab sie mir ein Handtuch und ließ mich in ihr Badezimmer, wo ich versuchte, meinen Anzug einigermaßen in Ordnung zu bringen. Als ich wieder herauskam, stand eine Tasse Kaffee für mich bereit. Sie hieße Ethel Pinkham, sagte sie und zog eine Grimasse, um mir zu verstehen zu geben, daß sie den Namen haßte, und bat mich, »Pink« zu ihr zu sagen. Das täten alle, meinte sie und erklärte, ihr verstorbener Gatte sei zu seinen Lebzeiten Pink 1 gewesen und sie Pink 2. Ich verriet ihr meinen Namen, aber nicht meinen Beruf und den Grund meines Besuchs. Und sie fragte auch nicht danach.
»Der arme Tomadachi«, sagte sie. »Ich füttere ihn mit Essensresten, die ich über den Zaun werfe, weil er mich nicht in den Garten läßt. Er braucht aber ein neues Zuhause und jemanden, der sich um ihn kümmert. Vor drei Tagen sollte eine Kusine von Sanjiro ihn abholen kommen. Wenn sie bis morgen früh nicht aufgetaucht ist, rufe ich den Tierschutzverein.«
»Da komme ich nicht ganz mit, Pink. Warum braucht der Hund ein neues Zuhause?«
»Ach ja, das wissen Sie ja noch nicht. Wenn Sie Bescheid wüßten, wären Sie ja nicht zu Sanjiro gekommen.«
»Was weiß ich denn noch nicht?«
»Daß Sanjiro seit acht Tagen tot ist.«
Ich brauchte erst einmal zwei Sekunden, um das zu verdauen. Dann fragte ich: »Woran starb er denn?«
»Bei einem Sturz. Aber niemand weiß genau, wie es passiert ist.«
»Wo ist es denn passiert? In seinem Haus?«
»Nein, draußen beim Landvorsprung. Er ging wie üblich

allein Muscheln sammeln und muß von der Steilküste abgestürzt sein.«
»Sie sagen, das sei vor acht Tagen gewesen?«
Sie nickte. »Ja, am frühen Morgen. Zwei junge Leute fanden ihn zwischen zwei Felsblöcken eingeklemmt. Er war erst ein paar Stunden tot.«
»War er verheiratet?«
»Nein, verwitwet. Seine Frau starb vor drei, vier Jahren.«
»Er lebte also allein?«
»Ja, mit Tomadachi.«
»Und diese Kusine? Wohnt die hier in der Gegend?«
»Nein, drüben in Fresno.«
»Wissen Sie, ob die Kusine ein enges Verhältnis zu Masaoka hatte?«
»Nach dem Tod seiner Frau kapselte sich Sanjiro völlig ab«, sagte Pink. »Er nahm es sehr schwer, hatte kaum Besuch und verließ nie das Dorf. Deshalb war ich so überrascht, Sie heute dort drüben zu sehen.«
»Sie kannten ihn demnach nicht sehr gut?«
»Auch nicht besser als alle anderen Leute in der Nachbarschaft. Wir wohnten seit zwölf Jahren nebeneinander. Ab und zu trank ich mit seiner Frau Yoshiko Tee. Nette Frau, sehr hübsch. Sie starb an Krebs. Er trug immer ihr Bild bei sich, in einem kleinen Medaillon aus Gold.«
»Was für ein Medaillon?«
»Eins aus Gold, wie ich sagte. Und herzförmig.«
»Und einer Perle auf einer Seite?«
»Aber ja. Woher wissen Sie –?«
»Ich habe solche Medaillons schon öfter gesehen«, sagte ich rasch. »Mehr noch, ich habe vor, meiner Frau eins zu kaufen.« In Wirklichkeit aber dachte ich: Erst ein damasziertes Medaillon, jetzt ein goldenes –und beide konnten von einem gerade Verstorbenen stammen. Was geht hier vor?
Ich hätte sie gerne gefragt, ob das Medaillon fehlte, als man Masaokas Leiche fand, bezweifelte aber, daß sie das wußte. Zudem war es eine Frage, die ihren Argwohn erregen und zu Schwierigkeiten führen konnte. So wollte ich statt des-

sen wissen: »Erwähnte Masaoka jemals Freunde in San Francisco?«
»Nicht daß ich wüßte.«
»Sagt Ihnen der Name Simon Tamura etwas?«
»Moment – Tamura ... Kommt mir irgendwie bekannt vor. Stand der nicht kürzlich in den Zeitungen?«
Auch auf dieses Thema wollte ich nicht näher eingehen. »Sie können sich aber nicht entsinnen, daß Masaoka diesen Namen genannt hat?« fragte ich.
»Nein.«
»Erwähnte er einen Mann namens Kazuo Hama?«
»Hama ... Hama ... Nein.«
»Kann sein, daß dieser Hama in Orange County wohnt. Sprach Masaoka jemals davon, daß er dort Bekannte hatte?«
»Nein.«
»Hama könnte auch eine Geflügelfarm in Petaluma haben«, sagte ich.
Sie schüttelte den Kopf. »Der einzige Farmer aus Petaluma, von dem ich gehört habe, war ein entfernter Vetter meines verstorbenen Mannes«, sagte sie. »Er war Alkoholiker – der Vetter, meine ich – und zündete eines Nachts sich selber an, als er betrunken war, dann steckte er sein Haus und seine Scheune an und setzte auch noch das Maisfeld in Brand. Pink 1 meinte, das sei das komischste, was ihm je zu Ohren gekommen wäre. Ich bin da nicht so sicher.«
Ich fragte sie, ob Masaoka je von Haruko Gage oder Ken Yamasaki gesprochen habe, und sie verneinte. Die vielen Fragen hatten sie neugierig gemacht; das merkte ich an ihrem Blick. So meinte ich, es sei Zeit, daß ich nach Hause führe, und mir trockene Sachen anzog, ehe ich mir den Tod holte, und Pink fand, das sei eine gute Idee.
»Trinken Sie Pfefferminztee mit Rum und Honig«, riet sie. »Nichts hält einem besser eine Erkältung vom Leibe.«
Beim Gedanken an Pfefferminztee mit Rum und Honig schnürte sich mir die Kehle zu. Aber ich bedankte mich und versprach, ihrem Rat zu folgen.
Wir gingen gemeinsam hinaus. Ich schaute nach Osten und sah den weißen Ford immer noch an der nächsten Straßen-

ecke parken. Auch Pink fiel er auf. »Kennen Sie die Japaner in dem Auto dort drüben?« fragte sie.
»Nein«, erwiderte ich.
»Ich auch nicht. Sie parkten vor meinem Haus, als Sie bei Sanjiro waren.« Sie warf mir einen spekulierenden Blick zu. »Kennen Sie sie auch ganz bestimmt nicht?«
»Nein. Vielleicht sind es Touristen.«
»Solche Touristen sind mir noch nie unter die Augen gekommen.«
»Ich muß jetzt weiter«, sagte ich. »Nochmals vielen Dank, Pink.«
»Nicht der Rede wert. Nehmen Sie sich vor bösartigen Hunden in acht.« Sie bedachte mich mit einem amüsierten Grinsen. »Und vor Pfützen.«
Ich erwiderte das Grinsen, marschierte aus ihrem Garten und zu meinem Auto. Der Dobermann kam von der Veranda des Masaoka-Hauses getobt, steckte die Schnauze zwischen zwei Zaunlatten hindurch und knurrte mich wieder an. Doch das störte mich nicht mehr, denn er tat mir inzwischen leid. Ich weiß, was Einsamkeit bedeutet.
Ich holte eine Decke aus dem Kofferraum und breitete sie über dem Vordersitz aus, damit ich mit meinen schlammigen Hosen die Sitzpolster nicht verschmutzte. Dann ließ ich den Motor an, fuhr bis zur nächsten Straßenecke und an dem weißen Ford vorbei.
Die beiden *kobun* mit den steinernen Mienen hoben die Hände und wackelten mit den Fingern – das erste Lebenszeichen, das sie bisher gezeigt hatten. Die Kerle hatten mich vor dem Dobermann fliehen und in die Pfütze fallen sehen und lachten mich mit dieser Geste aus.

12

Ich fuhr geradewegs zurück nach San Francisco. Selbst wenn ich Lust verspürt hätte, in Princeton zu Mittag zu essen, was nicht der Fall war, wäre das wegen meines nassen Anzugs

unmöglich gewesen. Erst mußte ich heim und mich umziehen, ehe ich etwas anderes unternehmen konnte.
Auf der Fahrt ließ ich mir allerhand durch den Kopf gehen. Sanjiro Masaokas plötzlicher Tod bedeutete, daß zwei der drei Männer auf diesem Bild binnen einer Woche auf unnatürliche Weise ums Leben gekommen waren. Zufall? Denkbar. So etwas kam manchmal vor. Aber das Goldmedaillon? Es war doch etwas mehr als ein Zufall, daß Haruko Gage einen Tag nach Masaokas Tod ein Goldmedaillon erhielt, wie er es getragen hatte, und kurz nach Simon Tamuras Tod eines, das jenem genau glich, das dieser um den Hals gehabt hatte.
Was aber steckte dahinter, wenn es kein Zufall war? Zwei Morde, vorausgesetzt, Masaoka war von der Steilküste gestoßen oder erschlagen worden. Was war dann das Motiv für diese beiden Bluttaten? Wenn jemand erpicht darauf war, die Männer in Harukos Leben auszuschalten, mußte ihr Gatte Artie doch ganz oben auf der Liste stehen. Zudem waren Masaoka und Simon Tamura über sechzig gewesen, und Haruko hatte behauptet, Tamura nur flüchtig gekannt zu haben.
Möglich, daß eine Verbindung zwischen ihr und Masaoka bestand. Oder zwischen ihr und Kazuo Hama. Konnte Hama für den Tod von Masaoka und Tamura verantwortlich sein? Und wenn ja, weshalb? Selbst wenn ich davon ausging, daß eine Verbindung zwischen Hama und Haruko oder zwischen ihr und Masaoka bestand, wollte mir noch immer kein Motiv einfallen, das zu den Fakten, die ich ausgegraben hatte, passen wollte.
Warum waren die beiden Medaillons an Haruko geschickt worden? Und was war mit den anderen Geschenken, die sie erhalten hatte? Hatten auch die den Männern gehört, die inzwischen tot waren?
Und was hatten die Yakuza mit dem Ganzen zu tun?
Der verrückteste Fall, der mir je untergekommen war. Immer wieder tauchten Bruchstücke auf, wollten aber kein einheitliches Bild ergeben. Selbst, wenn ich sie isoliert betrachtete, bekam ich sie nicht in den Griff. Es war, als würde man

versuchen, ein Thermometer mit Quecksilber zu füllen, ohne das richtige Werkzeug dafür zu haben: Jedesmal, wenn man ein Quecksilberkügelchen packen wollte, hüpfte es weg.

Beim Betreten meines Hauses schaute ich auf die Armbanduhr. Halb zwei. Keine Post im Briefkasten, keine Nachricht im Anrufbeantworter. Ich ging ins Bad, nahm eine heiße Dusche und schluckte zwecks Vorbeugung ein paar Dragées Vitamin C. Was mir jetzt noch fehlte, war eine Grippe.

Als ich wieder angezogen war, rief ich bei der Auskunft fürs Netz Sanoma County an und ließ mir die Nummer von Hamas Hühnerfarm in Petaluma geben. Doch als ich wählte, meldete sich niemand.

Ich rief bei den Gages an, um mich bei Haruko nach Sanjiro Masaoka und Kazuo Hama zu erkundigen. Auch hier hatte ich kein Glück, denn sie war nicht zu Hause. Ihr Schlappschwanz Artie sagte, sie sei einkaufen gegangen, und er wisse nicht, wann sie zurückkäme – vielleicht um drei herum. Dann fragte er mich, ob ich irgendwelche Neuigkeiten hätte. Nein, erwiderte ich, woraufhin er anmerkte, das überrasche ihn überhaupt nicht, und dann einfach auflegte.

Artie, dachte ich, dich sollte ich mit Leo McFate bekannt machen. Ihr kommt bestimmt glänzend miteinander aus, ihr zwei Arschlöcher.

Ich lugte in den Kühlschrank. Außer einer Karotte nichts Essenswertes. Ich fraß sie und kam mir vor wie Bugs Bunny und spülte mit einer Dose V-8 nach. Meine Laune war inzwischen nicht gerade die beste. Wenn ich weiter hier herumhing und nichts tat, würde ich binnen einer halben Stunde die Wände hochgehen. So schlüpfte ich in einen trockenen Mantel und verließ die Wohnung.

Selbstverständlich fing es wieder an zu regnen, als ich zu meinem geparkten Wagen ging, und ich wurde wieder naß. Und, als hätte ich noch einer Aufheiterung bedurft, der weiße Ford tauchte in meinem Rückspiegel auf.

Ich rollte durch die California Street und parkte schließlich vor Ken Yamasakis Apartmenthaus an der Bushaltestelle, wie ich es schon heute früh getan hatte. Auch der Ford wiederholte die frühere Prozedur: Er fuhr um die Ecke und

hielt am Hydranten. Ich stieg aus, ging die Stufen zur Veranda hoch und drückte auf den Klingelknopf neben Yamasakis Namensschild und wartete. Der Türöffner summte nicht.
»Gottverfluchter Mist!« rief ich laut, und ein Passant sah mich seltsam an, senkte seinen Regenschirm wie einen großen Schild und beschleunigte seine Schritte.
Ich holte eine Visitenkarte heraus und schrieb auf die Rückseite: »Bitte rufen Sie mich sofort an. Hochwichtig.« Dann steckte ich die Karte in den Briefkasten, ging die Stufen hinunter, an meinem Wagen vorbei und weiter, bis ich den Ford erreichte. Die beiden *kobun* hockten hinter der regennassen Scheibe und glotzten mich wie üblich stoisch an. Ich bedeutete dem Schnauzbart mit einer Geste, er möge das Seitenfenster herunterkurbeln. Er starrte mich an, ohne zu reagieren. Ich brachte es fertig, meinen Zorn zu zügeln. Anstatt die Tür aufzureißen, ihn herauszuzerren und anzubrüllen, beugte ich mich vor und sagte so laut, daß sie mich verstehen konnten: »Sagt eurem Boss, daß ich ihn sprechen will, und zwar so schnell wie möglich. Und richtet ihm aus, daß ich euch zwei bis morgen früh los sein will. Wenn nicht, passiert was.«
Ausdrucksloses Starren.
Ich setzte mich in meinen Wagen, machte mitten auf der Straße eine vorschriftswidrige Wendung und fuhr zurück nach Pacific Heights. Die beiden zockelten hinter mir her, als sei nichts geschehen.
Als ich in meine Wohnung kam, kochte ich noch immer vor Wut. Ich knallte den Kessel auf den Herd und wählte noch einmal die Nummer von Hamas Hühnerfarm in Petaluma. Keine Antwort. Von der Auskunft ließ ich mir die Nummer des zweiten Kazuo Hama in Orange County geben und rief ihn an. Er war zu Hause und der falsche Mann. Wie er sagte, arbeitete er bei Japan Air Lines, war erst seit acht Jahren in Amerika und hatte weder von Sanjiro Masaoka noch von Simon Tamura je etwas gehört.
Inzwischen war es fast drei. Ich rief bei den Gages an, um mich zu erkundigen, ob Haruko zurück war. Ich bekam sie

an die Leitung, doch als ich sie nach Masaoka und Hama fragte, behauptete sie, keinen der beiden zu kennen.
»Sind Sie jemals mit älteren Männern ausgegangen?« fragte ich. »Mit Herren Ende Fünfzig, Anfang Sechzig?«
»Nein, selbstverständlich nicht. Ich habe keinen Vaterkomplex.«
»Auch mit niemandem über fünfzig?«
»Mit niemandem über vierzig«, sagte sie. »Ich verstehe das nicht. Haben Sie Grund zu der Annahme, daß mein heimlicher Verehrer über fünfzig ist?«
»Nicht direkt, nein.«
»Warum stellen Sie mir dann diese Frage? Und wer sind diese Männer – Masaoka und Hama?«
»Leute, deren Namen auftauchten«, erwiderte ich. »Freunde von Simon Tamura.«
Nun herrschte eine Zeitlang Schweigen. Schließlich sagte sie: »Schon wieder dieser Mord. Glauben Sie denn noch immer, daß zwischen mir und Mr. Tamura ein Zusammenhang besteht?«
»Im Augenblick weiß ich überhaupt nicht, was ich glaube.«
»Wenn aber ein Zusammenhang besteht? Wenn es der gleiche Mann ist, der beschlossen hat...« Sie beendete den Satz nicht, doch es lag auf der Hand, wie die letzten Worte gelautet hätten.
»So weit wird es nicht kommen«, sagte ich.
»Vielleicht sollten wir uns an die Polizei wenden.«
»Ich habe den Fall bereits mit der Polizei besprochen.«
»Wirklich? Und was meint sie?«
»Man meint, Sie bräuchten sich keine Sorgen zu machen.«
Es war Zeit für einen raschen Themawechsel. Ich sagte: »Sie sind mit vielen Japanern bekannt, Mrs. Gage. Gibt es jemanden, von dem ich detaillierte Informationen über die Yakuza erhalten könnte?«
»Hm«, meinte sie, hielt inne und sagte dann: »Tja, Mike Kanaya wahrscheinlich.«
»Wer ist Mike Kanaya?«
»Reporter beim *Hokubei Mainichi*. Das ist eine zweisprachi-

ge Zeitung, die in Japantown erscheint – halb englisch, halb japanisch.«
»Kennen Sie ihn gut genug, um einen Treff mit mir zu arrangieren?«
»Ja. Ich weiß nur nicht, ob er bereit ist, über die Yakuza zu reden. Das ist ein Thema, das Japaner nur ungern mit *gaijin* anschneiden – ein *gaijin* ist ein Nichtjapaner.«
»Sehen Sie zu, was Sie ausrichten können, Mrs. Gage. Es könnte wichtig sein.«
»Gut. Wann wollen Sie sich mit Mike treffen?«
»So bald wie möglich.«
Sie versprach, sich mit Mike Kanaya in Verbindung zu setzen und mich zurückzurufen. Wir legten auf. Ich ging hinaus in die Küche und stellte fest, daß der größte Teil meines Kaffeewassers verdampft war; ich hatte vergessen, daß ich den Kessel aufgestellt hatte. Heute war nicht mein Tag. Mehr noch, ich konnte mich nicht entsinnen, wann mein letzter guter Tag gewesen war. Ich tat frisches Wasser in den Kessel, stellte ihn auf und setzte mich wartend und brütend an den Küchentisch.
Nach dem Aufgießen trug mir das Warten einen zu starken Kaffee ein; beim Brüten kam überhaupt nichts heraus. Ich stand nach einer Weile auf, ging auf und ab und sah die Regentropfen an den Scheiben des Erkerfensters herunterrollen wie Tränen an trauernden Gesichtern. Dann versuchte ich es im Schlafzimmer noch einmal mit Hamas Hühnerfarm – ergebnislos. Ich erwog, Kerry anzurufen – sie hätte um drei von der Arbeit zurück sein sollen, wollte aber die Leitung freihalten für den Fall, daß Haruko Gage zurückrief.
Es wurde schon dunkel, als Harukos Anruf endlich kam. Sie habe Kontakt mit Mike Kanaya aufgenommen, sagte sie, und er sei bereit, mit mir zu reden, aber frühestens morgen um die Mittagszeit. Heute habe er geschäftliche und morgen vormittag familiäre Verpflichtungen. Ich seufzte ein wenig und erklärte mich einverstanden. Kanaya hatte einen Treff in einem *sushi*-Restaurant in Japantown vorgeschlagen. Auch das war mir recht.
Da ich mich erst morgen mit Kanaya treffen konnte, hatte ich

einen mehr oder weniger freien Abend vor mir. Es war zu spät, um noch nach Petaluma zu fahren, insbesondere nur auf Verdacht hin und die Gefahr, daß auf der Hama-Farm niemand daheim war. Und andere Geschäfte konnte ich zu dieser späten Stunde auch nicht mehr erledigen. Na ja, dann rufst du halt Kerry an und lädst sie zum Abendessen ein, dachte ich. Auf diese Weise kamen wir früh ins Bett, und ich wurde wenigstens eines meiner kleinen Probleme los.

Ich wählte ihre Nummer. Sie war zu Hause. Außerdem war sie müde und mißmutig und sagte, sie bekäme eine Erkältung und wolle nur ins Bett kriechen. Ich schlug vor, zu ihr zu kommen und ihr dabei Gesellschaft zu leisten, aber darauf sprach sie nicht an und meinte, sie sei weder für Sex noch für Gesellschaft aufgelegt. Sie wollte einfach nur schlafen. »Ruf mich morgen wieder an«, meinte sie, »mal sehen, wie ich mich dann fühle.«

Ich legte auf. Ich guckte mir die vier Wände an und erwog erneut, an ihnen hochzugehen. Dann holte ich meinen Mantel und schritt hinaus in den Regen.

Ich machte mir allein einen tollen Abend, jawoll. Verzehrte eine kalorienarme Mahlzeit in einem Café in der Chestnut Street und sah mir dann in einem Programmkino im Zentrum zwei Filme hintereinander an. Anschließend fuhr ich heim und legte mich ins Bett.

Das Essen war miserabel gewesen. Die Filme auch. Und allein zu schlafen war auch nicht angenehmer.

13

Mike Kanaya entpuppte sich als stämmiger Mittdreißiger mit kantigem Kinn, buschigen Brauen und hellen, rastlosen Augen. Er trug einen dunklen Anzug mit weißem Hemd und konservativer blaugrauer Krawatte. Mir kam er ernsthaft und wißbegierig vor, was bedeutete, daß er ein guter Journalist war, wenn mich der Eindruck nicht täuschte.

Er wartete bereits auf mich, als ich am Sonntag kurz vor

zwölf die Minami Sushibar im Japan Center betrat. Haruko mußte mich beschrieben haben, denn er sprang sofort von seinem Tisch auf, ging auf mich zu und stellte sich vor. Wir drückten uns die Hände, schätzten uns gegenseitig ab. Dann begaben wir uns zu seinem Ecktisch, gefolgt von der Bedienung, die eine Kanne Tee und zwei Speisekarten brachte.

Kanaya schenkte uns Tee ein. »Haben Sie schon einmal *sushi* gegessen?«

»Nein«, erwiderte ich. »Andere japanische Speisen schon, aber *sushi* bisher noch nicht.«

»Wissen Sie, was das ist?«

»Verschiedene Fischsorten, roh.« Und derzeit sehr beliebt bei Weißen, die sich einbildeten, voll im Trend zu liegen. Aus diesem Grund hatte ich bisher noch kein *sushi* probiert, obwohl Kerry es ein- oder zweimal vorgeschlagen hatte. Ich bin nämlich gar nicht trendbewußt, wie Leo McFate bezeugen kann, sondern ein Bauer.

»Haben Sie keine Lust auf rohen Fisch?« fragte Kanaya.

»Probieren kann ich ja mal. *Sashimi* schmeckt mir.«

»Gut. Wollen Sie mir dann Gesellschaft leisten?«

»Gerne«, erwiderte ich, weil ich ihn nicht schon zu Anfang beleidigen wollte. »Warum nicht?«

Er winkte der Kellnerin und bestellte auf japanisch. Sie ging zum Koch hinter der Glastheke, wo alle Fischhäppchen auf zerstoßenem Eis ausgelegt waren, und gab die Order weiter. Der Mann machte sich mit einigem Enthusiasmus ans Werk.

Auch ich beschloß, gleich zur Sache zu kommen. »Hat Mrs. Gage Ihnen gesagt, weshalb ich mich für die Yakuza interessiere?« fragte ich Kanaya. »Will sagen, hat sie Ihnen Einzelheiten genannt?«

»Einige, aber nicht alle.« Er nahm seine Teetasse und hielt sie in der Hand, ohne zu trinken. Sein breites Gesicht sah nun ernst aus. »Es geht um den Mordfall Tamura, nicht wahr?«

»Ja, obwohl ich nicht in dieser Sache ermittle, sondern versuche, mich davon zu lösen. Die Yakuza – oder jemand in der Organisation – scheinen zu glauben, daß ich in die Sache verwickelt bin. Seit ich Tamuras Leiche fand, werde ich von zwei Männern, vermutlich *kobun* verfolgt. Ich habe zweimal versucht, mit ihnen zu reden, aber sie geben keine Antwort.«

Kanaya nickte nachdenklich.

»Der Wagen, den sie benutzen, ist auf Ken Yamasaki zugelassen«, sprach ich weiter. »Kennen Sie ihn?«

»Nicht persönlich. Er arbeitet in Tamuras Bad.«

»Und ist außerdem Yakuza. Und ein Ex-Freund von Haruko Gage.«

»Sie glauben doch nicht etwa, daß Haruko eine Yakuza ist...?«

»Nein. Hat sie Ihnen gesagt, daß ich für sie arbeite?«

»Gewiß.«

»Und aus welchem Grund?«

»Ja, auch das.«

»Nun, zwischen ihrem Problem und Tamuras Tod mag ein Zusammenhang bestehen. Vorausgesetzt, es war kein Yakuza-Mord.«

»Vielleicht war es auch keiner«, sagte Kanaya.

»Warum sagen Sie das?«

Er lächelte schwach. »Journalisten haben Augen und Ohren – und Quellen. Wie ich höre, wissen die Yakuza nicht, wer Mr. Tamura ermordet hat. Und aus welchem Grund.«

Damit wäre McFates Informant erledigt, dachte ich, und McFates Theorie. Nach einer Weile sagte ich: »Darf ich annehmen, daß Yamasaki in der Ortsgruppe keine besonders wichtige Stellung hat?«

»Ja. Dazu ist er viel zu jung.«

»Die Macht haben also nur alte Männer?«

»Von seltenen Ausnahmen abgesehen, ja.« Kanaya schlürfte seinen Tee. »Was wissen Sie über die Yakuza?«

»Im Grunde nicht viel. Allgemeine Fakten, aber nur lückenhaft. Den historischen Hintergrund kenne ich kaum, und ihre Arbeitsweise ist mir so gut wie unbekannt.«

»Wie die Yakuza operieren, wissen nur wenige Außenseiter«, sagte er. »Es handelt sich um eine sehr disziplinierte

Geheimorganisation, wie man sie im Westen nicht findet. Diese Leute richten sich nach einem im sechzehnten Jahrhundert von den Samurai aufgestellten Ehrenkodex. Zum Beweis ihrer Treue haben sich manche Yakuza schon das erste Glied des kleinen Fingers abgeschnitten und ganz formell ihrem *oyabun* – Bandenchef – dargeboten, als Buße für eine Fehlentscheidung.«

»Daß sie so fanatisch sein können, wußte ich nicht.«

»In dieser Hinsicht sind sie noch schlimmer als die Mafia.«

»Und weiter, Mr. Kanaya?«

»In Japan kontrollieren die Yakuza alle wichtigen kriminellen Aktivitäten«, sagte er. »Drogenhandel, Prostitution, Waffenhandel, Kreditbetrug, Erpressung, Pornographie. Das ist aber noch nicht alles. Sie kontrollieren außerdem über fünfundzwanzigtausend legale Betriebe und sind in Politik und Wirtschaft ein wichtiger Faktor. Sie betreiben ihre Geschäfte viel offener, als jede westliche Verbrecherorganisation es wagen könnte. Viele Yakuza-Büros haben das Bandenwappen aushängen; Mitglieder des Syndikats tragen Abzeichen am Revers, als gehörten sie zu einer Partei oder Gewerkschaft.« Er lächelte ironisch. »Ob Sie es nun glauben oder nicht, die Yakuza geben sogar ihr eigenes Magazin heraus – *Yamaguchi-gumi Jiho*. Rechtsberatung neben Lyrik und biographischen Artikeln.«

»Großer Gott.«

»Und dennoch«, fuhr Kanaya fort, »sind die Yakuza in der japanischen Gesellschaft Ausgestoßene, wie sie selbst zugeben. Viele stammen aus armen, ungebildeten Schichten, gehören chinesischen oder koreanischen Minderheiten an oder sind gar *burakumin* – Anhänger eines wegen seiner Praktiken mit toten Tieren und Tierprodukten geächteten Ahnenkults. Wissen Sie eigentlich, was das Wort Yakuza bedeutet?«

»Nein.«

»Wörtlich übersetzt steht es für die Ziffern acht, neun und drei. Das ist in einem Glücksspiel namens *hanafuda* das schlechteste Blatt, das Blatt eines Verlierers. Verstehen Sie?«

Ich nickte. In Wahrheit aber verstand ich kaum etwas. Gut,

die Yakuza waren eine komplexe Organisation, und wenn schon die Japaner bei ihrem Aufbau und ihren Methoden nicht ganz durchblicken, wie sollte da jemand wie ich zu Rande kommen? Wie sollte ich mir die Yakuza, die an mir klebten wie die Egel, wieder loswerden?
Die Kellnerin erschien mit zwei Tellern, zwei kleinen Schüsseln und Reis, stellte alles vor uns hin und verschwand wieder. Das *sushi* sah recht appetitlich aus: gewürzter Reis, mit Häppchen rohen Fischs umwickelt, teils mit einem grünen Zweig garniert, das wie Seetang aussah, oder gelbem, das Ei gewesen sein mochte. Mein Magen begann zu knurren. Lecker oder nicht, gab er mir zu verstehen, schmeiß mal etwas rohen Fisch hier runter, und zwar schleunigst.
Ich griff nach den Eßstäbchen – ich hatte gelernt, sie zu benutzen, ohne mich zu blamieren – und stocherte an einem Brocken auf meinem Teller herum. »Was ist das?« fragte ich Kanaya.
»*Hamachi*«, erklärte er. »Gelbschwanz.«
»Und das hier?«
»*Toro*. Thunfischbauch.«
»Bauch??«
»Das beste Stück vom Thunfisch«, sagte er. »Probieren Sie mal. Aber erst kommt die Sauce, genau wie beim *sashimi*.«
Die kleinen Schüsseln waren für die Tunke. Man goß etwas Sojasauce hinein, gab einen Klumpen grünlichen Meerrettich hinzu, und das Ergebnis war eine erträgliche scharfe Mixtur, die ziemlich gut schmeckte. Auf jeden Fall paßte sie gut zu rohem Thunfisch. Hm, nicht übel.
Kanaya begann, mir Reis zu servieren, aber ich schüttelte den Kopf. »Danke, keinen Extrareis. Ich halte Diät.«
»Ach so«, bemerkte er.
Ich probierte den Thunfischbauch. Er hatte recht, dieses Stück war schmackhafter als das, was fürs *sashimi* benutzt wurde. Als ich fertig gekaut hatte, sagte ich: »Erzählen Sie mir von den Yakuza hier in der Stadt, Mr. Kanaya. Wie mächtig sind sie?«
»In der japanischen Bevölkerungsgruppe haben sie großen

Einfluß«, sagte er. »Außerhalb aber weniger, als ihnen lieb ist.«
»Wie groß ist die Ortsgruppe?«
»Das ist schwer zu schätzen. Es gibt Gruppen in Los Angeles und Hawaii, die mit dieser hier in enger Verbindung stehen. Mitglieder werden von einem Gebiet ins andere und zurück versetzt. Derzeit gibt es an der Westküste wahrscheinlich zweihundert aktive Yakuza, ein Drittel davon in San Francisco.«
»Wie ich höre, hatte Tamura hier einen hohen Rang«, bemerkte ich. »Der Pate war er aber wohl nicht.«
»Nein. Der *oyabun* von San Francisco ist Hisayuki Okubo.«
»Wohnt dieser Okubo hier in der Stadt?«
»Ja, auf der ›Kara Maru‹.«
»Dem Restaurantschiff?«
»Genau.«
»Wollen Sie damit sagen, daß dieses Lokal den Yakuza gehört?«
»Aber sicher. Eine höchst respektable Fassade.«
Die »Kara Maru« war ein im China Basin verankerter alter japanischer Frachter, der vor einigen jahren in ein teures Hafenrestaurant verwandelt worden war. Ich selbst war nie dort gewesen, weil es als feucht, finster und mit viel Atmosphäre behaftet galt. Aus diesem Grund, dem Blick über die Bucht und dem guten Essen war es bei Touristen populär, nicht zu reden von der Schickeria, die auch urige kleine *sushi*-Bars wie diese frequentierte.
»Wie zugänglich ist Okubo?« erkundigte ich mich.
»Zugänglich?«
»Umgibt er sich mit Leibwächtern? Oder kommt ein normaler Mensch wie ich ohne große Umstände an ihn heran?«
»Oh, Leibwächter hat er wohl«, meinte Kanaya. »In seine Privaträume kommt nur, wer eine Einladung hat. Und die ›Kara Maru‹ verläßt er nur selten.«
»Hm, das hatte ich befürchtet.«
»Hatten Sie denn vor, ihn aufzusuchen?«
»Ja, und ich trage mich immer noch mit dem Gedanken.«
Kanaya schien Einwände erheben zu wollen, griff aber nach

der Reisschüssel und begann zu essen. Ich versuchte etwas, das wie Venusmuschel schmeckte. Wie ich von Kanaya erfuhr, war meine Vermutung korrekt: *Mirugai*, Riesen-Venusmuschel.
Ich stellte ihm weitere Fragen über die Yakuza, ohne viel zu erfahren, was ich nicht bereits gewußt oder vermutet hatte. Die Organisation stand in dem Ruf, einen Haufen Politiker in der Tasche zu haben, und zwar nicht nur in Japan. Es hieß auch, sie sei in San Francisco und Los Angeles im Begriff, das lukrative Geschäft mit japanischen Touristen in die Hand zu nehmen, entweder durch Übernahme von Restaurants, Bars, Souvenirläden und Unterhaltungsstätten oder durch die Erzwingung von »Schutzgebühren«. Deshalb zog sie es vor, Ärger mit den Behörden zu vermeiden. Was bedeutete, wie mir Kanaya tröstend versicherte, daß sie nur im äußersten Fall Gewalt gegen *gaijin* anwandte.
Ich erkundigte mich auch nach Simon Tamuras Privatleben, erfuhr aber auch hier nichts Nützliches. Tamura war Familienvater gewesen, hatte ein stilles und konservatives Leben geführt und keinem der üblichen Laster gefrönt. Die Namen Sanjiro Masaoka und Kazuo Hama sagten Kanaya nichts. Auch über das alte Bild in Tamuras Büro wußte er nichts, da er es nie gesehen hatte.
Inzwischen waren wir mit dem Essen fast fertig. Mein letztes Stück *sushi* war ein großer, gräulich-weißer Klumpen, den ich zwischen die Stäbe klemmte, kritisch beäugte und dann verspeiste. Nicht sensationell, aber auch nicht übel. Zäh, wie Gummi mit Fischgeschmack.
»Habe ich Ihnen helfen können?« fragte Kanaya.
»Etwas schon. Ich möchte Ihnen für Ihre Offenheit danken, Mr. Kanaya.«
»War mir ein Vergnügen. Vielleicht kommt bei dem Ganzen ein Artikel für mich heraus.«
»Wenn sich etwas tut«, sagte ich, »erfahren Sie es als erster.«
»Großartig.«
»Und das Mittagessen geht auf meine Rechnung.«
Er neigte leicht den Kopf. »*Arigato gozaimas*. Hat Ihnen das *sushi* geschmeckt?«

»Ja, es war sehr delikat, abgesehen von dem letzten Stück. Was war das?«
»Ah, *tako*«, sagte er. »Krake.«
Ich bereute die Frage.

Draußen wurde ich vom Regen und dem weißen Ford erwartet – ein weiteres Paar unerfreulicher Gewißheiten – wie der Tod und das Finanzamt –, mit denen man heutzutage geschlagen ist. Ein *kobun*, der mit der Knetnase, war mir ins Japan Center gefolgt und hatte sich während meiner Mahlzeit mit Kanaya in der Einkaufspassage herumgetrieben. Nun marschierte er wieder hinter mir her und setzte sich draußen zu seinem Kumpanen in den Ford.
Es ging mir zwar immer noch auf die Nerven, die beiden unablässig am Hals zu haben, doch was Kanaya mir über die Haltung der Yakuza Nichtjapanern gegenüber gesagt hatte, tröstete mich etwas. Und bei der Vorstellung, daß die beiden frierend und verkrampft die ganze Nacht im Regen Wache halten mußten, bekam ich das Gefühl, daß es auf der Welt vielleicht doch so etwas wie eine ausgleichende Gerechtigkeit gibt.
Der Regen ließ nach, bis es nur noch fein nieselte, als ich bergan zurück nach Pacific Heights fuhr. Ich belegte den einzigen legalen Parkplatz in meiner Straße, so daß der Ford jemandes Einfahrt blockieren mußte. Dort stand er noch immer, als ich in mein Haus ging.
Kurz vor dem Ausgehen hatte ich am Morgen noch einmal versucht, Hamas Hühnerfarm zu erreichen, und diesmal war die Nummer besetzt gewesen, was bedeutete, daß jemand zu Hause war. Ich beschloß, es noch einmal zu versuchen. Wenn ich nicht durchkam, war es vielleicht an der Zeit, dem Restaurant auf der »Kara Maru« meinen ersten und zweifellos letzten Besuch abzustatten. Vielleicht kam ich ohne Einladung nicht an Hisayuki Okubo heran, aber ein Versuch konnte nichts schaden. Das hoffte ich zumindest.
So wählte ich 707, die Vorwahl von Petaluma, dann die Nummer von Hama, und es läutete sechsmal, ehe abgeho-

ben wurde. Ich hatte schon auflegen wollen. Eine Frauenstimme, heiser und etwas zittrig, sagte: »Hallo? Ja?«
Ich nannte meinen Namen und sagte, ich riefe aus San Francisco an. Dann fügte ich hinzu: »Ich hätte gerne Mr. Kazuo Hama gesprochen.«
Schweigen.
»Hallo? Sind Sie noch da?«
»Nein«, sagte die Frau. »Nein, nein.«
»Wollen Sie sagen, daß Mr. Hama nicht zu Hause ist?«
»Nein, Kazuo *tot*!« stieß sie hervor, und ich hörte, wie sie zu weinen begann, ehe sie die Verbindung unterbrach.

14

Petaluma erreichte ich kurz vor halb vier. Der Regen verfolgte mich nur bis nördlich von San Rafael, wo er es aufsteckte, und als ich die erste Ausfahrt am Highway 101 nach Petaluma nahm, riß die Wolkendecke auf und ließ in schmalen Streifen den blauen Himmel sichtbar werden.
Der weiße Ford verfolgte mich überhaupt nicht, was allerdings auf meinen Entschluß zurückzuführen war und nicht auf den seiner Insassen. Nach Verlassen meiner Wohnung war ich hinunter zum Fisherman's Wharf gefahren, wo es immer Verkehrsstauungen gibt und die Touristen auch bei Regen unterwegs sind, und hatte unter Ausnutzung von Verkehrsampeln und anderen Fahrzeugen ein paar trickreiche Manöver ausgeführt; zuletzt sah ich den Ford an einer Kreuzung in der Nähe der Cannery, wo er hinter einem qualmenden Stadtautobus festsaß. Es ist nicht allzu schwer, sich eines Verfolgers zu entledigen, wenn man sich konzentriert und ein wenig Mühe gibt. Und ich hatte einfach keine Lust, den ganzen Weg nach Petaluma mit diesen beiden Ochsen im Schlepptau zurückzulegen.
Die Main Street hieß früher einmal schlicht Main Street. Jetzt war sie nördlich des Zentrums der Petaluma Boulevard North, südlich davon der Petaluma Boulevard South. In der

Vergangenheit hatte die Stadt rund zehntausend Einwohner gehabt und vorwiegend von der Landwirtschaft gelebt. Inzwischen zählte sie vierzigtausend Seelen und war zur Schlafstadt verkommen, deren Einwohner zum größten Teil in San Francisco arbeiteten. Zu Anfang des Jahrhunderts war Petaluma als »Eierkorb der Welt« berühmt gewesen, größter Geflügelhalter, der jährlich von mehreren Dutzend umliegender Farmen Millionen von Eiern verschickte. Mittlerweile war es eher als »Stadt des Nullwachstums« bekannt, die 1972 eine Verordnung zur Begrenzung des Wachstums erlassen hatte, begrüßt von Umweltschützern und Verfechtern traditioneller Werte, bitter bekämpft von Spekulanten und Baufirmen, die den Großteil des Landes innerhalb und außerhalb der Stadtgrenzen an sich gerissen hatten. Einstmals hatten auf dem Petaluma Creek, der breiten Mündung eines kleinen Flusses, die sich durch Salzsümpfe zum Pazifik wand, Flußschiffe, Kähne und Frachtschoner verkehrt, die Heu, Luzerne, Eier, Vieh und Fahrgäste transportierten. Heute kamen Schnellboote und Yachten den Fluß herauf und ankerten in dem kleinen Becken hinter dem Ziegelkomplex voller Restaurants und Läden, der einmal eine Futtergetreidemühle gewesen war.

Fortschritt, Veränderung. Manchen gefiel das, anderen wieder nicht. Ich gehörte zur zweiten Kategorie, hatte aber weder in die Vergangenheit noch in die Zukunft der Stadt etwas investiert. Was sollte ich mich um Petaluma grämen? Petaluma weinte ja auch nicht um mich.

Ich hielt an einer Tankstelle und ließ mir den Weg zur Rainsville Road weisen, die ich über den Petaluma Boulevard North und die Stony Point Road erreichte. Nach einer halben Meile kam ich an eine mit Pfützen übersäte, gekieste Einfahrt mit einem Schild, auf dem stand: »Hühnerfarm Hama«. Darunter war in kleineren Buchstaben zu lesen: »Wir gehören zu den Größten in Petaluma«. Und in noch kleineren Lettern: »Eier, Hähnchen, Brathühner und Küken zu verkaufen«.

Eine der Größten in Petaluma, dachte ich, als ich in die Zufahrt einbog. Das bedeutete heutzutage nicht mehr viel.

Die Geflügelindustrie dort oben war nur noch ein schwacher Schatten ihres ehemaligen Glanzes. Die meisten Farmen gehörten einem Multi, und es waren nur noch wenige unabhängige Betriebe wie der von Hama übrig. Die großen Brutstätten und Futterhändler waren schon lange verschwunden. Und Kazuo Hama auch. Aber wie? Und warum?
Rechts von der Einfahrt waren als Windschutz Eukalyptusbäume gepflanzt worden. Die ersten Farmgebäude tauchten jenseits der Bäume auf – eine vertraute Anordnung, die mich etwas nostalgisch stimmte, denn ich hatte als Jugendlicher einmal einen Sommer lang auf einer Hühnerfarm gearbeitet, doch das war schon so lange her, daß die Erinnerung blaß und unscharf war wie eine alte Daguerreotypie. Die nächststehenden Gebäude waren ein großes, weißes, mit Brettern verkleidetes Haus, ein Tanklager und eine Garage mit einem Anbau, der wohl als Werkstatt diente. Gegenüber und hinter dieser kleinen Gruppe stand eine Scheune, in der wahrscheinlich Futter und Vorräte aufbewahrt und Eier versandfertig gemacht wurden. Als nächstes kamen die Hühnerhäuser. Es waren sechs, jedes gut zwanzig Meter lang und groß genug für rund tausend Legehennen. Sie bestanden aus Holz, waren auf Stelzen erbaut und hatten Schrägdächer und Fenster. Neben jedem Hühnerhaus erstreckten sich eingezäunte Höfe, auf denen Hunderte von weißen Leghorns stolzierten, pickten und aus regenvollen Trögen tranken.
Zwei Fahrzeuge standen auf der kleinen Parkfläche am eingezäunten Farmhaus – ein ziemlich neuer Isuzu und ein schlammbespritzter Pickup. Ich hielt neben dem Pickup. Von den Hühnerhöfen her hörte ich andauerndes Flattern und Gackern, schaute aber nicht hin, weil ich nicht mehr an Hühner denken wollte. Oder an Eier. Die erinnerten mich nämlich an meine Diät und machten mich wider Willen hungrig.
Ich ging zum Gartentor und über einen mit zerstoßenen Muschelschalen belegten Weg zur Veranda. Dabei bemühte ich mich nicht, mich besonders leise zu verhalten, was mir aber doch gelungen sein mußte, da die beiden Leute, die im Haus miteinander sprachen, ihre Unterhaltung fortsetzten.

Ich konnte sie deutlich hören. Eine Außentür mit Fliegendrahtfenster war zwar geschlossen, aber die Haustür dahinter stand offen, vermutlich, um frische Luft zirkulieren zu lassen. Die Konversation hörte sich so interessant an, daß ich nicht gleich klopfte, sondern stehenblieb und lauschte. Eine Freiheit, die man sich in meinem Beruf herausnehmen kann. Immerhin sind Privatdetektive als Lauscher an der Wand und Schlüssellochgucker verschrien.
»... verstehe ich überhaupt nicht, Johnny«, sagte eine Frauenstimme gerade. »Ein Mausoleum! Man stelle sich nur vor, was das im Lauf der Jahre an Unterhalt kostet! Wie kam er darauf?« Das war nicht die Frau, mit der ich am Telefon gesprochen hatte. Sie klang jünger.
»Keine Ahnung«, sagte eine Männerstimme, die sich ebenfalls jung anhörte. »Wie soll ich das wissen?«
»Hier in der Gegend gibt es keine Wakasas.«
»Vielleicht wohnten sie in der Nachkriegszeit hier.«
»Weißt du auch bestimmt nicht, wer diese Frau war?«
»Wie oft soll ich dir das noch sagen?«
»Ich dachte, Vater hätte dich ins Vertrauen gezogen...«
»Ach, in einem Gespräch von Mann zu Mann, meinst du? Du glaubst doch, daß er eine Affäre mit dieser Chiyoko Wakasa hatte, nicht wahr?«
»Psst! Mutter darf das nicht hören!«
Nun spitzte ich die Ohren. Chiyoko – Harukos zweiter Vorname, und der Name, der auf der Verpackung des Medaillons gestanden hatte.
»Nun?« fragte der Mann etwas leiser. »Das glaubst du doch, oder?«
»Und du doch auch.«
»Woher willst du wissen, was ich denke? Ich glaube überhaupt nichts. Vielleicht war sie eine Verwandte.«
»Du weißt genau, daß wir keine Verwandten haben, die Wakasa heißen.«
»Es könnte der Name ihres Mannes gewesen sein...«
»Laß doch den Unsinn, Johnny. Du weißt genau, daß sie nicht mit uns verwandt war.«
»Ist es denn noch wichtig, wer sie war? Sie ist seit fast vierzig

Jahren tot. Und er lebt auch nicht mehr. Es kommt doch nicht mehr drauf an.«

»Mir schon«, sagte die Frau störrisch. »Sollen wir etwa für den Unterhalt der Begräbnisstätte einer Fremden aufkommen?«

»Es kostet doch nur ein paar Dollar im Jahr. Vater hat immer bezahlt, es muß ihm wichtig gewesen sein. Wir sollten weiterhin zahlen, um sein Andenken zu ehren.«

»Mich interessiert nach wie vor, wer sie war. Ausgerechnet ein Mausoleum auf dem Cypress-Hill-Friedhof!«

»Komm, so ungewöhnlich ist das nicht.«

»So? Hat sich einer unserer Bekannten so etwas geleistet?«

»Viele Japaner sind Katholiken ...«

»Aber in unserer Familie gibt es keine. Ich verstehe das Ganze einfach nicht.«

»Janet«, sagte der Mann verzweifelt, »du machst dir zuviel Sorgen um Kleinkram. Beschäftige dich zur Abwechslung doch mal mit wichtigen Dingen, diesen Akten und Unterlagen zum Beispiel. Ich habe keine Lust, die ganze Nacht über ihnen zu verbringen.«

Kurzes Schweigen. »Da hast du wohl recht«, meinte sie dann. »Frag Mutter, ob sie etwas braucht, ehe wir weitermachen. Vielleicht möchte sie einen Tee.«

»Gut.«

Schritte, die sich entfernten, dann Stille. Ich scharrte mit den Füßen, machte etwas Lärm und klopfte dann an die Außentür.

Wenige Sekunden später kam die Frau, spähte zu mir hinaus, zog dann die Tür auf. Sie war eine schlanke, sehr attraktive Dreißigerin, die sich das schwarze Haar zu einem straffen Knoten geschlungen hatte und Schwarz trug. »Guten Tag«, sagte sie ernst. »Falls sie etwas kaufen wollen, muß ich Ihnen leider sagen, daß geschlossen ist. Wir hatten einen Todesfall in der Familie.«

»Das tut mir aber leid«, sagte ich mit gespielter Überraschung. »Hoffentlich war es nicht Mr. Kazuo Hama.«

»Leider ja. Wollten Sie meinen Vater sprechen?«

»Ja, in einer persönlichen Angelegenheit. Darf ich fragen,

wann er entschlafen ist?«
»Vor vier Tagen. Gestern war die Beerdigung.«
»Woran starb er?«
»Bei einem Verkehrsunfall. Der Verantwortliche beging Fahrerflucht.«
»Hat die Polizei den Täter schon ausfindig gemacht?«
»Nein, noch nicht.«
»Wo ist es passiert?«
»Draußen auf der Straße. Vater wollte die Post holen.«
»Gab es Zeugen?«
»Nein.«
»Trug Ihr Vater zufällig einen weißen Jadering?«
»Ja, aber der fehlt –« Sie brach mitten im Satz ab und sah mich mißtrauisch an. »Sie wollten ihn in einer persönlichen Angelegenheit sprechen, sagten Sie?«
»Ja, Miss ...«
»Mrs. Janet Ito. Und darf ich erfahren, wie Sie heißen?«
Ich ließ mir einen Namen einfallen – Allan Barker – und einen passenden Beruf. Ich log die Trauernde nur ungern an, doch eine Notlüge war einfacher und schonender und klüger als die Wahrheit, die nur zu Fragen und Mißtrauen geführt hätte. »Ich bin Anwalt«, sagte ich, »und ich verwalte den Nachlaß des Mr. Simon Tamura aus San Francisco.«
Der Name Tamura schien ihr nichts zu sagen. »Ja, und?« fragte sie verständnislos.
»Mr. Tamura und Ihr Vater waren alte Freunde.«
»Das wußte ich nicht.«
»Erwähnte er denn Mr. Tamura nie?«
»Nicht daß ich wüßte.«
»Von Sanjiro Masaoka hat er aber bestimmt gesprochen?«
Sie runzelte die Stirn. »Auch dieser Name ist mir fremd.«
»Seltsam«, meinte ich. »Mr. Tamura hatte ein Bild von den dreien in seinem Büro an der Wand hängen und sagte, sie seien in den vierziger Jahren Freunde gewesen.«
»Ach, das war vielleicht im Lager«, sagte sie.
»In welchem Lager?«
»Im Lager Tule Lake.« Sie verzog den Mund, als hätten die

Worte einen bitteren Geschmack. »Mein Vater war im Krieg dort eingesperrt.«

»Oh, ich verstehe.«

»Vier Jahre lang. Dabei war er ein Nisei und so patriotisch wie jeder weiße Amerikaner. Das war eine entsetzliche Erfahrung für ihn. Er hat sie nie verwunden.«

»Auch das tut mir sehr leid, Mrs. Ito.«

Sie nickte, als hielte sie meine Reaktion für angemessen. Und als wäre es nicht nur meine, sondern die aller Weißen meiner Generation, aller Kriegshysteriker in Kalifornien und Washington, die für die Verschleppung von über hunderttausend Amerikanern japanischer Abstammung verantwortlich waren, sie gezwungen hatten, ihr Land und ihre Habe zurückzulassen, und sie dann in »Umsiedlungslager« wie das am Tule Lake im Nordosten des Bundesstaates, gesteckt hatten. Und als Issei und Nissei nach dem Krieg entlassen wurden und zu dem zurückkehren durften, was von ihren Häusern übriggeblieben war, hatte es keine Wiedergutmachung gegeben. Es war Janet Itos gutes Recht, über diese schändliche Episode amerikanischer Geschichte verbittert zu sein, auch wenn sie selbst erst danach zur Welt gekommen war.

»War Ihre Mutter ebenfalls in Tule Lake interniert?« fragte ich.

»Nein. Sie saß in Minidoka in Idaho. Meinen Vater lernte sie kurz nach Kriegsende in Petaluma kennen.«

»Könnten Sie mir die Namen von ein oder zwei Freunden Ihres Vaters nennen, die auch in Tule Lake waren?«

Wieder zog sie die Stirn kraus. »Warum stellen Sie mir alle diese Fragen? Warum wollten Sie meinen Vater eigentlich sprechen?«

Ich hatte eine Antwort parat, wenngleich keine sehr gute, bekam aber keine Gelegenheit, sie anzubringen. Ich hörte wieder Schritte, und in einer Tür hinter Janet tauchte ein Mann auf. Er warf mir einen neugierigen Blick zu, zögerte und trat dann links hinter Janet. Er war in ihrem Alter, vielleicht zwei Jahre jünger, und sah ihr sehr ähnlich: die gleichen Gesichtszüge, beide schlank, beide auf unauffällige

Art gutaussehend.
»Ist Mutter versorgt?« fragte ihn Janet Ito, behielt dabei aber mich im Auge.
»Ja.«
Obwohl er sich nicht nach meinem Namen erkundigte, war doch offensichtlich, daß er wissen wollte, wer ich war. Auch sie spürte das. »Das ist Mr. Barker, Johnny, ein Anwalt aus San Francisco, der Vater in einer Privatangelegenheit sprechen wollte.«
Er verzog schmerzlich das Gesicht. »Hast du ihm gesagt, was passiert ist?«
»Ja, sie hat mir davon erzählt«, bemerkte ich. »Sind Sie Mrs. Itos Bruder?«
»Stimmt. Ich heiße John Hama.«
»Mein herzliches Beileid, Mr. Hama.« Auf sein Nicken hin fuhr ich fort: »Ich bin hier, weil ich versuche, eine junge Frau namens Haruko Gage ausfindig zu machen. Mit Mädchennamen hieß sie Fujita. In San Francisco verstarb kürzlich ein Mann namens Simon Tamura und hinterließ Mrs. Gage eine beträchtliche Summe. Ich bin der Nachlaßverwalter, und wir haben Schwierigkeiten, Mrs. Gages gegenwärtigen Aufenthalt zu ermitteln.«
Feste, verständnislose Blicke von beiden. »Was hat das mit uns zu tun?« wollte John Hama wissen.
Ich gab ihm die gleiche Erklärung wie seiner Schwester und fügte hinzu, ich hätte gehofft, ihr Vater könnte mich auf Haruko Gages Spur bringen. Und wie die meisten Lügen brachte mich diese keinen Schritt weiter. John Hama schien weder von Simon Tamura und Sanjiro Masaoka noch von Haruko Gage, geborene Fujita, gehört zu haben. Es lebten Fujitas bei Petaluma, sagte er, doch er kenne die Familien, und keine Frau hieße Haruko. Er war mit seiner Schwester einig, daß Kazuo Hama Tamura und Masaoka im Lager Tule Lake gekannt haben mochte. Doch über diesen Abschnitt seines Lebens habe sein Vater nie gesprochen, fügte er hinzu.
Ich wiederholte die Frage, die zu beantworten sich seine Schwester geweigert hatte: »Könnten Sie mir die Namen von

ein oder zwei Freunden Ihres Vaters nennen, die auch in Tule Lake waren?«

Er war beileibe nicht so mißtrauisch wie sie und sagte sofort: »Hm, da wäre der alte Charley Takeuchi. Bei Kriegsausbruch erledigten er und mein Vater auf der Pioneer Farm die Geschlechtsbestimmung. Sie kamen zusammen ins Lager Tule Lake.«

Bei der Geschlechtsbestimmung wurden, wie ich aus meiner Jugendzeit wußte, einen Tag alte Küken untersucht, um festzustellen, ob es sich um Hähnchen oder Hühnchen handelte. Das Verfahren war von einem Japaner erfunden worden, und aus unerfindlichen Gründen waren bei der Geschlechtsbestimmung noch immer vorwiegend Japaner tätig.

»Wo finde ich diesen Mr. Takeuchi?« fragte ich.

»Der ist inzwischen im Ruhestand und lebt bei seiner Schwester in der Stadt. Bassett Street 329, bei der High School.«

»Fällt Ihnen sonst noch ein Name ein?«

Er hob eine Schulter und ließ sie wieder fallen. »Janet? Kannst du dich an jemanden entsinnen?«

»Nein«, erwiderte sie und schaute mich noch immer mißtrauisch an. Ich rechnete jeden Augenblick damit, daß sie mich fragte, auf welche Weise ein Gespräch mit Charley Takeuchi über das Lager Tule Lake mir helfen konnte, Haruko Gage zu finden. Darauf hatte ich keine Antwort und auch nicht auf die Frage, woher ich eigentlich wußte, daß Kazuo Hama einen weißen Jadering getragen hatte. Und wenn sie beschloß, von mir zu verlangen, daß ich mich auswies, was wahrscheinlich war, verfügte ich über kein Papier, auf dem stand, daß ich Allan Barker hieß und Anwalt war. Ich hatte mehr oder weniger erfahren, was zu erfahren war, und es war Zeit, daß ich mich empfahl, ehe es Ärger gab, ohne den wir alle drei gut auskommen konnten.

»Ich bedanke mich für Ihre Auskünfte«, sagte ich. »Noch einmal mein aufrichtiges Beileid. Der Tod Ihres Vaters muß ein harter Schlag für Sie sein.«

»Der Tod eines Menschen, den man liebt, trifft einen immer«, sagte John Hama.
Darauf fühlte ich mich noch unbehaglicher. Und doch, sagte ich mir auf dem Weg die Stufen hinunter und zu meinem Wagen, waren das Lauschen und die Täuschung entschuldbar, wenn es mir mit ihrer Hilfe gelang, herauszufinden, wer Kazuo Hama angefahren und getötet hatte. Hinweise hatte ich genug bekommen, doch hoffentlich brachten die Entdekkung und ihr Nachspiel keine häßliche Episode aus Hamas Vergangenheit ans Tageslicht, und belasteten die Familie noch weiter – eine häßliche Episode, bei der es um eine Frau namens Chiyoko Wasaka und ein Mausoleum auf dem Friedhof Cypress Hill ging. Was wären sie dann wert gewesen, die Lügen, die zur Wahrheit führten, die große Jagd nach der Gerechtigkeit?
Solche Fragen beunruhigten mich. Ich wurde nicht mit ihnen fertig, jedenfalls im Augenblick nicht. Ich war kein Metaphysiker, sondern Detektiv. Detektive befaßten sich mit Tatsachen, nicht mit Abstrakta. Detektive *müssen* an den Sinn der Jagd nach Gerechtigkeit glauben, da sie sonst ihre Daseinsberechtigung verlieren. Wenn Wahrheit und Gerechtigkeit keine tiefere Bedeutung haben, ist auch ihr Leben sinnlos.
Ich stieg in den Wagen und ließ den Motor an. Als ich einen Blick hoch zum Haus warf, war John Hama verschwunden, aber Janet Ito stand noch in der offenen Tür und schaute mir nach. Ich stieß zurück und verschwand aus ihrem Leben, zumindest fürs erste.
Dann also die Fakten: Simon Tamura, Kazuo Hama und Sanjiro Masaoka waren innerhalb weniger Tage ums Leben gekommen, bestenfalls unter fragwürdigen Umständen. Ein Medaillon, das Tamura gehört haben mochte, und ein anderes, das Masaokas Eigentum gewesen sein konnte, waren anonym an Haruko Gage geschickt worden; ein Gegenstand, den Hama vielleicht getragen hatte – der weiße Jadering – war ihr ebenso zum Präsent gemacht worden. Warum? Wie konnte Haruko Gage mit drei toten Männern über sechzig, die sie nicht zu kennen vorgab und die einander vielleicht

im Umsiedlungslager Tule Lake Anfang der vierziger Jahre gekannt hatten, auf einen Nenner gebracht werden?
Weitere Fakten: Auf der letzten Geschenksendung hatte Harukos zweiter Vorname, Chiyoko, gestanden. Nach dem Ende des Zweiten Weltkriegs war eine Chiyoko Wakasa von Kazuo Hama beigesetzt worden. Gab es hier einen Zusammenhang? Und wenn, wer war Chiyoko Wakasa gewesen? Wie und warum war sie gestorben? Und weshalb hatte Hama ein Mausoleum für ihre sterblichen Überreste errichten lassen?
Ich hatte nun eine Menge Fakten, zahlreiche bunte, nicht zueinanderpassende Perlen, die darauf warteten, auf eine Schnur gezogen zu werden. Doch je mehr ich einsammelte, desto komplexer und verwirrender wurde das Ganze. Es schien, als sei ich der Wahrheit keinen Schritt näher als ganz zu Anfang.
Die Dämmerung warf lange Schatten. Ich schaltete die Scheinwerfer ein, als ich zurück nach Petaluma fuhr. Das Licht spiegelte sich im Regenwasser in einem Abwasserkanal und gab ihm für einen flüchtigen Augenblick das Aussehen von schimmerndem Quecksilber.

15

Der Friedhof Cypress Hill lag an der Magnolia Avenue, nur wenige Blocks vom Petaluma Boulevard am nördlichen Stadtrand entfernt. Das erfuhr ich bei einem Stopp an einer Tankstelle; außerdem zeigte man mir den Weg zur Bassett Street, wo Charley Takeuchi wohnte. Der Friedhof war jedoch näher und lag auf dem Weg, und da es außerdem schon fast fünf war, fuhr ich erst dorthin.
In Wirklichkeit handelte es sich um zwei Friedhöfe, einer verhältnismäßig neu, der andere alt und interessanter, die beide an einem bewaldeten Hang angelegt und eingefriedet waren. Cypress Hill war der ältere. Gleich neben der Einfahrt stand das kleine Bruchsteingebäude des Friedhofswärters,

ihm gegenüber zog sich eine grüne Rasenfläche den Hang hoch, auf der flachliegende Steine die Gräber markierten. Diese Art der Bestattung, die einem Friedhof das Aussehen eines asketischen Gartens verleihen sollte, war derzeit in Mode. Vielleicht hatte man sie auch gewählt, um das Rasenmähen zu erleichtern. Über dem Rasen lag ein älterer Teil, in dem Grabsteine und Denkmäler im Schatten von Zypressen, Palmen und immergrünen Eichen aufragten. Im graulila Zwielicht konnte ich auch die klotzigen Umrisse mindestens dreier kleiner Mausoleen ausmachen.

Um Punkt fünf fuhr ich am Eingang vor. Ein Flügel des Tores versperrte die Einfahrt, davor parkte ein alter grüner Plymouth. Ein alter Mann im Regenmantel und Hut war gerade dabei, den anderen Torflügel zu schließen, als er in den Lichtkegel meiner Scheinwerfer geriet. Mit einem Vorhängeschloß in der Hand richtete er sich auf und zwinkerte in meine Richtung.

Ich zog die Handbremse und stieg aus, ohne den Motor abzustellen. Als ich auf den Mann zukam, sagte er: »Bedaure, Herr Nachbar, aber ich mache jetzt zu. Kommen Sie morgen wieder.«

»Morgen bin ich schon wieder weg«, sagte ich. »Ich bin nämlich nur zu Besuch hier.«

»Pech gehabt«, meinte er.

»Ich brauche nur fünf oder zehn Minuten, ich möchte mir ein Mausoleum ansehen.«

»Dazu habe ich heute keine Zeit. Ein andermal vielleicht, aber ich muß um halb sechs in Penngrove sein.«

»Nun, vielleicht können Sie mir verraten, was ich wissen möchte. Vorausgesetzt, Sie sind tatsächlich der Friedhofswärter.«

»Was soll ich denn sonst sein? Ein Grabräuber?« Das fand er sehr komisch und lachte. »Ein Grabräuber?« wiederholte er und wartete auf das Publikumsgelächter wie ein professioneller Witzbold.

Ich tat ihm den Gefallen, nur um ihn freundlich zu stimmen. »Ich interesse mich für eine Frau namens Chiyoko Wakasa.«

»Wie bitte?«

»Chiyoko Wakasa. Sie liegt hier in einem Mausoleum.«
»Ach ja, die Japanerin. Über die kann ich Ihnen nichts sagen, Herr Nachbar. Die kam vor meiner Zeit hierher.«
»Können Sie sich auf Anhieb erinnern, wann sie starb?«
»Nein. Also wirklich, ich muß jetzt fort, sonst komme ich nicht pünktlich nach Penngrove.«
Da ich nun schon einmal hier war, zog ich nur ungern mit leeren Händen ab. Deshalb sagte ich: »Wie wär's, wenn Sie nach Penngrove führen und ich mir das Mausoleum ansähe? Ich bräuchte nur fünf Minuten und würde auch das Tor hinter mir abschließen.«
Er schüttelte den Kopf. »Das geht nicht, Herr Nachbar, wegen der Dienstvorschriften. Außerdem weiß ich ja noch nicht mal, wer Sie sind.«
»Seh ich denn aus wie ein Grabräuber?« fragte ich.
Ich lachte, und er stimmte ein. Dann guckte er verschmitzt, was ich günstig fand, weil es bedeutete, daß er das Thema Geld zur Sprache bringen würde. »Tja«, meinte er, »wenn es Ihnen so wichtig ist und wenn Sie mir einen Ausweis zeigen und vielleicht eine Kleinigkeit geben würden, könnte ich das unter Umständen zulassen.«
»Wie hören sich fünf Dollar an?«
»Fünf Dollar hören sich immer gut an, Herr Nachbar. Aber zehn klingen noch besser.«
»Wohl wahr«, versetzte ich. »Aber fünf Dollar klingen besser als nichts.«
Wir grinsten einander an wie zwei ausgekochte Geier. Und ich nahm meine Brieftasche heraus, zeigte ihm meinen Führerschein und sah zu, wie er meinen Namen und das Kennzeichen des Autos auf einen Fetzen Papier schrieb. Anschließend gab ich ihm fünf Dollar. »Schönen Abend noch, Herr Nachbar«, meinte er und gab mir das Vorhängeschloß.
Er fuhr nicht sofort ab, sondern wartete, bis ich hineingefahren und ausgestiegen war und den anderen Flügel des Tores geschlossen hatte. Erst dann war er zufrieden. Der Plymouth verschwand, und ich fuhr die zypressenbestandene Auffahrt hoch zum alten Teil des Friedhofs.

Dort oben war der Grund in große, viereckige Flächen mit Zementeinfassung aufgeteilt, teils Familien- teils Gemeinschaftsgräber, nicht unähnlich einer neuen Wohnsiedlung mit Einfamilienhäusern und Wohnblocks. Schmale Wege und noch schmalere Pfade, alle holprig und ungeteert und mit Laub und Zweigen bedeckt, zogen sich kreuz und quer durchs Gelände. Es war inzwischen recht dunkel, und eine Beleuchtung existierte nicht, aber ich konnte noch die Umrisse der Mausoleen erkennen. Ich hielt auf das nächststehende zu. Meine Scheinwerfer ließen unruhige Lichtflecke über die hohen, dunklen Schemen der Bäume huschen, über Marmorobelisken und massige Steinmonumente und uralte Holzkreuze, die ausgebleichten Knochen glichen.
Als ich das erste Mausoleum erreicht hatte, nahm ich die Taschenlampe aus der Halterung unter dem Armaturenbrett und sah mir die Aufschrift über dem Portal an. Nein, das war nicht das richtige. Ich machte ein zweites, höher und näher am Zaun gelegenes aus, stieg wieder ein und fuhr darauf zu. Dem Zustand der Gräber und Grabsteine nach zu schließen, war dies der älteste Teil des Friedhofs. Das Grab neben dem Mausoleum war von eindringenden Baumwurzeln angehoben worden und in der Mitte eingesackt. In den Rissen im Zement wuchs dicht das Moos. Die Scheinwerfer waren auf den Grabstein gerichtet, als ich anhielt, und ich konnte einen Teil der Aufschrift lesen: »Gestorben 1875 mit 44 Jahren und 9 Monaten.«
Das Mausoleum selbst erhob sich massig im Schatten zweier immergrüner Eichen. Es hatte ungefähr die Ausmaße eines großen Schuppens und war aus Steinquadern errichtet. Den Eingang flankierten zwei korinthische Säulen und zwei aus Stein gehauene Urnen, aus denen das Moos quoll. Es sah so aus, als stünde das Mausoleum schon viele Jahre hier. Ich hielt es für die Gruft einer von Petalumas Pionierfamilien – die Stadt war kurz nach 1850 auf Land, das einstmals dem mexikanischen General Vallejo gehört hatte, gegründet worden – stieg aber trotzdem mit der Taschenlampe aus, um genau nachzusehen.
Wie sich herausstellte, war ich im Irrtum gewesen. Dies war

das Mausoleum, nach dem ich suchte, das Kazuo Hama vor nicht allzu langer Zeit erbaut hatte. Über dem Eingang stand eingemeißelt:

CHIYOKO WAKASA
1924–1947
»Dort lassen die Sünder von ihren Taten ab,
dort finden die Müden Ruhe.«

Ich blieb eine Zeitlang stehen und hielt die Taschenlampe auf die Inschrift gerichtet. Sie war mit dreiundzwanzig Jahren gestorben; zu jung, um richtig gelebt zu haben. Wer war sie gewesen? Was war ihr zugestoßen?
»Dort lassen die Sünder von ihren Taten ab, dort finden die Müden Ruhe.« Das Zitat war mir unbekannt. Seltsam, daß ein Amerikaner japanischer Abstammung einem anderen einen solchen Spruch aufs Grab setzte – fast so sonderbar wie der Bau des Mausoleums selbst. Sollte das bedeuten, daß Chiyoko Wakasa schon mit dreiundzwanzig eine Sünderin und müde gewesen war?
Ich ging um das Gebäude herum und suchte nach weiteren Aufschriften, fand aber keine. In die Rückwand war ein Buntglasfenster eingelassen – ein Kreuz in Rot und Gelb, das andeutete, daß Chiyoko Wakasa Katholikin gewesen war – aber mehr entdeckte ich nicht. Zurück zum Eingang, blieb ich stehen und leuchtete das schmiedeeiserne Tor ab. Und dann streckte ich wie unabsichtlich die Hand aus und zog an einem Gitterstab.
Das Schloß klickte, und das Gittertor ging auf.
Bisher war ich mir des Windes nicht bewußt gewesen, doch nun spürte ich ihn wie eine kühle Liebkosung im Nacken. An der Seite des Tores waren frische Kratzer. Ich leuchtete die in die Mauer eingelassene Schloßplatte an: auch hier Spuren von Gewaltanwendung. Das Tor war mit irgendeinem Werkzeug, vermutlich einem Brecheisen, aufgebrochen und dann wieder geschlossen worden, damit Friedhofswärter und -gärtner nicht merkten, daß sich jemand daran zu schaffen gemacht hatte.

Kazuo Hama konnte das kaum gewesen sein, dachte ich. Da er das Mausoleum erbaut hatte, mußte er einen Schlüssel oder zumindest Zugang zu einem Schlüssel gehabt haben. War es dann die Person gewesen, die Hama und die anderen getötet hatte? Aber zu welchem Zweck? Wozu in ein Mausoleum einbrechen?

Die Tür bestand aus Hartholz und war mit Eisenbändern beschlagen. Ich nahm die Taschenlampe in die linke Hand und faßte mit der Rechten nach dem Türknopf. Als ich zog, rührte sich nichts, doch auf einen Druck hin gab die Tür nach und knarrte wie in einem Gruselfilm.

Ich roch die Blumen sofort, ehe ich sie im Lichtkegel entdeckte. Der Duft schien mir entgegenzuspringen wie etwas Lebendiges, das hier eingesperrt gewesen war – moschusartig, widerwärtig süß, an Tod und langsame Verwesung erinnernd. Dann fiel das Licht auf die Blumen, und was ich nun sah, ließ mich an ein Beerdigungsinstitut denken, in dem ein Verstorbener aufgebahrt liegt, damit die Hinterbliebenen ihn betrachten können.

Vorwiegend Rosen, gelbe und rote, rosa und weiße. Schnittrosen in Dosen mit Wasser, teils frisch, teils vertrocknet, schwarz und faulend. Kleine Rosenbüsche in Kübeln. Nelken, Gladiolen, Lilien, zwei oder drei andere Arten, die ich nicht identifizieren konnte. Sie bedeckten fast den ganzen Boden, standen an die Wand gelehnt und waren über den Sarkophag unter dem Buntglasfenster drapiert.

Beim Geruch der Blumen und ihrem Anblick im Schein der Taschenlampe sträubten sich mir die Nackenhaare. Es war gespenstisch, erinnerte an Perversion und Wahnsinn. Kein Mensch, der bei Sinnen war, brach in das Mausoleum einer Frau ein, die schon seit sechsunddreißig Jahren tot war, und füllte es mit Blumenspenden.

Ich ging hinein, leuchtete mit der Taschenlampe, damit ich nicht über die Dosen und Kübel stolperte. Ich erreichte den Sarkophag, umrundete ihn, ließ den Lichtstrahl über den Deckel gleiten, suchte nach Hinweisen, daß sich jemand daran zu schaffen gemacht hatte. Doch das Grab war noch versiegelt; derjenige, der für die Blumen verantwortlich war, war also wenigstens kein Leichenschänder. Ansonsten gab es in der engen Kammer nichts zu sehen. Und mir wurde bei dem süßlichen Modergeruch langsam übel. Ich folgte dem Lichtstrahl hinaus in die frische Luft, knipste die Taschenlampe aus und zog dann die Tür zu. Gerade, als ich nach dem Eisentor griff, hörte ich das Geräusch.

Es war nur leise – ein Knistern, Schleifen, das aus einiger Entfernung kam, aber in der Stille, die über dem Friedhof lag, deutlich zu vernehmen. Dennoch sträubten sich mir aufs neue die Haare, als ich mich umdrehte. Das Geräusch hatte hinter meinem Wagen seinen Ursprung, wo der Grund flach wurde und wo es keine Gräber mehr gab, sondern nur Bäume und Sträucher entlang der Umzäunung. Zu sehen waren dort aber nur dunkle Schatten: Äste, die sich im Wind bewegten. Am Boden rührte sich nichts.

Ein Tier, dachte ich. Ein Waschbär oder ein Stinktier oder so etwas. Ich stieß die Luft aus, die ich angehalten hatte, machte einen Schritt auf mein Auto zu.

Wieder knisterte und schabte es, und diesmal sah ich, wie sich etwas bewegte, das kein Ast war, sondern ein großer, menschenähnlicher Schemen, der sich für einen Augenblick aus den anderen Schatten löste, um dann wieder mit ihnen zu verschmelzen.

Ich rannte zum Wagenheck, um nicht im grellen Scheinwerferlicht aufzutauchen, und dann über einen matschigen Pfad, vorbei an zwei Eichen und den letzten verfallenden alten Gräbern. Nun konnte ich den Zaun sehen und jenseits davon noch eine Bewegung: Jemand floh in ein dichtes Eukalyptusgehölz. Ich drang weiter vor durch nasses Gras und faulende Blätter, knipste beim Laufen die Taschenlampe an, doch der Strahl reichte nur dreißig Meter weit, und die fliehende Gestalt war nun gut fünfzig Meter entfernt.

Am Zaun zögerte ich, erwog, ihn zu überklettern und die Jagd fortzusetzen, verwarf die Idee aber. Ich kannte mich

in diesem Gehölz nicht aus, mochte darin herumtappen und mich verlaufen. Oder in einen Hinterhalt geraten. Zudem stand nicht fest, daß ich es mit Chiyoko Wakasas verspätetem Trauergast zu tun hatte. Es konnte auch ein Landstreicher gewesen sein oder ein Jugendlicher; Kinder trieben sich oft in der Nähe von Friedhöfen herum, um etwas anzustellen.
Nein, das war kein Landstreicher oder Jugendlicher, dachte ich.
Ich drehte mich um und ging auf dem Pfad zurück. Weit hinter mir hörte ich einen Motor anspringen und Gummi leise auf Asphalt quietschen.
Ein Landstreicher oder Jugendlicher war das keinesfalls gewesen.

16

329 Bassett Street war rund zehn Blocks vom Zentrum, drei Blocks vom Rathaus und einen halben Block von Petalumas High School entfernt. Das Haus selbst war ein altes weißes Holzgebäude mit verglaster Veranda rechts von einem altmodischen Treppenschacht. Auf der Veranda brannte Licht, und die Jalousien aus spanischem Rohr waren nur teilweise heruntergezogen; als ich die Stufen hochging, konnte ich einen kleinen, dürren alten Mann mit schütterem weißen Haar dasitzen sehen, der die Füße auf einem Schemel hatte und fernsah.
Ich hatte ihn noch immer im Auge, als ich auf den Klingelknopf drückte. Er setzte sich auf, wandte den Kopf, blinzelte mich durch dicke Brillengläser an, stand dann auf, blinzelte wieder und verschwand. Zehn Sekunden später ging die Tür an einer Vorhängekette einen Spalt auf, und er guckte mich mißtrauisch an. Er schien zwischen siebzig und achtzig zu sein; sein Gesicht war so verschrumpelt wie eine Rosine. Er sagte keinen Ton.
»Mr. Takeuchi? Charley Takeuchi?«

»Ich kenne Sie nicht«, sagte er.
»Nein, Sie kennen mich nicht. John Hama gab mir Ihren Namen und Ihre Adresse.«
Sein Ausdruck wurde etwas milder. Trauer trat in seine Augen und ließ sie feucht schimmern. »Wissen Sie, daß sein Vater umgekommen ist?«
»Ja, das ist einer der Gründe, aus denen ich hier bin.«
»Kazuo und ich waren fünfundvierzig Jahre lang befreundet. Das ist eine lange Zeit.«
»Allerdings. Mein Beileid, Mr. Takeuchi.«
»*Shikata ga nai*«, sagte er. »Haben Sie Kazuo gekannt?«
»Leider nicht.«
»Ein guter Mensch und ein guter Freund.« Seine Wimpern flatterten hinter den Brillengläsern. »Was wollen Sie von mir?«
»Ich wollte Sie über einige Leute befragen, die Mr. Hama in den vierziger Jahren kannte.«
»In den Kriegsjahren also«, sagte Mr. Takeuchi. »Das war eine schlimme Zeit.«
»Kriege sind nie angenehm.«
»Schon, aber dieser Krieg...« Er schüttelte den Kopf.
»Bei diesen Leuten handelt es sich um Simon Tamura und Sanjiro Masaoka.«
Er wiederholte die Namen langsam. Dann nickte er und verzog ironisch den Mund. »Ah, diese beiden. Das waren keine Freunde von Kazuo. Er hielt sie dafür, war aber im Irrtum. Sie brachten ihn nur in Schwierigkeiten.«
»Was für Schwierigkeiten?«
»Schwierigkeiten halt«, meinte er und zuckte die Achseln.
»Wann war das? Im Krieg?«
»Ja, im Krieg.«
»Im Lager Tule Lake?«
Seine Lippen wurden schmal; sein ausdrucksvolles Gesicht verriet nun Schmerz. »Schrecklicher Ort!« sagte er. »*Makura moto!*«
»Ich verstehe Sie nicht, Mr. Takeuchi.«
»Ein gräßlicher Ort zum Schlafen, zum Leben.«
»Und dort brachten Simon Tamura und Sanjiro Masaoka den

Mr. Hama in Schwierigkeiten?«
»Ja. Sie stahlen, wurden ausfallend, bliesen vor der Morgendämmerung zum Wecken. Und trieben noch andere Dinge.«
»Was für andere Dinge?«
»Das kann ich nicht sagen. Davon wollte ich nie etwas wissen.«
»Sprach Mr. Hama nicht darüber?«
»Nein, und auch nicht über das Lager. Nach dem Krieg war Kazuo brav und arbeitete hart auf seiner Hühnerfarm. Auch ich habe schwer gearbeitet. Und jetzt bin ich alt, habe kein Geld und muß mich von meiner Schwester versorgen lassen.« Er hob wieder die Schultern.
»Hatte Mr. Hama im Lager eine Freundin?«
»Eine Freundin? Nein, nicht daß ich wüßte.«
»Kannte er dort eine Frau namens Chiyoko Wakasa?«
Takeuchi schwieg zehn Sekunden lang, schien zu versuchen, sich zu erinnern. »Ich weiß nicht mehr«, sagte er schließlich. »Ich glaube nicht, daß ich je eine Frau kannte, die Chiyoko hieß.«
»Sie war ungefähr in Mr. Hamas Alter und starb 1947 hier in Petaluma oder irgendwo in der Nähe.«
»Hier wohnte einmal eine Familie Wakasa. Jawohl, Michio Wakasa, ein Gärtner. Aber sie zogen fort.«
»Hatte Michio Wakasa eine Tochter?«
»Das weiß ich nicht mehr.«
»Wann zog die Familie weg?«
»Schon vor langer Zeit.«
»Kann das in den späten vierziger Jahren gewesen sein?«
»Möglich.«
»Wissen Sie, wohin die Wakasas zogen?«
»Nein«, sagte er, »nein.«
»Hatten Sie in letzter Zeit häufig mit Mr. Hama gesprochen?«
Die Frage schien ihn zu verwirren. »In letzter Zeit?«
»Vor seinem Tod. Im Lauf der letzten Wochen.«
»Wir sprachen hin und wieder miteinander. Er kam mich manchmal besuchen.«

»Erwähnte er jemals eine Frau namens Haruko Gage? Oder Haruko Fujita?«
»So viele Namen, so viele Fragen«, meinte er und blickte noch immer konfus. »Warum wollen Sie das alles wissen?«
Zum zweiten Mal an diesem Tage log ich einen Trauernden an – ich erzählte ihm die gleiche Lügengeschichte, die ich Janet Ito und John Hama aufgebunden hatte. Diesmal aber brachte sie mich keinen Schritt weiter. Ich wurde noch nicht einmal in Charley Takeuchis Haus gebeten, wo ich Gelegenheit gehabt hätte, seinem Gedächtnis ein wenig nachzuhelfen. Statt dessen hatte meine Lüge den entgegengesetzten Effekt.
»Anwälte«, sagte er und verzog wieder sarkastisch den Mund. »Ich hab was gegen Anwälte. Mit denen hatte ich mal Ärger, das war nach dem Tod meiner Frau. Fragen, Fragen, und dann juristische Tricks, bis mein ganzes Geld weg war.«
»Dieser Typ Anwalt bin ich nicht, Mr. Takeuchi –«
»Das sagten die Rechtsverdreher damals auch. Bitte gehen Sie jetzt. Meine Schwester kommt bald heim; ich muß ihr beim Abendessen helfen.«
Und dann machte er mir sanft, fast höflich die Tür vor der Nase zu. Eine Sekunde später hörte ich, wie drinnen ein Riegel vorgeschoben wurde.
Ich ging zurück zum Wagen. Am liebsten hätte ich mich nun im Archiv von Petalumas Lokalzeitung umgeschaut – dem *Argus-Courier* – ich hatte das Verlagshaus am Petaluma Boulevard North gesehen –, um festzustellen, wie Chiyoko Wakasa 1947 zu Tode gekommen war. Ich hätte auch gerne bei japanischen Familien in der Gegend die Runde gemacht, bis ich auf jemanden stieß, der entweder Chiyoko Wakasa gekannt oder während des Krieges im Lager Tule Lake gewesen war und mir mehr über das Trio Tamura-Hama-Masaoka erzählen konnte. Heute abend konnte ich das aber nicht mehr erledigen, und ich verspürte auch keine Lust, die Nacht in Petaluma zu verbringen, weil ich in San Francisco einiges zu tun hatte. Zum Beispiel wollte ich Haruko Gage bitten, mir den weißen Jadering und die beiden Medaillons zu geben, damit ich sie der Polizei vorlegen und entweder

Jack Logan oder Leo McFate bitten konnte, ihren Ursprung feststellen zu lassen. Außerdem wollte ich mir mehr Hintergrundinformationen über das Umsiedlungslager Tule Lake besorgen, und zwar von einem Mann, mit dem noch einmal zu reden ich ohnehin vorgehabt hatte: Nelson Mixer.
Der Hauptgrund für meine Rückkehr aber war Haruko selbst. Was ich von der Familie Hama gehört und auf dem Friedhof Cypress Hill gesehen hatte, überzeugte mich mehr denn je davon, daß ihr heimlicher Verehrer ein psychopathischer Mörder war. Bisher hatte er ihr zwar noch nichts angetan und sie nur mit Geschenken überschüttet, die von seinen Opfern stammten, aber selbst bei den normalsten Menschen ist die Grenzlinie zwischen Liebe und Haß schmal; bei einem Psychopathen ist sie fast unsichtbar. Das würde ich ihr beibringen müssen, denn ich wollte, daß sie mit Artie für eine Weile verreiste und so der Gefahr aus dem Weg ging. Nur für den Fall...

Zu Hause ging ich sofort an den Anrufbeantworter – eine Nachricht, und zwar von Kerry, die sagte, es gehe ihr besser und ich solle sie anrufen. Dann wählte ich die Nummer der Gages. Keine Antwort. Vielleicht waren sie zum Abendessen ausgegangen; es war Viertel nach acht. In mir aber begann sich ein unbehagliches Gefühl zu regen.
Anstatt Kerry sofort anzurufen, ging ich in die Küche. Nahrung kam vor Liebe, Nahrung zur Nervenberuhigung: Ich war total ausgehungert. Der Kühlschrank enthielt nur Eier, Karotten, den Ananasyoghurt und eine Packung Rinderhack, das schon seit einiger Zeit da herumstand und grau war. Ich roch an dem Fleisch: nicht übel, und es krochen auch keine komischen weißen Viecher darin herum. Ich grillte es im Ofen, kochte drei Eier und aß beim Warten zwei Karotten und den Yoghurt. Nichts davon schmeckte sonderlich, aber es füllte das grummelnde Loch unter meinem Brustbein.
Im Schlafzimmer schaute ich im Telefonbuch von San Francisco nach Wakasas, doch ich fand unter diesem Namen keine Eintragung. Also würde ich morgen noch einmal Harry Fletcher von der Zulassungsstelle anrufen müssen.

Selbst wenn Michio Wakasa nicht mehr lebte, mochten noch Mitglieder der Familie in Kalifornien wohnen – vielleicht sogar jemand, der Chiyoko gekannt hatte und meine Fragen beantworten konnte.
Ich wählte noch einmal die Nummer der Gages. Niemand meldete sich.
So rief ich Kerry und schwatzte eine Zeitlang mit ihr, erzählte ihr von meinem Ausflug nach Petaluma und den beiden *kobun*. Daß auch sie von den Yakuza verfolgt worden war, verschwieg ich, weil ich sie nicht aufregen wollte. Wir hatten beide Lust, die Nacht in ihrer Wohnung zu verbringen, aber es war schon spät, und wir mußten beide am nächsten Morgen früh heraus. Morgen abend fiel aus, weil sie mit ihrem Chef und einem Kunden zu einem Geschäftsessen mußte. So einigten wir uns auf Dienstag abend bei mir; ihre Nachbarn hatten mal wieder Ehestreit, was unablässiges Gekreisch bedeutete und Geschirr, das an Wänden zerschellte.
Bei den Gages war immer noch niemand daheim.
Ich rief Eberhardt an. Erst beim sechsten Läuten nahm er ab und klang verschlafen und mißmutig. »Ich hab mir einen Western mit John Wayne angeschaut und bin dabei eingeschlafen«, knurrte er. »Verdammt, ich werde wohl alt.«
»Ich kenne das Gefühl.«
»Vielleicht sollte ich mir Vitamine besorgen. Und was hast du seit Freitag getrieben. Hast du immer noch die Yakuza am Hals?«
»Ja, sie beschatten mich immer noch. Aber im Augenblick macht mir etwas anderes Kummer.« Und ich berichtete, was ich seit Freitag getrieben hatte und was mir Kummer machte. Er sagte nicht viel, bis ich geendet hatte. »Klingt, als wärst du einer haarigen Sache auf der Spur«, meinte er. »Wo aber ist der Beweis, daß alle drei Japaner von derselben Person ermordet wurden? In zwei Fällen kannst du noch nicht einmal beweisen, daß es überhaupt Mord war.«
»Das weiß ich selbst. Aber ich kann das nicht so einfach auf sich beruhen lassen, Eb. Was, wenn dieser Irre beschließen sollte, sich als nächste Haruko Gage vorzunehmen?«

»Sprich mit ihr. Rate ihr, einen Kurzurlaub zu machen.«
»Das habe ich auch vor. Andererseits kann sie nicht ewig Urlaub machen.«
»Du hast Hinweise, denen du nachgehen kannst. Mag sein, daß sich ein Zusammenhang zwischen dem Mordfall Tamura und der Gage nachweisen läßt.«
»Ein Bindeglied habe ich schon, das Medaillon nämlich. Und der weiße Jadering bringt sie mit Kazuo Hamas Tod in Verbindung. Und das goldene Medaillon mit Sanjiro Masaokas Todessturz.«
»Das behauptest du. McFate und die anderen Kollegen interessieren sich aber nur für den Fall Tamura – es sei denn, du kannst ihnen hieb- und stichfeste Beweise dafür liefern, daß er mit den beiden anderen etwas zu tun hat. Was bedeutet, daß *du* nachweisen mußt, daß die drei Schmuckstücke den toten Männern gehörten.«
»Ich hatte gehofft, Jack Logan würde vernünftigen Argumenten zugänglich sein.«
»Das bezweifle ich. Der arbeitet nach Dienstvorschrift, genau wie McFate. Wie ich übrigens früher auch. Weißt du, was? Ich gehe morgen früh selbst zu Jack und lege ihm die Sache dar. Auf mich hört er eher als auf dich, und wenn er mir die Geschichte abnimmt, kannst du dich weiter mit ihm befassen. In Ordnung?«
»Klingt gut. Vielen Dank, Eb.«
»*De nada.*«
Er fragte mich noch einmal nach den Details – Namen, Daten – und schrieb sie sich auf. Mittlerweile war ich ihm sehr gewogen. Vielleicht war es doch ganz nützlich, Eberhardt als Partner zu haben. Mehr noch, vielleicht sogar verdammt gut. Nachdem ich ihn informiert hatte, sagte er: »Komm morgen nach zehn im Büro vorbei; um diese Zeit will die Telefongesellschaft unsere Anschlüsse legen. Wenn du das nicht schaffst, rufst du unten bei dem Hemdenschneider an und bittest ihn, jemanden zu mir hochzuschicken.«
»Gute Idee.«
»In welcher Farbe willst du dein Telefon haben?«
»Ist mir ganz gleich, solange es nicht loddelgelb ist.«

Ich rief wieder bei den Gages an und ließ es zwölfmal läuten, ehe ich es aufgab. Inzwischen begann ich mir ernsthafte Sorgen zu machen, obwohl es noch früh war – kurz vor zehn. Ich ließ mir ein Bad ein und stieg mit einer 1948er Ausgabe des *New Detective* in die Wanne. Dieses Heft enthielt Beiträge guter Autoren – John D. MacDonald, William Campbell Gault –, aber ich war zu angespannt, um mich auf die Stories konzentrieren zu können. Um Viertel vor elf ließ ich es sein, zog meinen alten Hausmantel an und ging wieder ans Telefon.

Diesmal klickte es beim vierten Läuten, und ich hörte Haruko Gages Stimme.

Ich schnaufte erleichtert und meldete mich, widerstand der Versuchung, sie zu fragen, wo zum Teufel sie gewesen sei. Das ging mich ja nichts an, da ich nun wußte, daß sie in Sicherheit war. Dann fragte ich sie, ob ihr der Name Chiyoko Wakasa etwas sage. Sie verneinte das und klang dabei aufrichtig verdutzt.

»Kennen Sie jemanden, der während des Zweiten Weltkriegs im Umsiedlungslager Tule Lake war?« fragte ich.

»Nein ... hm, doch, ein oder zwei Leute. Mr. Tamura, das hat mir Ken Yamasaki erzählt. Was hat Tule Lake mit meinem Fall zu tun? Und wer ist Chiyoko Wakasa?«

»Das wüßte ich selbst gerne. Was ich bisher herausbekommen habe, ist zu kompliziert, um es am Telefon abzuhandeln; es kann wohl bis morgen früh warten. Ich könnte um neun herum bei Ihnen vorbeikommen ...«

»Um neun habe ich mit einem Vertreter der Firma, für die Art und ich Tapeten entwerfen, einen Termin. Ich könnte ihn zwar noch in letzter Minute absagen, aber ...«

»Wie lange wird die Besprechung dauern?«

»Bis zwölf oder so. Spätestens um eins bin ich wieder zurück.«

»Treffen wir uns dann um eins bei Ihnen?«

»Gut. Sind Sie auch sicher ... ich meine, gibt es nichts, das ich sofort erfahren sollte?«

»Nein. Keine Angst, Mrs. Gage«, sagte ich. »Sie brauchen sich keine Sorgen zu machen.«

Dabei hoffte ich im stillen, daß ich ihr die Wahrheit sagte.

17

Am Morgen rief ich als erstes bei der Verwaltung des City College an und fragte die Frau, die sich meldete, ob Nelson Mixer sich so weit erholt habe, daß er wieder Vorlesungen halten konnte. Ja, wurde ich beschieden. Als ich mich nach seinem Vorlesungsplan erkundigte, sagte sie, er habe von zehn bis elf frei und ich könne ihn in seinem Zimmer in der Batmale Hall antreffen.

Kaffee, wieder zwei Eier und eine trockene Scheibe Toast stellten mein Frühstück dar. Erbärmlich. Doch laut Badezimmerwaage hatte ich weitere 500 Gramm abgenommen, insgesamt also zwei Kilo. Angesichts dieser Tatsache würgte ich den Fraß mit weniger Widerwillen als gewöhnlich hinunter.

Ich schlug die Zeit tot, trank eine zweite und dritte Tasse Kaffee, wartete, bis um halb neun die Zulassungsstelle öffnete. Fletcher war nicht gerade erfreut, mich schon wieder an der Strippe zu haben, aber als er ausgemeckert hatte, erklärte er sich einverstanden, den Computer eine Liste aller Wakasas mit kalifornischem Führerschein ausdrucken zu lassen. In einer Stunde wäre sie fertig, meinte er.

Ich zog den Mantel an und ging nach unten und hinaus in den neuen Tag. In der Nacht hatte es wieder geregnet, doch nun klarte es auf; vereinzelte Stratocumuli, hin und wieder Sonnenschein, ein kalter, böiger Dezemberwind. Die Luft roch frisch und sauber wie immer nach langem Regen. Sie war auch kristallklar; draußen am Cliff House würde man nicht nur die zweiunddreißig Meilen vor der Küste liegenden Farallone-Inseln sehen, sondern auch ihre genauen Umrisse erkennen können.

Ohne Eile machte ich mich auf zur Laguna Street, in der ich am Vorabend den Wagen abgestellt hatte. Ich rechnete damit, in der näheren Umgebung wieder dem weißen Ford zu begegnen – mehr noch, ich hielt nach ihm Ausschau –, doch als ich ihn so geparkt entdeckte, daß die beiden *kobun* sowohl mein Auto als auch meine Haustür beobachten konnten, wallte der Zorn wieder in mir auf. Verflucht hartnäckige Kerle; man schüttelte sie ab, und sie kamen unerschütterlich wie Katzen immer wieder zurück. Ich fing langsam an, mich gejagt zu fühlen.

Batmale Hall auf dem Campus des City College war ein rechteckiger, mehrere Stockwerke hoher Natursteinbau, der so am Hang lag, daß man sich bereits im dritten Stock befand, wenn man den oberen Eingang benutzte. Durch diesen trat ich um zwanzig nach zehn ein. Da nirgends Hinweisschilder zu sehen waren, hielt ich zwei junge Leute an und fragte sie nach dem Zimmer von Professor Mixer. Jemand wußte Bescheid: vierter Stock.

Anstatt auf den Aufzug zu warten, ging ich die Treppe hoch. Mixers Zimmer war leicht zu finden, da neben der Tür ein gerahmtes Schild hing: »Nelson Mixer – Amerikanische und kalifornische Geschichte«. Darunter standen seine Sprechstunden und der Plan seiner Vorlesungen, die er in einem anderen Gebäude, Cloud Hall, hielt.

Die Tür war geschlossen. Ich kopfte an, drehte am Knopf, machte auf und ging hinein. Mixer saß allein an einem Schreibtisch, auf dem sich Bücher und Papiere türmten. Überall im Raum Bücher – auf den Stühlen und Aktenschränken, auf dem Boden wahllos aufgestapelt, in Regale an zwei Wänden gestopft. Abgesehen davon war das Büro nichtssagend, was Mixer noch auffallender wirken ließ, denn er hatte einen mauvefarbenen Anzug mit zitronengelbem Hemd und mauvefarbener Krawatte an; eine Farbkombination, die sich mit seinem roten Haar wild biß.

Seine erste Reaktion auf mein Eintreten war ein mißmutiger Blick. Dann, als er mich erkannte, setzte er sofort einen gehetzten Ausdruck auf. Sein langer, dürrer Hals reckte sich aus dem Hemdkragen wie der eines Fuchses, der aus dem Bau lugt. Sein Gesicht wurde so rot wie sein Haar.

»Sie!« rief er, ließ den Stift fallen, mit dem er gekritzelt hatte,

und sprang auf. »Was wollen Sie jetzt schon wieder? Warum lassen Sie mich nicht in Frieden?«
»Immer mit der Ruhe, Mr. Mixer. Ich wollte nur –«
»Heiliger Himmel!« Er kam hinter seinem Schreibtisch hervorgesprungen und warf in der Eile einen Stapel Bücher um. Die Bände fielen mit einer Reihe dumpfer Schläge zu Boden, aber Mixer nahm davon keine Notiz; er war bereits an der Tür. Er streckte den Kopf hinaus in den Korridor, zog ihn wieder zurück, machte die Tür zu und schloß sie ab. Als er zurückkam und sich vor mir aufbaute, schnaufte er ein wenig und wirkte, als sei er auf der Flucht vor einer Hundemeute.
»Warum glauben Sie mir nicht?« flüsterte er.
»Wie bitte?«
»Ich sagte Ihnen doch, ich habe sie niemals angerührt.«
»Wen denn?«
»Clara. Unsere Beziehung war rein intellektueller Natur.«
Jetzt war ich das Herumrußen leid. Ich machte einen Schritt auf ihn zu, drohte ihm mit dem Zeigefinger. Er wich entsetzt zur Tür zurück und schien zu befürchten, ich könnte ihn zu Fuchssuppe verarbeiten.
»Hören Sie, Mixer«, sagte ich, »wir werden uns jetzt mal unterhalten, und zwar zur Abwechslung einmal ganz freundlich und vernünftig. Ohne Ihre Spinnereien. Verstanden?«
»Spinnereien? Wollen Sie damit andeuten, daß ich –?«
»Schnauze«, sagte ich.
Und er hielt die Klappe. Genau wie Artie Gage, wenn Haruko nur ein Wort sagte oder ihn anschaute. Es sah so aus, als hätte ich das Geheimnis, wie man mit dem verrückten Lustmolch fertig wurde, endlich entdeckt.
Ich verzog sadistisch den Mund wie ein harter Bursche. Dann streckte ich die Hand aus und fegte ihm einen imaginären Fussel vom Aufschlag seines mauvefarbenen Jacketts. Die jähe Bewegung ließ ihn zusammenzucken, was auch meine Absicht gewesen war. An dieser Szene hätte Clara und ihr Vater, wer immer sie sein mochten, bestimmt ihren Spaß gehabt. Teufel auch, selbst mir bereitete sie allmählich

Vergnügen.
»So, Mixer«, sagte ich, »Sie setzen sich jetzt an Ihren Schreibtisch. Keine Widerrede – tun Sie, was ich sage.«
Er gehorchte. Und setzte sich auf seinen Drehsessel und schaute aus hellen, nervösen Augen zu mir auf.
»Zuerst will ich einmal klarstellen, weshalb ich hier bin«, begann ich. »Ich arbeite nicht für den Vater einer Frau, die Clara heißt, sondern für Haruko Gage. Kapiert?«
»Haruko was? Ach ja, die kleine Fujita.«
»Ist das also klar, oder muß ich es noch einmal wiederholen?«
»Nein. Ich meine, ja, es ist klar.«
»Gut. Wissen Sie noch, weshalb ich für Mrs. Gage arbeite?«
»Äh … nein.«
»Hatte ich auch nicht erwartet. Ich arbeite für sie, weil sie mit der Post anonyme Geschenke bekommt – Schmuckstücke – ich versuche, den Absender zu ermitteln.«
»Ach ja, die anonymen Geschenke.«
»Endlich haben Sie kapiert. Und ich glaube, daß der Verantwortliche etwas mit drei Japanern zu tun hat, die Tamura, Masaoka und Hama heißen. Fällt Ihnen zu diesen Namen irgend etwas ein?«
Er schüttelte den Kopf. Seine Augen waren noch immer hell und nervös, aber nicht tückisch. Trotzdem war er ein Spinner – und die Person, die die drei Japaner ermordet hatte, auch. Wie einem jeder Psychiater verraten kann, sind Spinner unglaublich gerissen, wenn es darum geht, Motive zu tarnen.
»Kennen Sie den Namen Chiyoko Wakasa?« fragte ich ihn.
»Ist auch sie eine ehemalige Studentin von mir? Ich habe ein schlechtes Namensgedächtnis …«
»Lassen wir das. Was ich von Ihnen will, sind ein paar Auskünfte über die Umsiedlungslager für Japaner im Zweiten Weltkrieg.«
Das überraschte ihn. Oder schien ihn zu überraschen. »So?« sagte er.
»Jawohl. Sie lehren kalifornische Geschichte und sollten Bescheid wissen.«
»Selbstverständlich weiß ich über die Lager Bescheid.« Nun

klang er indigniert, als hätte ich seine Fachkenntnisse in Frage gestellt. »Ich weiß sogar eine ganze Menge darüber.«
»Ach, wirklich?«
»Jawohl. Ich habe eine Abhandlung über die Evakuierung der Amerikaner japanischer Abstammung im Krieg verfaßt. Von der Warte des Historikers aus gesehen ein faszinierendes Thema.«
»Sicher. Solange man nicht selbst im Lager war.«
»Allerdings«, meinte er. »Tragisch, sehr tragisch. Familien entwurzelt, ihrer Habe beraubt, abgeschoben in trostlose Baracken aus Dachpappe hinter Stacheldrahtzäunen.« Er schüttelte den Kopf. »Tragisch«, wiederholte er, und es klang aufrichtig.
Ich setzte zu einer Bemerkung an, aber Mixer war noch nicht fertig und schien sich für das Thema zu erwärmen. »Politik, kriegsbedingte Hysterie und Rassismus waren die drei Hauptgründe für die Umsiedlungsaktion. Die Vorstellung, alle Nisei und Issei in Kalifornien seien potentielle Spione und Saboteure, war natürlich lächerlich. Beschloß die Regierung etwa, amerikanische Bürger deutscher oder italienischer Abstammung einzusperren? Selbstverständlich nicht; die waren ja weiß. Auch auf Hawaii fand keine Massenevakuierung von Menschen japanischer Abstammung statt, obwohl dort mehr lebten als hier an der Westküste: 157000 gegenüber 120000. In Hawaii nahm man lediglich bekannte Dissidenten fest und brachte sie in Lager auf dem Kontinent – insgesamt weniger als tausend, das ist gerade ein Prozent der erwachsenen japanischen Bevölkerung. Wußten Sie das?«
»Nein«, erwiderte ich.
»Eine eklatante Rechtsbeugung«, erklärte Mixer und nickte emphatisch.
»Wie viele Lager gab es insgesamt?«
»Zehn. Zwei in Kalifornien, zwei in Arizona, zwei in Arkansas, je eines in Wyoming, Colorado, Idaho und Utah.«
»Ich interessiere mich für ein kalifornisches Lager – Tule Lake.«
»Die Lager in Kalifornien waren die schlimmsten«, sagte

Mixer. »Tule Lake und Manzanar – jämmerliche Zustände. Die Baracken waren in fünfundvierzig Quadratmeter große Räume aufgeteilt, in denen je acht bis zehn Menschen lebten. Keine Möbel, nur Feldbetten mit grobem Matratzendrell. Unzulängliche sanitäre Einrichtungen, unzulängliche ärztliche Versorgung, in den meisten Lagern unzulängliche Verpflegung. Und die Löhne waren unvorstellbar niedrig: acht Dollar im Monat für Hilfsarbeiter, zwölf für Facharbeiter, sechzehn bis achtzehn für Akademiker. Und ihr Geld sahen die Leute erst im Sommer 1942, als die Umsiedlungsbehörde die Lager übernahm. Das war drei Monate, nachdem die Umsiedlungsanordnung aus Washington erging.«
Ganz schön finster. Ich konnte mich entsinnen, damals Mitleid mit den Amerikanern japanischer Abstammung gehabt zu haben. Meine Familie war im Noe Valley, wo ich aufwuchs, mit einer Nisei-Familie befreundet gewesen. Im Lauf der Zeit aber hatte ich ihre Not vergessen, das Leiden und das Unrecht ignoriert. Und zu viele andere hatten vergessen und ignoriert, ohne Scham oder Schuldgefühle zu empfinden. Erst in den letzten Jahren waren Wiedergutmachungsversuche unternommen worden – zu wenig, zu spät, für eine zu geringe Zahl von Überlebenden.
»Erzählen Sie mir von Tule Lake«, sagte ich. »Was war das für ein Lager?«
»Das schlimmste von allen«, antwortete Mixer. »Abgelegen, umgeben von eigenem bewässerten Ackerland, so daß es sich selbst versorgen konnte, aber es waren sechzehntausend Menschen hineingezwängt worden, eine brisante Mischung aus Farmarbeitern von der Pazifikküste mit ihren Familien und projapanischen Agitatoren aus Hawaii und anderen Lagern. Tule Lake war auch das offizielle ›Segregations-Zentrum‹, in das die wenigen Issei, die ihre amerikanische Staatsbürgerschaft aufgaben und nach Japan repatriiert werden wollten, gebracht wurden.«
»Hört sich ziemlich schlimm an.«
»Und ob. Langeweile, Furcht, Mißtrauen, Argwohn, Gier – das waren die Elemente des Alltags in Tule Lake.«
»Es gab also viel Kriminalität?«

»Allerdings. Schwarzhandel, Diebstahl, Vergewaltigung, Körperverletzung, zwei Morde. Nicht zu erwähnen die zahllosen Unruhen. Mitglieder der ›Hokoku Seinen Dan‹ – junge Männer, die für den Verzicht auf die amerikanische Staatsbürgerschaft und die Repatriierung eintraten – gaben frühmorgens Hornsignale und terrorisierten die friedlichen Lagerinsassen.«
Ich entsann mich, von Charley Takeuchi etwas Ähnliches gehört zu haben in Zusammenhang mit Kazuo Hama. Ich fragte Mixer: »Stießen nur die Mitglieder der ›Hokoku‹ ins Horn?«
»Nein, auch andere junge Männer taten das.«
Kazuo Hama, Simon Tamura und Sanjiro Masaoka mochten also während ihres Aufenthalts in Tule Lake Dissidenten gewesen sein – oder auch nicht. Doch selbst wenn sie für das kaiserliche Japan agitiert hatten, sah ich keine Verbindung zu der Tatsache, daß sie vierzig Jahre später ermordet worden waren und daß ihr Schmuck an Haruko Gage gegangen war.
»Die beiden Mordfälle im Lager, die Sie erwähnten«, sagte ich, »wurden die beide aufgeklärt?«
»Nein, nur einer.«
»Wer war das Opfer des ungeklärten Falles?«
»Der Geschäftsführer des Konsumvereins im Lager, ein gewisser Noma, Takeo Noma. Er wurde erstochen. Der damaligen Theorie zufolge, die ich für wahrscheinlich halte, wurde er ermordet, weil er ein *inu* war.«
»Was ist ein *inu*?«
»Wörtlich heißt das ›Hund‹. Im Lager stand es für Denunziant, Verräter. Noma war bei allen im Lager verhaßt; man betrachtete seinen Tod als einen Segen.«
»Und es gab keine Hinweise auf seinen Mörder?«
»Mehrere. Und mehrere Männer kamen in Haft – die vermutlichen Täter, wie ich glaube. Anklage wurde jedoch nie erhoben, weil die Indizien zu spärlich waren.«
»Können Sie sich an die Namen dieser Männer erinnern?«
»Nicht auf Anhieb. Soll ich sie heraussuchen?«
»Gerne, wenn das möglich ist.«

Er nickte, stand auf, ging an ein Wandregal, nahm ein Buch heraus, blätterte, stellte es wieder zurück, griff nach einem anderen und blätterte, bis er die Namenliste gefunden hatte. Er las mir ein knappes Dutzend Namen vor.

Kein Hama. Kein Tamura. Kein Masaoka. Kein Wakasa. Und kein Fujita.

Zack.

Mixer stellte das Buch zurück, zog sein mauvefarbenes Jackett und die gelben Manschetten auf eine Art zurecht, die an einen sich putzenden Vogel erinnerte, und sah auffällig auf die Armbanduhr. »Möchten Sie sonst noch etwas wissen?« fragte er. »Ich habe nämlich um elf eine Vorlesung.«

»Das sollte genügen.«

»Muß ich damit rechnen, daß Sie mich wieder belästigen?«

»Wieso? Fühlen Sie sich in meiner Gesellschaft denn nicht wohl?«

»Offen gesagt, nein.« Der gehetzte Ausdruck trat wieder in seine Augen. »Ich bin ein friedfertiger Mann und kann Gewalt nicht ausstehen.«

»Ich kann mich nicht entsinnen, gewalttätig geworden zu sein.«

»Sie wären bestimmt grob geworden, wenn ich Ihnen nicht gesagt hätte, was Sie wissen wollten.«

»Na ja, Sie wissen ja, wie wir Privatdetektive sind«, sagte ich. »Ab und zu klopfen wir halt gern große Sprüche und schlagen jemanden zusammen – nur, damit wir nicht einrosten.«

Er guckte mich an, als fürchte er, ich würde doch noch auf ihn losgehen. »Ich bin ein friedfertiger Mensch«, sagte er noch einmal.

»Allerdings. Ein Liebhaber, kein Kämpfer.«

»Ich weiß nicht, was Sie damit sagen wollen.«

»Und ob Sie das wissen.« Ich ging an die Tür, schloß sie auf und öffnete sie. »Richten Sie Darlene aus, ihr Vater freue sich schon auf den Schmalfilm, den Sie letztlich gemacht haben.«

»Wie bitte?« rief er. »*Was?*«

Ich ging hinaus und machte die Tür sanft hinter mir zu.

Im dritten Stock der Batmale Hall fand ich eine Telefonzelle, in der ich mir die Nummer des Hemdenschneiders heraussuchte und dann wählte. Jemand ging Eberhardt holen, aber wir hätten uns alle drei die Mühe sparen können – Jack Logan steckte bis über die Ohren in der Arbeit an einem dreifachen Mord im Visitacion Valley, sagte Eberhardt, und hatte nicht die geringste Neigung gezeigt, sich um Schmuckstücke oder Todesfälle in Princeton und Petaluma zu kümmern. Außerdem hatte er gemeint, Tamura sei McFates Fall – wir sollten uns an McFate wenden.
Prächtig.
Ich versprach Eberhardt, ihn später zu besuchen, und legte auf. Jetzt hing alles von mir ab, ob es mir paßte oder nicht. Noch ein Anruf bei der Zulassungsstelle. Fletcher hatte die Computerliste bereit: acht Wakasas mit kalifornischem Führerschein, keiner von ihnen mit dem Vornamen Michio; drei im Ballungsgebiet um San Francisco, einer in Fresno, einer in Eureka, einer in Vacaville, zwei in Südkalifornien. Von den drei Erstgenannten wohnten zwei in Oakland und einer in Palo Alto. Ich schrieb mir alle Namen und Adressen auf, bedankte mich noch einmal bei Fletcher, versicherte ihm, ich würde ihm nun eine Zeitlang nicht mehr zur Last fallen, und legte auf.
Noch zwei Stunden bis zu meiner Verabredung mit Haruko Gage. Ich beschloß, heimzugehen und Wakasas anzurufen. Als ich aber vom Campus auf die Phelan Avenue kam und den weißen Ford mit den beiden *kobun* entdeckte, langte es mir. Die Wakasa-Telefonate mußten warten.
Es war an der Zeit, daß ich mit den Yakuza fertig wurde, so oder so.

18

Das Restaurant »Kara Maru« war am China Basin Boulevard, vertäut zwischen Pier 52 und einer Bergungsgesellschaft. Die »Kara Maru«, einstmals ein kleiner Hochseefrachter, sah

noch immer seetüchtig aus, abgesehen von der überdachten Gangway, dem Seidenbanner, auf dem auf englisch und in japanischen Schriftzeichen ihr Name stand, und dem großen Schild am Kai, das verkündete, hier gäbe es täglich außer sonntags Lunch, Dinner und Cocktails.
Rechts war ein Parkplatz, so früh am Tag so gut wie leer, auf dem ich meinen Wagen abstellte. Der weiße Ford hielt hinter mir auf der Straße neben dem langen Lagerhaus von Pier 52. Als ich ausstieg, konnte ich die beiden durch die Windschutzscheibe sehen. Wenn es sie überraschte, von mir hierhergeführt worden zu sein, ließen sie sich das weder durch Gesten noch durch ihr Mienenspiel anmerken.
So dicht an der Bucht war es kalt, ebenso in der »Kara Maru«, trotz der elektrischen Heizlüfter an den Schotten. Es war kalt und feucht und roch etwas modrig wie in einem leeren Frachtraum oder einem Strandhaus, das mehrere Monate lang nicht benutzt worden war. Trossen und alte kalfaterte Fugen ächzten und knarrten, der Boden bewegte sich fast unmerklich, obwohl das Schiff fest am Kai vertäut war, damit sich die Gäste bei rauher See nicht gegenseitig auf die Teller kotzten. Tische und Stühle aus Teak, große, weich gepolsterte Schiffscouches in der Bar und den Nischen im Restaurant, viel auf Hochglanz poliertes Messing – Schiffsuhren, Kompasse, Sextanten und ähnliches Gerät –, um die passende Atmosphäre zu erzeugen.
Die Salonbar lag links vom Eingang und war, abgesehen von dem Barkeeper in Schwarz, leer. Wenn man geradeaus ging, erreichte man eine Art Foyer, in dem ein weiterer Japaner in Schwarz hinter einer Art Podium thronte, das dem Ruderhaus eines Schiffes ähnelte. Hinter ihm lag der Speisesaal mit dreißig oder vierzig Tischen und vielleicht zwanzig Nischen. Im Moment waren nur zwei Tische und eine Nische besetzt.
Ich ging auf den Knaben hinterm Podium zu. Er lächelte, verbeugte sich und sagte »*Yoku irasshaimash'ta*! Lunch für eine Person, Sir?«
»Nein«, gab ich zurück. »Ich möchte Mr. Hisayuki Okubo sprechen.«

Das Lächeln verschwand, sein Gesicht wurde ausdruckslos; es war, als sei etwas in ihm ausgeknipst worden. »Bitte warten Sie im Salon, Sir«, sagte er mit tonloser Stimme.

»Wollen Sie denn nicht wissen, wie ich heiße und was ich will?«

»Bitte warten Sie im Salon, Sir.«

So ging ich in den Salon und bestellte einen Tomatensaft. Nichts tat sich, bis ich ihn zur Hälfte ausgetrunken hatte; dann erschien ein Klotz von einem Kerl in einem dunkelblauen Anzug und kam auf mich zu. Sein Schädel war kahlrasiert, er hatte so gut wie keine Ohren, und seine Augen waren so tief in Fett eingebettet, daß sie aussahen wie Löcher in Brotteig. Ein typischer Sumo-Ringer. Der Rausschmeißer und Leibwächter vermutlich.

Er blieb neben meinem Hocker stehen und sagte: »Ja, bitte?«

»Ich möchte Mr. Okubo sprechen.«

»Ihre Name, bitte?«

Ich hatte bereits eine meiner Visitenkarten herausgeholt und reichte sie ihm.

Ohne sie eines Blickes zu würdigen, fragte er: »Ihr Anliegen?«

»Eine Privatangelegenheit.«

»Ihr Anliegen, bitte?«

»Simon Tamura. Ken Yamasaki. Die beiden Männer im weißen Ford.«

Darauf reagierte er, als hätte ich ihm meine Weihnachtskartenliste vorgelesen. »Bitte warten Sie«, sagte er und entfernte sich mit meiner Karte.

Ich saß weitere zehn Minuten da und trank meinen Tomatensaft aus. Weitere Gäste trafen ein – vorwiegend Touristen, hier und dort ein Managertyp. Kein einziger Gast war Japaner.

Endlich kam der Klotz zurück, baute sich neben mir auf und reichte mir meine Karte. »Bedaure sehr«, meinte er, »aber es ist unmöglich.«

»Soll das heißen, daß Mr. Okubo mich nicht empfangen will?«

»Es ist unmöglich. Auf Wiedersehen.« Er wandte sich ab und stampfte zum Foyer.
Das machte mich wütend, stinkwütend. Ich sprang vom Hocker, folgte ihm und holte ihn kurz vor einer Tür mittschiffs am Ende des Foyers ein und verstellte ihm den Weg. Er blieb stehen und guckte mich aus seinen tiefliegenden Augen an – das war die Art Blick, die mich zusammenschrumpfen und wegkriechen lassen sollte. Ich stierte ebenso zurück und ließ ihn meine Wut spüren.
»Ich habe eine Nachricht für Mr. Okubo«, sagte ich ruhig. »Richten Sie ihm aus, daß ich das Lokal zu Kleinholz mache, wenn er mich nicht empfängt. Vielleicht schlage ich auch ein paar von seinen Leuten zusammen. Ein Mann kann in ein paar Minuten allerhand Schaden anrichten. Dann wird er die Polizei rufen müssen; für andere Maßnahmen sitzen hier zu viele Zeugen. Wenn die Polizei hier eintrifft, hat sie Reporter im Schlepptau, denen ich verraten werde, weshalb ich auf den Putz gehauen habe: wegen Simon Tamura, Ken Yamasaki und den beiden Männern im weißen Ford. Und dazu alles andere, was ich über die Yakuza und die ›Kara Maru‹ weiß. Morgen steht es in allen Zeitungen, darauf kann er sich verlassen. Sollte sich großartig auf den Geschäftsgang auswirken.«
Der Klotz rührte sich nicht, sagte keinen Ton.
»Ich weiß, was Sie denken«, sagte ich. »Sie finden, daß Sie selbst ganz schön massiv sind und mich zusammen mit ein, zwei Freunden leicht daran hindern können, großen Schaden anzurichten. Aber verlassen Sie sich nicht darauf; ich bin genauso hart wie Sie. Sogar noch härter, weil ich eine Stinkwut habe. Richten Sie das Ihrem Mr. Okubo aus. Entweder rede ich mit ihm wie ein Gentleman, oder ich lasse hier mit Ihnen die Sau raus.«
Er blieb ein paar Sekunden lang stehen und nahm das alles auf. Dann kamen weitere Gäste herein, und das schien ihm zu belebt. Er sagte: »Bitte warten Sie«, machte vorsichtig einen Bogen um mich und verschwand durch die Tür mittschiffs.
Ich lehnte mich an ein Schott. Meine Drohung, das Lokal zu

Kleinholz zu machen, war nur ein Bluff gewesen; für solche Sachen war ich zu alt. Außerdem würde ich nicht nur in der Haftzelle landen, sondern auch meine Lizenz loswerden – diesmal endgültig. Das konnte Mr. Okubo aber nicht wissen. Entweder nahm er mir den Bluff ab oder nicht. Es kam ganz darauf an, was er von mir hielt und wie sehr es ihn störte, wenn ich mir ein Publikum verschaffte.

Diesmal mußte ich länger als zehn Minuten warten und hatte ziemlich Dampf drauf, als der Klotz wiederauftauchte. Er stand in der offenen Tür und winkte mich heran: Okubo war auf den Bluff hereingefallen. Ich trat auf ihn zu und in den Niedergang, und der Klotz ließ die Tür zufallen. Vorerst aber gingen wir nirgendwohin.

»Waffen bitte«, sagte er.

»Ich trage keine Waffen.«

»Erlauben Sie, daß ich Sie durchsuche?«

»Ich glaube kaum«, versetzte ich, da ich nicht wollte, daß er mich in die Finger bekam. Ich wich etwas zurück – nur für den Fall, daß er grob werden wollte – und machte mein Jackett auf. Er rührte sich nicht von der Stelle. Ich zog das Jackett aus, warf es ihm hin und sah zu, wie er es abtastete. Dann drehte ich mich langsam im Kreis, damit er sehen konnte, daß die Wölbungen an mir nur aus Fettablagerungen bestanden. »Zufrieden?«

»*Hai*«, sagte er, gab mir mein Jackett zurück und wartete, bis ich es angezogen hatte. »Bitte hier entlang.«

Wir wandten uns den Niedergang hinunter und bogen an seinem Ende nach links in einen weiteren ab. An dessen Ende befand sich eine geschlossene Tür. Der Klotz klopfte respektvoll an, machte auf und trat dann beiseite, um mich vorgehen zu lassen.

Es war eine große, als Büro eingerichtete Kabine mit Teppichboden auf dem Deck und japanischen Holzschnitten an den Schotten und einem mächtigen Teakschreibtisch zwischen zwei Bullaugen, die Ausblick auf die Bucht boten. Links standen Polstersessel; rechts eine große Teakbar. Der Raum war schalldicht. Als der Klotz die Tür schloß, war weder der Lärm aus dem Restaurant noch das Kreischen der

Möwen zu vernehmen.
In der Kabine waren zwei Männer. Einer stand neben dem Schreibtisch, der andere saß steif in einem Polstersessel. Ich nahm an, daß es sich bei dem Stehenden um Hisayuki Okubo handelte. Er war um einiges älter, besser gekleidet – der braune Anzug sah aus, als wäre er aus Seide – und strahlte Autorität aus. Dennoch machte er nicht viel her. Er war klein, übergewichtig, hatte ein nichtssagendes Gesicht und angeklatschte Haare wie die Gangster in alten Filmen.
Anfangs regte sich niemand. Dann kam der Mann im Seidenanzug zu mir, verbeugte sich leicht und stellte sich vor. Jawohl, das war Okubo, der Yakuza-Pate. Insgesamt nicht sehr beeindruckend, doch wenn man seine Augen aus der Nähe sah, spürte man, aus welchem Holz er geschnitzt war. Sie waren kalt und ausdruckslos und stahlhart und straften die Höflichkeit in Stimme und Manieren Lügen.
Ich sagte: »Ich will es kurz und schmerzlos machen, Mr. Okubo. Ich bin hier, um Sie zu bitten, mich in Ruhe zu lassen, mich nicht mehr zu verfolgen. Da ich mit dem Mord an Simon Tamura nichts zu tun habe, können Sie von mir auch nichts erfahren. Außerdem ist es lästig, macht mich nervös und stört mich bei der Arbeit.«
Okubo schwieg. Auch der Klotz und der Mann im Sessel sagten nichts. Es war so still, daß ich mich atmen hören konnte.
»Nun, Mr. Okubo?« fragte ich schließlich.
»Sagen Sie mir bitte, mit welcher Arbeit Sie gerade befaßt sind.«
Ich klärte ihn auf. Von dem Zusammenhang mit dem Fall Tamura und Haruka Gages stillem Verehrer sagte ich ihm nichts. Das wollte ich nur zur Sprache bringen, wenn ich dazu gezwungen wurde.
»Sie gingen in Mr. Tamuras Bad, um Ken Yamasaki zu sprechen – korrekt?« fragte er.
»Korrekt. Mrs. Gage gab mir seinen Namen mit einer Reihe anderer, alles ehemalige Freunde. Seitdem versuche ich, mit Yamasaki zu reden, kann ihn aber nicht erreichen.«
»Warum möchten Sie ihn sprechen?«

»Aus eben dem Grund, aus dem ich ins Bad ging. Und weil der Wagen, mit dem Ihre Jungs mich verfolgen, ihm gehört. Aber das wissen Sie ja schon.«
»Ja«, erwiderte Okubo. »Inzwischen weiß ich das.«
»Wie bitte?«
»Übrigens sind diese beiden Männer nicht ›meine Jungs‹, wie Sie sich auszudrücken beliebten.«
»Entschuldigung, das sollte keine rassistische Bemerkung sein. Gut, dann sind es halt *kobun*, oder wie Sie sie auch immer nennen mögen.«
»Nein«, sagte er.
»Nein? Was sind sie denn sonst?«
»Freunde von Mr. Yamasaki.«
»Keine Yakuza?«
»Freunde von Mr. Yamasaki«, wiederholte er.
»Ich verstehe nicht ganz...«
»Möchten Sie ihn immer noch sprechen?«
»Yamasaki? Ja, sicher.«
»Gut. Bitte sehr.« Er wandte sich um und wies auf den jungen Mann im Sessel. »Dies ist Mr. Ken Yamasaki.«
Das überraschte mich. Bisher hatte ich dem Angesprochenen nur wenig Beachtung geschenkt, aber nun konnte ich sehen, wie angespannt und besorgt er war. Er hatte auch Angst, das verrieten seine Augen und der Schweiß auf seiner Stirn. Er sah so aus, wie Haruko ihn beschrieben hatte – Anfang Dreißig, fast mädchenhaft schlank, mit asketischen Gesichtszügen, die von einer dicken, schwarzgerahmten Brille noch betont wurden.
»Soso«, meinte ich. »Dann erzählen Sie mir mal von Ihren zwei Freunden, Mr. Yamasaki.«
Yamasaki antwortete nicht, schaute mich auch nicht an, sondern starrte auf seine Hände, die er im Schoß liegen hatte und aneinanderrieb. Dann aber sprach ihn Okubo scharf auf japanisch an. Yamasaki riß den Kopf hoch, und für einen Moment flammte die Angst hell in seinen Augen auf.
»Ich bat sie, Ihnen zu folgen«, sagte er zu mir. »Ohne Mr. Okubos Erlaubnis.«
»Und ohne mein Wissen«, warf Okubo ein.

Nun verstand ich. Es war von Anfang an eine Privatangelegenheit gewesen, mit der die Yakuza nichts zu tun hatten, abgesehen von der Tatsache, daß Yamasaki und seine Freunde unbedeutende Mitglieder der Organisation waren. Okubo hatte überhaupt nichts davon gewußt, ehe ich vor einer Weile hier auftauchte. Deshalb hatte er sich anfangs geweigert, mich zu empfangen. Nachdem ich aber meine Drohung ausgestoßen hatte, war Yamasaki, der bereits aus einem anderen Grund hier war, herbeizitiert worden, um Farbe zu bekennen.

Was bedeutete, daß die Yakuza überhaupt kein Interesse an mir hatten. Oder bislang gehabt hatten. Wie es weitergehen würde, konnte ich unmöglich beurteilen, fand aber, daß meine Chancen, ungeschoren davonzukommen, besser standen als die Yamasakis.

»Warum ließen Sie mich von Ihren Freunden verfolgen?« fragte ich.

»Von der Polizei hörte ich, daß Sie ins Bad gekommen waren, um mich zu sprechen. Was Sie ausgerechnet von mir wollten, wußte ich nicht. So versuchte ich, es herauszufinden.«

Zur Hölle mit McFate und seiner großen Klappe. »Sie waren also derjenige, mit dem die beiden dauernd über CB sprachen?«

»Ja. Ich gab ihnen meinen Wagen und lieh mir das Auto meiner Freundin, das auch CB hat. So konnten wir miteinander Verbindung halten.«

»Dabei hätten Sie bloß mit mir zu reden brauchen«, sagte ich. »Ich hätte Ihnen nur zu gerne gesagt, was ich von Ihnen wollte. Es war nicht notwendig, solche Spiele zu treiben.«

Yamasaki schaute wieder auf seine Hände. Seine Angst mischte sich nun mit Verlegenheit, als habe er erkannt, daß er sich dumm verhalten und deshalb an Gesicht verloren hatte. »*Gomen nasai*«, sagte er leise. Ich brauchte keinen Dolmetscher, um zu wissen, daß er bedauerte, nicht nur sich selbst, sondern auch Okubo und mich in eine solche Lage gebracht zu haben.

Ich wandte mich an Okubo. »Und was wird jetzt? Ich

möchte keinen Ärger mit Ihren Leuten haben, sondern nur in Ruhe und Frieden meiner Arbeit nachgehen.«
»Ein lobenswerter Wunsch.«
»Finde ich auch.«
»Bitte verraten Sie mir eines: Hätten Sie Ihre Drohung, unser Lokal zu demolieren, wahr gemacht?«
»Nein«, erwiderte ich. »Das war nur eine Kriegslist.«
»Sehr einfallsreich.«
»So? Kommt darauf an.«
»Worauf?«
»Ob meinem Wunsch entsprochen wurde oder nicht.«
»Aber selbstverständlich«, meinte Okubo, als fände er es überraschend, daß ich anders denken könnte. »Auch wir wollen keine Unannehmlichkeiten haben und wie Sie in Ruhe unserer Arbeit nachgehen.«
Ich nickte und fühlte mich jetzt erleichtert. »Und was wird aus Mr. Yamasakis beiden Freunden?«
»Die werden Sie nicht länger belästigen. Dafür habe ich bereits gesorgt – übers Haustelefon, ehe Sie hereinkamen.«
»Und Mr. Yamasaki? Was machen Sie mit ihm?«
Okubo sagte nichts. Niemand sagte etwas.
Ich entschied, daß es klüger war, nun den Mund zu halten. Wenn ich versuchte, mich für Yamasaki einzusetzen, bekam ich nur Okubo auf den Hals. In Ehrenhändel der Yakuza mischte sich ein Weißer besser nicht ein. Zudem bezweifelte ich, daß sie ihn eliminieren würden; so ernst war sein Verstoß nicht.
Bald sagte Okubo etwas auf japanisch zum Klotz, verbeugte sich dann vor mir, ich verbeugte mich ebenfalls, und dann führte mich der Klotz hinaus in den Niedergang. Ich warf einen letzten Blick zurück und sah Ken Yamasaki kerzengerade auf dem Sessel sitzen. Schweiß funkelte auf seinen Wangen, Furcht in seinen Augen.
Der Klotz brachte mich durch das inzwischen volle und laute Restaurant bis hinaus zur Gangway. Ich betrat sie, ohne ihn anzuschauen, und ging über den windigen Parkplatz zu meinem Wagen. Nirgends eine Spur von dem weißen Ford, weder am Hafen noch auf meinem Weg nach Japantown.

Auf mein Klingeln hin kam Art Gage an die Tür des viktorianischen Hauses und sagte: »Haruko ist noch nicht zurück.« Er klang und wirkte ungehalten. Seine Augen unter den blonden Brauen waren feindselig.
Komm mir bloß nicht in die Quere, Kleiner, dachte ich. Heute nicht. »Ich warte drinnen, wenn es Ihnen nichts ausmacht.«
»Warum sollte es mich stören? Kommen Sie herein.«
Er geleitete mich in den schon vertrauten, mit Kitsch vollgestopften Wohnraum, sagte, er habe oben im Atelier zu tun, und wandte sich zum Gehen. Ich sagte: »Moment mal, darf ich Ihr Telefon benutzen?«
»Wozu?«
»Um ein paar Gespräche zu führen. Dazu sind Telefone doch im allgemeinen da, oder?«
Er schmatzte angewidert. »Nur zu. Hier richtet sich ja sowieso niemand nach mir.«
Er ging hinaus. Ich trat ans Telefon, das auf einem wacklig wirkenden Tisch stand, griff nach dem Hörer und schaute dabei auf die Armbanduhr. Gerade ein Uhr.
Zuerst rief ich die Auskunft an, um mir die Nummern der acht kalifornischen Wakasas geben zu lassen. Sieben waren eingetragen; der eine in Fresno hatte entweder eine Geheimnummer oder überhaupt kein Telefon. Dann rief ich sie einen nach dem anderen an, begann mit denen in Oakland und Palo Alto. Ich wählte direkt, denn die Gages würden ohnehin für die Gebühren aufkommen müssen, ob sie nun auf der Telefonrechnung oder in meiner Spesenabrechnung erschienen.
Einer der beiden Anschlüsse in Oakland meldete sich nicht; beim anderen hatte ich keinen Erfolg – die Frau, mit der ich sprach, hatte weder von Michio noch von Chiyoko Wakasa gehört. Auch in Palo Alto und Eureka kein Erfolg. In Vacaville meldete sich niemand. Unverständnis bei den Wakasas in Südkalifornien. Fünf erledigt, noch drei vor mir.
Nach dem letzten Anruf war es schon nach halb zwei. Und Haruko war immer noch nicht zurück.
Ich verspürte die gleiche Unruhe, die ich gestern empfunden

hatte, als ich sie nicht erreichen konnte. Ich setzte mich auf einen imitierten viktorianischen Sessel, stand recht bald wieder auf und ging im Zimmer auf und ab. Wählte noch einmal die Nummern in Oakland und Vacaville, ohne eine Antwort zu bekommen. Setzte mich wieder hin. Ging wieder auf und ab. Stellte mich ans Fenster und schaute hinaus auf die Straße und zum Himmel, der sich neuerlich bezog und nach Regen aussah.
Zwei Uhr. Keine Spur von Haruko.
Zwei Uhr fünfzehn.
Immer noch keine Haruko.
Gage kam die Treppe heruntergestampft, steckte den Kopf ins Wohnzimmer, sah mich allein auf und ab gehen und fragte: »Wo ist Haruko?«
»Sie ist noch nicht zurück.«
»Was?« Er kam zu mir herüber und guckte mich finster an, als sei das meine Schuld. Was womöglich sogar stimmte, verflucht noch mal. »Inzwischen müßte sie doch dasein, selbst mit dem Bus. Sie sagte, sie wäre spätestens um eins wieder hier, weil Sie kämen.«
»Hat sie den Bus genommen?«
»Ja. Im Zentrum findet man ja keinen Parkplatz.«
»Ruft sie normalerweise an, wenn sie sich verspätet?«
»Ja, immer.«
»Wo fand ihre Besprechung statt?«
»Ecke Post Street und Mason Street.«
»In einem Büro?«
»In der Agentur Sundler.«
»Haben Sie die Telefonnummer?«
»Ich kann sie heraussuchen.«
Nachdem er das getan hatte, rief ich bei der Agentur Sundler an und fragte eine Frau mit nasaler Stimme, ob Haruko Gage noch dort sei. Nein, erklärte die Frau und schien von der Frage überrascht zu sein. Mrs. Gage habe das Büro um halb zwölf verlassen, sagte sie.
Ich legte auf und gab die Information an Gage weiter. Er sah nun besorgt und aufgeregt aus – machte sich bestimmt aber nur halb so viele Sorgen wie ich.

»Das ist schon lange her«, meinte er. »Wo kann sie nur sein?«
Allerdings, dachte ich grimmig. Wo zum Teufel ist sie?

19

Um Viertel vor drei verließ ich das Haus der Gages. Haruko war noch immer nicht aufgetaucht, und Art Gage steigerte sich in einen Zustand von Panik hinein und ging mir auf die Nerven. Er war der Typ, der mit einer Krise nicht fertig wird, schon bei den ersten Anzeichen aus dem Leim geht. Wenn ich ihm verraten hätte, welchen Verdacht ich hegte, hätte er wahrscheinlich einen Nervenzusammenbruch bekommen. So sagte ich ihm nur, ich wolle nach ihr suchen und er solle zu Hause bleiben.
Aber *wo* sollte ich nach ihr suchen? Wenn sie von ihrem psychotischen Verehrer gekidnappt worden war – eine andere Erklärung fiel mir nicht ein –, hatte ich immer noch keinen blassen Schimmer, wer er war. Oder weshalb er so auf sie fixiert war und ihretwegen drei Männer ermordet hatte. Die einzige Spur stellten im Augenblick die drei verbleibenden Wakasas dar: die beiden, die nicht an den Apparat gegangen waren und der in Eureka, der nicht im Telefonbuch stand.
Auf der ganzen Fahrt zurück zur Stadtmitte dachte ich immer wieder: Das ist deine Schuld. Ich hätte sie am Vorabend trotz der späten Stunde besuchen und darauf bestehen sollen, daß sie wegfuhr und sich irgendwo in Sicherheit brachte. Diese Gedanken waren jetzt reichlich überflüssig, wollten mir aber nicht aus dem Kopf. Wenn Haruko etwas zustieß...
Nun hatte ich nur ein Ziel im Sinn: das neue Büro, um dort mit Eberhardt Kriegsrat zu halten und noch ein paar Telefongespräche zu führen. Als ich dort eintraf, schlug er gerade einen Nagel in die Wand, um meine gerahmte Vergrößerung einer Titelseite von *Black Mask* aufzuhängen.

»Bin gleich soweit«, meinte er. »Laß mich das nur noch schnell aufhängen.«
Die Telefone waren installiert worden – zum Glück altmodische schwarze Apparate. Ich ging zu dem auf meinem Schreibtisch stehenden und rief bei den Gages an. Artie hob sofort ab. Er war nicht gerade erfreut, so rasch wieder von mir zu hören – er hatte geglaubt, Haruko riefe an –, und ich war deprimiert, weil sie sich noch immer nicht hatte sehen lassen. Ich faßte mich kurz, da ich mir sein Gejammer nicht anhören wollte.
Eberhardt hatte das Plakat aufgehängt und schaute mich an, als ich den Hörer auflegte. »Na, was tut sich?« fragte er. »Du siehst finster aus.«
Ich weihte ihn ein.
»Verflucht noch mal«, sagte er. »Wenn du recht hast und sie wirklich entführt worden ist, können die Jungs im Präsidium erst morgen um diese Zeit etwas unternehmen. Wenn es keine Augenzeugen einer Entführung oder andere Beweise gibt, gilt sie erst nach Ablauf von vierundzwanzig Stunden als vermißt.«
»Und in der Zwischenzeit«, fügte ich hinzu, »ist sie Gott weiß wo einem Geistesgestörten ausgeliefert.«
»*Mir* brauchst du nicht an die Gurgel zu gehen, Kumpel. Miese Geschichte, aber nicht meine Schuld.«
»Stimmt«, sagte ich. »Mir kommt immer wieder der Gedanke, es könnte meine sein.«
»Warum? Du konntest doch nicht wissen, daß er so rasch auf sie losgehen würde.«
»Diesen Verdacht hatte ich. Sagte ich dir das nicht gestern abend?«
»Quatsch. Im nachhinein sagt sich so was leicht. Was hast du nun vor?«
»Weiterhin versuchen, zum Rest der Wakasas durchzukommen. Mich mit einigen ihrer Exfreunde in Verbindung setzen und sehen, was dabei herauskommt. Und wenn sich überhaupt nichts ergibt... tja, dann bin ich mit meinem Latein am Ende. Vielleicht hole ich den weißen Jadering, fahre nach Petaluma und sehe, ob Kazuo Hamas Familie ihn

eindeutig identifizieren kann. Mag sein, daß die dortige Polizei mir zuhört. Zumindest können sie mir einen Hinweis geben, wie die Wakasa starb.«

»Du scheinst fest davon überzeugt zu sein, daß sie der Schlüssel ist«, sagte Eberhardt.

Ich nickte. »Wenn ich in Erfahrung bringe, unter welchen Begleitumständen sie starb, bin ich vielleicht in der Lage, den Rest in einen Zusammenhang zu bringen. Das habe ich irgendwie im Gefühl.«

Ich drehte mich um zum Telefon und wählte erneut die Nummern in Oakland und Vacaville. Beide Male rührte sich nichts. Der Fernmeldeingenieur hatte zwei brandneue Telefonbücher mitgebracht. Ich schlug die Nummer von Shimatas Galerie in Japantown nach.

»Ich besorge uns unten Kaffee«, meinte Eberhardt. »Du siehst aus, als könntest du eine Tasse vertragen.«

Ich schaute auf die Uhr. Halb vier. »Gut, Eb, aber beeil dich bitte. Wenn ich in fünfzehn Minuten noch immer kein Ergebnis habe, mache ich mich besser auf den Weg nach Petaluma. Der Berufsverkehr wird schlimm genug sein.«

Er eilte hinaus, ich wählte Shimatas Nummer. Eine Frau meldete sich und sagte, Shimata sei nicht im Haus und würde auch heute nicht zurückerwartet. Wo er anzutreffen war, wollte sie mir nicht sagen. Vielleicht war das verdächtig, aber es konnte auch sein, daß er Golf spielte oder beim Zahnarzt war oder sonst etwas ganz Alltägliches tat.

Ich wählte Nelson Mixers Privatnummer. Keine Antwort. Vermutlich war er noch im College, was bedeutete, daß ich ihn telefonisch nicht erreichen konnte. Ich rief aber trotzdem an, nur für den Fall, daß er schon gegangen war und sich in der Verwaltung abgemeldet hatte. Doch die Frau, mit der ich sprach, erklärte, er halte im Augenblick eine Vorlesung über US-Geschichte des neunzehnten Jahrhunderts.

Die Gärtnerei Ogada stand nicht im Telefonbuch von San Francisco. Ich ließ mir die Nummer von der Auskunft San Mateo County geben. Bei den Ogadas nahm aber niemand ab. Auch dies brauchte nicht verdächtig zu sein, denn

Edgar und sein Vater mochten irgendwo im Freien ihrer Arbeit nachgehen.
Ich erwog, Ken Yamasaki anzurufen, entschied aber, daß das sinnlos wäre. Die Yakuza hatten ihm vielleicht nur auf die Finger geklopft, aber er war nicht der Mann, auf den ich es abgesehen hatte. Haruko Gage war wahrscheinlich zwischen halb zwölf und zwölf entführt worden, nachdem sie die Agentur Sundler verlassen und ehe sie den Bus nach Hause bestiegen hatte, und um diese Zeit hatte Yamasaki schwitzend in Hisayuki Okubos Privatkabine auf der »Kara Maru« gesessen.
Frustration und zunehmende Verzweiflung trieben mich dazu, noch einmal die Nummer in Oakland zu wählen, obwohl ich erst vor zehn Minuten das gleiche getan hatte. Doch inzwischen war jemand da, denn nach dem vierten Läuten kam ein junges Mädchen an den Apparat, wahrscheinlich gerade von der Schule zurück. »Hallo Andy?« sagte sie.
»Der bin ich nicht«, sagte ich, stellte mich vor und erklärte, ich müsse dringend einen gewissen Michio Wakasa, der einmal in Petaluma als Gärtner gearbeitet hatte, oder einen seiner Verwandten ausfindig machen. Schweigen. Erst glaubte ich, sie sei enttäuscht, weil ich nicht Andy war, aber es steckte mehr dahinter. Recht bald sagte sie: »Mein Großvater hieß Michio. Er war der Großvater väterlicherseits und starb vor zehn Jahren.«
»Wohnte er früher einmal in Petaluma?«
»Ich glaube schon.«
Nun umklammerte ich den Hörer, konnte die Spannung in meinem schlimmen Arm und im Rücken spüren. »Hatte er eine Tochter, die Chiyoko hieß?«
Pause. »So hieß meine Tante. Sagen Sie mal, warum fragen Sie mich eigentlich über meine Familie aus?«
»Das ist sehr kompliziert«, erwiderte ich, »und ich habe nicht die Zeit, es so zu erklären, daß Sie es verstehen. Aber ich bin Detektiv und versuche, eine Frau ausfindig zu machen, die in großer Gefahr schwebt.«
»Ist diese Frau aus meiner Familie?«

»Nein, Sie kennen sie nicht. Erzählen Sie mir jetzt von Ihrer Tante Chiyoko.«

»Hm, viel weiß ich nicht von ihr. Sie starb vor meiner Geburt. In Petaluma, glaube ich.«

»Woran starb sie?«

»Das weiß ich nicht. In der Familie wird nie darüber gesprochen.«

Verdammt! »Wann kommen Ihre Eltern heim?«

»Mein Vater ist auf Geschäftsreise. Meine Mutter kommt um sechs heim. Sie arbeitet in San Francisco.«

»Wirklich? Wo denn?«

»Im Embarcadero Center.«

»Und wo im Embarcadero Center?«

»Ich weiß nicht, ob ich Ihnen das sagen soll...«

»Bitte, es ist sehr wichtig.«

»Na ja... bei Carnaby's. Das ist ein Laden in Block zwei.«

»Danke, Herzchen«, sagte ich. »Recht vielen Dank.«

Ich legte gerade auf, als Eberhardt mit dem Kaffee zurückkam. Er las mir vom Gesicht ab, daß etwas in Bewegung geraten war. »Na, hast du was herausgefunden?«

»Sieht so aus. Ich habe den Namen von Chiyoko Wakasas Schwägerin und ihren Arbeitsplatz – gleich hier in der Stadt.« Ich griff nach einem der beiden Styroporbecher, die er in der Hand hatte, nahm den Deckel ab, trank einen Schluck Kaffee, stellte den Becher auf den Schreibtisch und ging zur Tür. »Ich rufe dich an, wenn sich etwas Definitives ergibt.«

»Glück gehabt, was?«

»Ich habe kein Glück nötig«, versetzte ich. »Aber Haruko Gage.«

Das Embarcadero Center ist ein Komplex, der sich gegenüber dem Ferry Building über vier Blocks erstreckt und nicht weit entfernt von meinem alten Büro in der Drumm Street liegt. Es war im Lauf der letzten Jahre stufenweise erbaut worden – Bürohochhäuser, und auf den beiden untersten Ebenen Einkaufszentren voller Kunstwerke und Chrysanthemen und massenhaft Läden und Cafés. Man konnte über gedeckte Fußgängerbrücken von einem Block zum anderen gelangen, aber ich betrat Block 2 auf andere Weise. Erst hielt ich in der Sacramento Street im Parkverbot, weil es wieder regnete und es auf den Straßen vor Kaufhausangestellten nur so wimmelte und das Parkhaus mir zu zeitraubend war. Ich benutzte den Haupteingang im Erdgeschoß.

Carnaby's befand sich laut Hinweistafel in der Eingangshalle in der ersten Etage. Ich nahm die Rolltreppe und fand das Geschäft, das Geschenkpapier, Glückwunschkarten, Papierdekorationen und Schmuckkerzen führte, mit Leichtigkeit; nun, im Dezember, war der Laden ganz auf Weihnachten ausgerichtet. Aus einem Lautsprecher kam »Jingle Bells«, als ich eintrat, und in meinem angespannten Zustand tat mir das Lied in den Ohren weh.

Im Laden herrschte einigermaßen Betrieb, größtenteils Leute, die gerade von der Arbeit gekommen waren, und die drei Verkäuferinnen hatten allerhand zu tun. Nur eine war Japanerin – eine kleine, verbrauchte Frau mit ergrauendem Haar und langen Ohrringen, die tanzten, wenn sie sich bewegte. Zum Glück stand sie nicht an der Kasse, was es mir leichter machte, sie beiseite zu locken, mir bestätigen zu lassen, daß sie Mrs. Wakasa war, und ihr dann zu erklären, wer ich war und weshalb ich kam.

Anfangs wollte sie nicht mit mir reden, sagte immer wieder, sie hätte zuviel zu tun, ihr Chef würde sie feuern, doch der eigentliche Grund war das Thema selbst; ich sah ihr an den Augen an, wie groß ihr Widerwille war, und es hatte auch den Anschein, als sei die Sache eine Schande für die Familie. Ich ließ ihr aber keine Ruhe, wiederholte, wie wichtig es sei und daß die Information einer Frau das Leben retten könnte. Und endlich bekam ich es aus ihr heraus – brockenweise, ohne alle Einzelheiten, aber doch alles, was ich wissen wollte.

»Chiyoko legte Hand an sich«, sagte Mrs. Wakasa.

»Beging sie Selbstmord?«

»Ja, mit Gift.«

»Warum?«

»Weil sie nicht länger mit der Schande leben konnte.«

»Mit welcher Schande?«
»Mit dem, was man ihr im Lager angetan hatte.«
»Im Lager Tule Lake?«
»Ja.«
»Was stieß ihr dort zu?«
»Man tat ihr… Gewalt an.«
»Wurde sie vergewaltigt?«
»Von drei jungen Männern. Kurz vor Kriegsende.«
»Wer waren diese drei Männer?«
»Sie konnte sie nicht identifizieren, weil es zu dunkel gewesen war. Ein anderer junger Mann hörte sie schreien und verjagte die Angreifer, aber da war es schon zu spät.«
»Wissen Sie, wer dieser andere junge Mann war?«
»An seinen Namen kann ich mich nicht mehr erinnern.«
»Kannte er Chiyoko, bevor sie überfallen wurde?«
»Ja. Die beiden waren befreundet.«
»Wurde sie verletzt?«
»Man… sie konnte keine Kinder bekommen.«
»War das einer der Gründe, aus denen sie sich umbrachte?«
»Ja. Sie wollte unbedingt Kinder haben.«
»Nach ihrem Tod errichtete ihr ein Mann namens Kazuo Hama ein Mausoleum. Wußten sie das?«
»Ja.«
»Wissen Sie, warum er das tat?«
»Der Vater meines Mannes hatte kein Geld, aber Mr. Hama war wohlhabend.«
»Er war also ein Freund von Chiyoko.«
»Ja, er kannte sie aus dem Lager, sagte er.«
»Mr. Hama war aber nicht der Mann, der die drei Vergewaltiger vertrieb?«
»Nein.«
Mehr hatte sie mir nicht zu sagen. Aber sie hatte mir noch etwas zu zeigen – die letzte Quecksilberperle, die die Kette komplett machte. Ich fragte sie, ob die Familie ein Foto von Chiyoko aufbewahrt habe. Ja, meinte sie, sie trage ein Bild von ihrem Mann und Chiyoko bei sich, das kurz nach ihrer Entlassung aus Tule Lake aufgenommen worden sei. Sie holte es hervor und zeigte es mir.

Chiyoko Wakasa und Haruko Gage sahen einander so ähnlich wie Schwestern.

Draußen setzte ich mich in den Wagen, ließ die Büroangestellten und den Stoßverkehr an mir vorbeiströmen und erinnerte mich.
Ich erinnerte mich an einen Pickup mit eingedrücktem Kotflügel und kaputtem Scheinwerfer. Ich erinnerte mich an Augen, die stumpf blickten, als wäre jemand die ganze Nacht über wach gewesen – das hatte ich jedenfalls damals angenommen. Ich erinnerte mich an einen Sohn, der seinen Vater fragte, was aus lebendem Meerschaum und Miniatur-Sternschnuppen geworden sei, und sagte mir, daß es sich dabei um Rosensorten handeln konnte. Ich erinnerte mich, daß eben dieser Sohn mir gesagt hatte, seine Mutter sei im vergangenen Sommer gestorben und ihr Tod habe seinen Vater schwer getroffen. Ich erinnerte mich, daß in diesem Sommer auch das Laternenfest, der Totengedenktag, stattgefunden hatte, und es fielen mir die Namen der Leute ein, die dem Vernehmen nach dort gewesen waren.
Und nachdem ich mir alles dies ins Gedächtnis gerufen hatte, war ich ziemlich sicher, wer Simon Tamura und Sanjiro Masaoka und Kazuo Hama ermordet, Haruko Gage Geschenke geschickt und sie höchstwahrscheinlich heute entführt hatte.
Der Gärtner – Edgar Ogadas Vater.

20

Als ich die Gärtnerei Ogada erreichte, war es dunkel und es regnete stark. Der Regen erschien wie ein silberner Vorhang im Scheinwerferlicht, als ich über die schlammige Zufahrt holperte; Licht spiegelte sich grell in den Fiberglaswänden des vor mir liegenden Gewächshauses. Der Lichtkegel fiel auch auf eine Gestalt an der Tür des Gewächshauses, dem einzigen, in dem Licht brannte – ein Mann in einem gelben Gummimantel und einer Regenmütze.

Die Gestalt schaute kurz zu mir herüber und rannte dann fort. Ich hielt neben dem Geräteschuppen, dessen überhängendes Dach etwas Schutz vor dem peitschenden Regen bot. Als ich ausstieg, war die rennende Gestalt nur zwanzig Meter entfernt und wurde langsamer. Im Streulicht der Scheinwerfer erkannte ich, wer das war: Edgar Ogada.

Er war nun in Schritt verfallen und kam auf mich zu, blieb stehen und sagte: »Ach, Sie sind das.« Es klang besorgt. Er sah auch besorgt aus; sein Gesicht war verkniffen. »Ich dachte, es wäre mein Onkel; ich rief ihn vor einer Weile an, und er versprach, gleich vorbeizukommen.«

»Stimmt etwas nicht im Gewächshaus?«

Edgar zögerte. Dann sagte er: »Ich weiß nicht so recht. Mein Vater hat sich eingeschlossen und läßt mich nicht hinein.«

»Ist er allein?«

»Das weiß ich nicht. Ich habe sonst niemanden gehört. Aber bei diesem Regen ist das schwer zu beurteilen. Als ich vor einer halben Stunde heimkam, war er schon drin.«

»Was macht er?«

»Wer weiß? Auf jeden Fall führt er dabei Selbstgespräche. Auf japanisch.«

»Was sagt er?«

»Wirres Zeug, von dem ich kaum die Hälfte verstehe. In letzter Zeit hat er sich seltsam benommen. Ist wahrscheinlich überarbeitet.«

»Inwiefern seltsam?«

»Er führt Selbstgespräche, ist nachts bis zwei oder drei unterwegs, vergißt Aufträge auszuführen, verkauft Ware zweimal oder läßt sie verschwinden. Es sind eine Menge Blumen abhanden gekommen.«

»Was für Blumen?«

»Vorwiegend Rosen, Schnittrosen und Sträucher in Kübeln.«

»Edgar, war Ihr Vater während des Krieges im Lager Tule Lake?«

»Tule Lake? Warum wollen Sie das wissen?«
»Nun, war er dort?«
»Ja.«
»War er damals mit Ihrer Mutter verheiratet?«
»Nein, er war erst vierzehn, als man ihn einsperrte – und bei Kriegsende achtzehn. Meine Mutter lernte er 1948 kennen.«
»Erwähnte er jemals eine Frau aus dem Lager – Chiyoko Wakasa?«
»Wen? Nein. Chiyoko ..., das ist doch Harukos zweiter Vorname ...«
»Weiß Ihr Vater das auch?«
»Ich glaube schon. Ich sagte ihm das einmal, aber –«
»Gut, Edgar«, sagte ich. »Gehen Sie rüber ins Haus, und warten Sie dort auf Ihren Onkel.«
»Warum denn. Was wollen Sie eigentlich hier? Ich weiß –«
»Los, Edgar!« Ich packte ihn am Arm, drehte ihn herum und gab ihm einen Schubs in Richtung Haus. Grob wollte ich nicht mit ihm werden, hatte aber keine Zeit für lange Erklärungen. Ich wollte ihn aus dem Weg haben, ehe ich mich an seinen Vater heranmachte.
Ich beugte mich in den Wagen, schaltete die Scheinwerfer aus und holte meine Taschenlampe heraus. Als ich mich wieder aufrichtete, stand Edgar in einiger Entfernung im Regen und starrte mich an, machte aber keine Anstalten, zurückzukommen. Ich machte kehrt und lief auf das erleuchtete Gewächshaus zu.
Wenn überhaupt möglich, fiel der Regen nun noch heftiger, peitschte kalt gegen meine Haut. In einiger Entfernung von dem Gewächshaus stand Mr. Ogadas Pickup. Eingedrückter Kotflügel, zersplitterter Scheinwerfer – Teil der eindeutigen Beweise, die die Polizei brauchte, denn der Schaden mußte entstanden sein, als er Kazuo Hama totgefahren hatte.
Ich kannte nun genug Fakten, um über den Rest der Geschichte haltbare Vermutungen anstellen zu können. Tamura, Masaoka und Hama waren die drei jungen Männer gewesen, die Chiyoko Wakasa im Lager Tule Lake vergewaltigt hatten. Mr. Ogada war der Junge gewesen, der ihre Schreie gehört und die anderen verjagt hatte – er war

Chiyokos Freund und wahrscheinlich in sie verliebt gewesen. Gegen die drei Vergewaltiger hatte er damals nichts unternommen; entweder weil er sie im Dunkeln nicht genau erkannt oder weil er sie nur im Verdacht gehabt hatte. Vielleicht hatte er sich auch vor ihnen gefürchtet.

Nach dem Krieg hatte er Chiyoko aus den Augen verloren. Höchstwahrscheinlich hatte er nichts von ihrem Tod gewußt, auch nicht, daß sie in der Stadt gestorben war, in der Kazuo Hama wohnte, und daß dieser Hama erkannt hatte, daß er an ihrem Tod mitschuldig war und mit dem Bau des Mausoleums für ihre sterblichen Überreste versucht hatte, sein Gewissen zu beruhigen. »Dort lassen die Sünder von ihren Taten ab, dort finden die Müden Ruhe.« Auch dies verstand ich nun. Der Spruch galt nicht nur für Chiyoko Wakasa; Hama hatte auch sich selbst gemeint. Sie war die Müde gewesen, er der Sünder.

Mr. Ogada hatte also eine andere Frau geheiratet, einen Sohn namens Edgar bekommen und eine Gärtnerei gegründet. Und Hama, Tamura und Masaoka, sie alle hatten sich im Lauf der nächsten fünfunddreißig Jahre eine Existenz aufgebaut. Chiyoko Wakasa wäre für jeden von ihnen nur eine verblaßte Erinnerung geblieben, wenn nicht eine Reihe von Ereignissen diese Erinnerung aufgefrischt und für Mr. Ogada zunehmend zu einer Obsession gemacht hätte.

Wenn Edgar Haruko nicht kennengelernt hätte, die Chiyoko so ähnlich sah, daß sie ihre Schwester hätte sein können. Wenn Mr. Ogadas Frau nicht plötzlich gestorben wäre und ihn einsam und deprimiert zurückgelassen hätte. Wenn er nicht irgendwie von Chiyokos Selbstmord und ihrer letzten Ruhestätte erfahren hätte. Wenn er nicht beschlossen hätte, verspätet ihre Vergewaltigung und ihren Tod zu rächen. Wenn er nicht begonnen hätte, Chiyoko und Haruko in seinem wirren Verstand durcheinanderzubringen und zu glauben, daß Haruko eine Art Reinkarnation der Frau sei, die er einmal geliebt hatte.

Drei Morde. Die Geschenke für Haruko, von denen die letzten drei den Opfern abgenommen und nicht nur als Pfänder seiner Liebe, sondern auch als Symbole für seine

Rache zu verstehen waren. Und nun die Entführung. Er mußte aus tiefstem Herzen glauben, daß sie wirklich Chiyoko war, und da er sie liebte, wollte er sie bei sich haben...
Auf dem Weg zur Gewächshaustür kam ich zwischen der Ecke des Gebäudes und dem Pickup durch. Der windgepeitschte Regen begann mir im Gesicht weh zu tun, und ich merkte, daß er in Hagel überging. Die Körner prasselten wie Kies auf das Fiberglasdach und die Wände des Gewächshauses. Bei diesem Lärm und dem Heulen des Windes konnte ich unmöglich hören, was drinnen geschah.
Ich blieb trotzdem an der Tür stehen, um nachzuprüfen, ob sie noch abgeschlossen war. Sie gab nicht nach. Dann ging ich zum Gewächshaus nebenan und versuchte, dessen Tür zu öffnen. Auch sie war verschlossen, hatte aber nur einen dünnen Holzrahmen, und als ich am Türknopf rüttelte, merkte ich, daß der Riegel Spiel hatte.
Der Hagel kam heruntergeprasselt und prallte mir auf den Kopf; einige Körner sprangen mir unter den Kragen und rutschten mir kalt ins Genick. Wenn ich von hier aus nichts hören konnte, dachte ich, würde Mr. Ogada auch von innen nichts vernehmen. Ich machte einen Schritt zurück, hob ein Bein und trat mit der Fußsohle fest gegen die Tür.
Das einfache Schloß gab sofort nach, und die Tür flog nach innen auf. Ich machte zwei Schritte hinein – und hatte das Gefühl, noch einmal Chiyoko Wakasas Mausoleum zu betreten. Hier roch es nämlich genauso, nur noch intensiver: Hunderte von Blüten verströmten ihren widerlich süßen Duft. Rosen dominierten. Begräbnisgeruch, Todesgeruch. Mir kam die Galle hoch. Ich mußte zwei- oder dreimal schlucken, um mich nicht zu erbrechen.
Nun stand ich reglos da und starrte angestrengt in die Finsternis. Durch die Fiberglaswand zu meiner Rechten schimmerte Licht aus dem Gewächshaus nebenan, aber die Platten waren nur durchscheinend, nicht durchsichtig. Ich konnte die Tür dort drüben gerade so ausmachen, aber deutlich genug, um zu erkennen, daß sie geschlossen war. Was sich zwischen ihr und mir befand, sah ich nicht – nur schwache Schatten und Umrisse, teils recht groß vor dem

schwarzen Hintergrund. Wenn ich zur Tür wollte, ohne mir den Hals zu brechen oder Lärm zu verursachen, der Mr. Ogada aufscheuchte, mußte ich die Taschenlampe benutzen. Ich nahm mein Taschentuch heraus, wischte mir erst das Gesicht trocken und wickelte dann das Tuch um die Taschenlampe. Als ich sie anknipste, sah ich in dem diffusen Lichtstrahl die Blumen: Rosensträucher in langen Reihen, Narzissen und Margeriten in Tontöpfen und Beete mit weißblühenden Sträuchern, die ich nicht identifizieren konnte. Ich entdeckte auch, daß der Weg zur Verbindungstür einer Hindernisbahn glich: Fast die ganze Bodenfläche wurde von Blumentöpfen, Werkzeug und Schläuchen eingenommen, die wie zusammengeringelte grüne Schlangen aussahen.

Ich brauchte drei oder vier Minuten, um eine Distanz von höchstens zwölf Metern zu überwinden. Als ich mich der Verbindungstür näherte, schaltete ich die Taschenlampe aus und schlich mich den Rest des Weges in der Dunkelheit an. Das stetige Prasseln des Hagels ließ nun nach. Ich legte mein Ohr an die Tür, konnte aber noch immer nichts hören. Was ging da drin wohl vor?

Ich umfaßte den Türgriff und drehte ihn langsam, bis es leise klickte; diese Tür war unverschlossen. Gut. Ich hielt ihn eine Sekunde lang fest, lauschte wieder, hörte nichts. Dann holte ich tief Luft und drückte die Tür auf, bis ich durch den Spalt schauen konnte.

Zuerst sah ich nur die Rückwand dieses Gewächshauses, an der die Ventile des Bewässerungssystems angebracht waren; mit Blumenerde bestreute Bänke in der Nähe, weiter entfernt Bänke, auf denen dicht an dicht bepflanzte Töpfe standen. Ich stieß die Tür weiter auf, schaute um ihre Kante herum zur anderen Seite. Und dann sah ich sie, alle beide, vor der gleichen Wand hinter einem mit Pflanzen beladenen Karren.

Er hatte ihr eine Art Bett oder einen Altar gebaut: Decken über Fünfundzwanzigkilosäcken mit Blumenerde. Sie lag ausgestreckt auf der Seite, gekleidet in einen weißen Pullover, an dem Erde haftete, und einen dunklen Rock. Sie hatte nur einen Schuh an und rührte sich nicht. Über die Entfernung konnte ich nicht beurteilen, ob sie noch am Leben war. Mr. Ogada saß auf einem wackligen Holzstuhl bei ihr, hatte den Kopf wie im Gebet gesenkt und die Augen zugekniffen. Er kam mir zusammengeschrumpft vor, sehr viel älter als bei unserer ersten Begegnung. Im Licht der nackten Glühbirnen sah sein Gesicht wächsern aus wie das einer Leiche.

Ich trat durch die Tür und ging auf den Fußballen lautlos auf ihn zu, hatte aber keine zwei Meter zurückgelegt, als ein sechster Sinn ihn warnte. Er riß den Kopf hoch, entdeckte mich und sprang mit einem jähen Satz auf.

Ich blieb stehen. Er starrte mich an, ohne mich zu erkennen, sagte etwas auf japanisch. Dann, als er merkte, wer ich war, sagte er auf englisch: »Warum sind Sie hier? Ich will Sie nicht haben. Gehen Sie weg.«

»Nein, Mr. Ogada«, antwortete ich. »Ich will Haruko holen.«

»Hier ist niemand, der so heißt.«

»Sie heißt Haruko.«

»Nein, sie heißt Chiyoko.«

»Ich kenne Chiyoko«, sagte ich.

»Woher kennen Sie sie?«

»Ich weiß, daß sie tot ist, Mr. Ogada.«

»Nein.« Er schüttelte den Kopf. »Das stimmt nicht.«

»Ist Haruko auch tot? Haben Sie ihr etwas getan?«

»Ihr etwas getan?« fragte er. »Wie könnte ich dieser Schönheit ein Leid tun? Die anderen haben ihr etwas angetan, ich nicht.« Ein Schwall japanischer Wörter folgte: »Chiyoko, Chiyoko.« Er verzog das Gesicht, als wolle er anfangen zu weinen.

Ich tat versuchsweise einen Schritt näher; er rührte sich nicht. »Sie heißt Haruko Gage«, sagte ich. »Sie haben sie entführt und gegen ihren Willen hierhergebracht. Ich muß sie zurück zu ihrem Mann bringen.«

»Nein«, erwiderte er heftig. »Sie hat keinen Mann. Sie hat nur mich.«

»Chiyoko Wakasa ist tot und hat keinen Mann. Haruko Gage ist lebendig und verheiratet.«

»Nein!«

Noch ein Schritt. Und noch einer. Fast hatte ich den Karren erreicht und war nur knapp zehn Meter von Ogada entfernt, der zwischen mir und Haruko stand.
»Halt«, rief er. »Kommen Sie nicht näher.«
Ich hatte keine andere Wahl und tat zwei weitere Schritte.
»Gehen Sie ja nicht in ihre Nähe!« Und er huschte nach links, griff sich eine Heckenschere, die an der Wand lehnte, und kam auf mich zu.
Mit ihm war nicht vernünftig zu reden. Seine Augen waren seltsam fiebrig, es war zuviel Weiß zu sehen, und er bewegte sich schwerfällig unnachgiebig. Auch ich setzte mich in Bewegung, ging ihm aber nicht entgegen, sondern etwas zur Seite und hinter die nächststehende Bank. Er hielt die Heckenschere mit beiden Händen über der rechten Schulter, so daß ihre Spitzen auf mein Gesicht wiesen.
Er war noch knapp zwei Meter von mir entfernt, als er angriff, doch ich war bereit. Meine Hände lagen auf einem Kasten Erde auf der Bank, und als er mit der Schere nach mir stach, warf ich mit dem Kasten nach ihm.
Er traf ihn am Schlüsselbein, die Erde flog ihm ins Gesicht und blendete ihn einen Moment lang, brachte ihn aus dem Konzept, machte ihn verwundbar. Ich hatte bereits die Bank umrundet und schlug mit dem Unterarm nach seinem Kopf wie ein Footballspieler, der seinen Gegner foult. Ich landete einen soliden Treffer auf seinem Backenknochen, der ihn zur Seite gegen den Karren schleuderte. Der Karren kippte um, Erde und Pflanzen fielen zu Boden; ein Tontopf streifte ihn am Hinterkopf und verursachte eine Platzwunde. Er zappelte ein wenig, fiel dann auf die Seite und regte sich nicht mehr. Er war jedoch noch am Leben, wie ich feststellte, als ich zu ihm trat; an seinem Hals pochte eine Ader.
Ich blieb einige Sekunden lang bei ihm stehen und kam mir nicht gerade großartig vor, obwohl ich nur getan hatte, was ich tun mußte. Ich hatte ihm nicht weh tun wollen. Es war ihm schon genug zugefügt worden. Zu viele Menschen hatten zu viel gelitten.
Haruko, dachte ich und ging zu ihr. Sie lag besinnungslos da, atmete aber mehr oder weniger normal. Ich konnte

nirgends irgendwelche Male entdecken. Vielleicht hatte er ihr ein Betäubungsmittel gegeben, doch das kam mir unwahrscheinlich vor. Ich kniete mich hin und rieb ihr Hände und Gesicht, bis sie sich zu rühren begann. Sie mußte wohl in Ohnmacht gefallen sein, dachte ich, vor Angst und als Abwehr.

Ich massierte ihr weiter Gesicht und Hände. Sie stöhnte, die Gesichtsmuskeln zuckten, dann riß sie die Augen auf, anfangs in blindem Entsetzen. Dann erkannte sie mich, machte ein ersticktes Geräusch, warf mir die Arme um den Hals und fing an zu weinen.

Ich hielt sie eine Zeitlang fest, bis sie sich zu beruhigen begann, griff dann sanft nach ihren Armen und löste sie von mir. »Mein Gott, er... wo ist er? Er...«

»Psst, er kann Ihnen nichts mehr tun. Er hat Ihnen doch nichts getan, oder?«

»Nein. Erst dachte ich, er würde... Er ist nicht bei Sinnen... hat japanisch mit mir geredet, mich Chiyoko genannt, mir gesagt, wie sehr er mich liebt...« Sie schüttelte sich. Wieder traten ihr Tränen in die Augen.

Ich kam mir unbeholfen vor und verspürte leichte Übelkeit. Ich hatte immer noch den süßlichen Beerdigungsgeruch der Blumen im anderen Gewächshaus in der Nase, den Geruch nach feuchter Erde und Regen. Und den süßsauren Gestank der Angst.

»Er wartete auf mich«, sagte sie, »als ich heute mittag nach Hause fahren wollte. Edgar wolle mich sprechen, sagte er. Er benahm sich sonderbar, aber ich hätte mir nie träumen lassen... Ich hatte ihn gern, er war immer so nett zu mir... Er brachte mich hierher und schloß ab und fing so komisch an, mit mir zu reden... Chiyoko, Chiyoko... ich mußte mich hinlegen...« Sie schüttelte sich wieder. »Ich dachte, er wolle mich vergewaltigen...«

Heiliger Himmel! »Nein«, sagte ich, »das hätte er ganz bestimmt nicht getan.«

Ich half ihr auf, und als ich sie an mich zog und stützte, sah sie ihn am Boden liegen und schluchzte. Auch ich betrachtete ihn beim Verlassen des Gewächshauses wider Willen noch einmal. Da lag er, alt, klein, zusammengebrochen, mit einem schmalen Rinnsal Blut am Kopf, wo der Blumentopf ihn getroffen hatte. Mit seiner wächsernen Haut sah er aus wie ein lebender Leichnam.

Armer Kerl, dachte ich, arme, verlorene Seele. Verantwortlich für so viele Verbrechen, drei Morde, Entführung. Aber war er wirklich schuldig? Diese Taten wären nicht begangen worden, wenn da nicht dieses andere Verbrechen gewesen wäre, dessen er sich durch Zufall vor so langer Zeit schuldig gemacht hatte. Das Verbrechen, das ihn ins Gefängnis gebracht und der Art von Gewalt ausgesetzt hatte, die solche Anstalten erzeugen. Das Verbrechen, das nur eines war, weil ein Wahnsinn herrschte, der Krieg heißt.

Das Verbrechen, als Japaner geboren zu sein.

21

Auch der Dienstag war ein nasser, trübseliger Tag, den ich vorwiegend im Polizeipräsidium und auf der Polizeiwache in Redwood City verbrachte, wo ich Aussagen machte, Fragen beantwortete und auch einiges herausfand.

Mr. Ogada war ins Bezirkskrankenhaus gebracht worden, wo er unter Polizeibewachung behandelt wurde. Edgar hatte ihn vergangene Nacht begleitet und war vermutlich immer noch dort. Haruko hatte ihm mangelndes Verantwortungsgefühl vorgeworfen; das war wohl ein kleiner Irrtum. Wenn es um seinen Vater ging, zeigte er allerhand Verantwortungsbewußtsein. Edgar war ein braver Sohn, der das durchstehen und dabei erwachsener werden würde.

Mr. Ogada hatte die Nacht unter Einwirkung eines starken Betäubungsmittels verbracht und konnte sich am Morgen einigermaßen zusammenhängend äußern. Die Polizei holte genug aus ihm heraus, was bestätigte, was ich mir so zusammengestückelt hatte. Daß Chiyoko Wakasa tot war, hatte er erst im vergangenen Sommer beim Laternenfest von Simon Tamura erfahren, der ihm auch gesagt hatte, wo sie

begraben war. Tamura hatte von ihrem Selbstmord gewußt, weil er 1947 noch Kontakt mit Kazuo Hama hielt.
Die Nachricht von Chiyokos Tod, verbunden mit Haruko, der er an diesem Tag wiederbegegnete, war der Katalysator für Mr. Ogadas seelischen Zusammenbruch gewesen. Er war nach Petaluma gefahren, ins Mausoleum eingebrochen und hatte begonnen, es mit Blumen zu füllen. Dann schickte er Haruko die ersten beiden Geschenke, den Brillantanhänger und die Saphier-Ohrringe, weil er glaubte, sie sei Chiyoko. In seinen klaren Momenten aber sah er ein, daß Chiyoko tot war, und zwar wegen der Vergewaltigung durch Tamura und die beiden anderen. Die ganze Zeit über hatte er gewußt, daß es diese drei gewesen waren, die Chiyoko 1945 überfallen hatten, doch Angst hatte ihn gehindert, sie anzuzeigen. Das schlechte Gewissen begann zu nagen, bis ihm die Idee kam, er müsse sie rächen.
Seine Opfer ausfindig zu machen war nicht schwer gewesen; wo Tamura zu suchen war, wußte er bereits, und auch, daß Hama in Petaluma wohnte, und auf Masaokas Spur war er gekommen, indem er bei japanischen Familien nachgefragt hatte. Masaoka mußte als erster sterben, er bekam am Pillar Point einen Stein an den Kopf. Dann wurde Kazuo Hama von dem Pickup überfahren. Tamura, den Anführer des Trios von Tule Lake, haßte Mr. Ogada am meisten. Aus diesem Grund war er ins Bad gegangen und hatte ihn mit dem Samurai-Schwert zerhackt.
Eigentlich hätte dies das Ende sein sollen, aber es kam natürlich anders. Er hatte Chiyoko gerächt, seine Liebe unter Beweis gestellt, konnte sie aber immer noch nicht haben. Sonntag nacht war er wieder einmal zum Friedhof Cypress Hill gefahren, um wie üblich frische Blumen zu bringen, hatte sich nach Dienstschluß über den rückwärtigen Zaun gestohlen, damit die Wärter ihn nicht entdeckten, und mich aus dem Mausoleum kommen sehen. Auch hier konnte er Chiyoko nicht haben. Doch er mußte sie einfach bekommen: Das war zu einer Obsession geworden. Montag früh war er vor Harukos Haus gewesen, hatte gesehen, wie sie den Bus ins Zentrum bestieg, war dem Bus gefolgt und hatte gewar-

tet, bis ihre Besprechung zu Ende war. Und dann hatte er sie überredet, mit ihm zur Gärtnerei zu fahren.
Es war eine traurige Geschichte. Die meisten im Wahn oder aus Leidenschaft begangenen Verbrechen sind traurig und mitleiderregend, wenn man ihre Ursachen kennt, aber das macht sie für die Betroffenen nicht weniger tragisch und schmerzhaft.
Haruko war wieder bei ihrem Artie und würde wahrscheinlich von nun an ein normales Leben führen. Die Hamas in Petaluma würden verdauen müssen, was ihr Vater vor langer Zeit in einer Anstalt, in die er nicht gehörte, getan hatte. Edgar Ogada übernahm die Gärtnerei. Die Yakuza würden einen neuen Boss für ihre *mizu-shobai*-Operation in San Francisco einsetzen, wenn sie das nicht schon getan hatten. Ich würde mir mit Eberhardt mein neues Büro teilen – fürs erste zumindest –, und über neuen Aufträgen würden die alten zu Erinnerungen werden, guten oder, wie dieser, sehr schlechten. Das Leben geht weiter.
Aber das machte Tage wie diesen auch nicht leichter. Nasse, trübselige Tage. Öde Tage. Schmerzliche Tage. Tage, an denen der einzige Lichtblick war, daß Leo McFate einmal klein beigeben mußte. Das war angenehm gewesen, konnte aber nicht anhalten: Bald würde er wieder der alte aufgeblasene McFate sein. Ich hatte das Gefühl, daß wir uns bald wieder in die Quere kommen würden.
Um halb sechs kam ich deprimiert nach Hause. Die einzige Nachricht vom Anrufbeantworter machte mich noch niedergeschlagener: Kerry sagte, sie müsse zu einer Besprechung und käme wahrscheinlich erst nach sieben vorbei. Sie schlug vor, ich solle allein zu Abend essen.
Mist. Ich ging in die Küche, weil das Wort Essen in meinem Magen ein heftiges, klagendes Knurren ausgelöst hatte, machte den Kühlschrank auf und guckte hinein.
Eier.
Das war alles – Eier.
Zum Frühstück hatte ich Eier gegessen, zu Mittag ein Omelett. Eier hingen mir zum Hals heraus. Ebenso Karotten und Gurken und Sellerie und Salat mit Grapefruit und Apfel-

sinen und Yoghurt und Hüttenkäse und Knäckebrot und Thunfisch und Hacksteaks, aber beim bloßen Gedanken an Eier wurde mir schlecht. Mir durfte nie wieder ein Ei unter die Augen kommen.
Ich knallte die Kühlschranktür zu. Blieb eine Zeitlang hungrig und frustriert stehen. Und ging meinen Mantel holen und eilte wieder hinaus in den Regen.

Kerry kam kurz nach acht zurück. Sie klingelte, aber ich stand nicht auf, um auf den Türöffner zu drücken, weil ich wußte, daß sie auch so hochkommen würde; sie hatte nämlich einen Schlüssel. Außerdem lag ich auf der Couch und verspürte nicht die geringste Neigung aufzustehen, noch nicht einmal ihretwegen.
Bald hörte ich den Schlüssel im Schloß, und sie kam herein. »Hallo?« rief sie. »Ist jemand da?« Und dann sah sie mich und sagte: »Ah, da bist du ja. Warum hast du mich nicht –« Dann verschlug es ihr die Sprache, und sie blieb mit offenem Mund regungslos stehen und starrte.
Nicht auf mich. Was sie anstarrte, war das Zeug auf dem Couchtisch: sechs leere Bierdosen und die leere Schachtel, die eine Jumbo-Super-Luxus-Spezial-Pizza mit allem Drum und Dran enthalten hatte, einschließlich Sardellen, Krabben und eingelegten Oliven mit Knoblauch.
Der Blick wurde bald auf mich gerichtet und verwandelte sich in ein vorwurfsvolles Starren. »Pizza und Bier!« rief sie. »Du hast deine Diät gebrochen!«
Ich grinste sie über meinen gerundeten, herrlich vollen Bauch verlegen an.
»Nun?« herrschte sie mich an. »Lieg nicht einfach so fett und selbstzufrieden da. Hast du denn nichts zu sagen?«
»Rülps«, sagte ich.